W0073858

Herman Bang
Sommerfreuden

Herman Bang

Sommerfreuden

Drei Erzählungen

Aus dem Dänischen
übersetzt von
Ingeborg und Aldo Keel

Nachwort von Aldo Keel

Philipp Reclam jun. Stuttgart

RECLAM TASCHENBUCH Nr. 20223
Alle Rechte vorbehalten
Copyright für diese Ausgabe
© 2011 Philipp Reclam jun. GmbH & Co. KG, Stuttgart
Copyright der deutschen Übersetzung
© 2007 by Manesse Verlag, Zürich,
in der Verlagsgruppe Random House GmbH, München
Reihengestaltung: büroecco!, Augsburg
Umschlaggestaltung: Eva Knoll, Stuttgart, unter Verwendung
eines Gemäldes von Peder Severin Krøyer, »Marie en el jardin« (1893)
Gesamtherstellung: Reclam, Ditzingen
Printed in Germany 2011
RECLAM ist eine eingetragene Marke
der Philipp Reclam jun. GmbH & Co. KG, Stuttgart
ISBN 978-3-15-020223-4

www.reclam.de

Inhalt

Sommerfreuden   7
Die Raben   125
Fräulein Caja   187

Anmerkungen   221
Nachwort   227

Sommerfreuden

La vie est bien triste – rions enfin.[1]

Frau Brasen wollte das Haus trotzdem inspizieren. Es konnten ja jederzeit Sommergäste kommen, man wusste nie, heute, zum Essen, mit dem Wagen. Und fertig wurde man wahrhaftig nie, das eine oder andere gab es immer, wenn man sich auf die Mädchen und Brasen verlassen musste. Gestern waren es die Vorhänge, die *da* hingen und deren Säume nur lose angenäht waren.

Frau Brasen stand von ihrem Holzstuhl am Küchentisch auf – der Stuhl war etwas wacklig – und sah sich die geschmierten Brote an: Ja, was *raus*ging, das wusste man, und zwar täglich. Was reinkam in diesem Geschäft, das ging *drauf*, wie auch Brasen sagte.

Frau Brasen blieb vor den Butterbroten des Personals stehen: Und man streicht sie doch, so gut man kann.

Frau Brasen seufzte – sie waren dünn bestrichen: »Aber man hält ja durch, bis zuletzt«, sagte sie.

Frau Brasen ging durch die Küche und öffnete die Durchreiche in der Tür zur Gaststube: »Bist du da, Brasen?« fragte sie.

»Ja, Jansine«, sagte Brasen.

»Gut«, sagte die Frau, die zum Mann hineinsah, der in seiner Einsamkeit neben seinem Tresen saß und auf seine eigenen kurzen Beine hinabschaute.

»Dann pass du auf die Kasse auf«, sagte sie und schloss die Durchreiche.

Der »Kasse« galten Frau Brasens Gedanken von früh bis spät, denn die »Knächte« stibitzten, was sie nur konnten, einer wie der andere. Die »Knächte« waren die Kellner, und die »Kasse« war eine offene Schublade im Tresen.

Sie hatten aber auch wirklich immer Pech mit ihnen, und bekam man einmal einen anständigen Mann, dann blieb er nicht – so war es.

Frau Brasen ging über den Hof und durch das Tor, wo Fuhrknecht Nielsen fegte.

Nielsen war bei der Artillerie gewesen, trug die Mütze im Nacken und rauchte zu all seinen Verrichtungen Zigarre.

Frau Brasen wünschte »guten Morgen«, und Nielsen nickte zurück, während er hinter der Wirtin, die das Kopfsteinpflaster der Straße betrat, eine Staubwolke auffegte.

Die Schatten der Häuser zeichneten sich in gewohnter Schärfe ab; sie kamen und wurden länger und verschwanden, immer in der gleichen Weise. Es war, als benötige man in diesem Ort überhaupt keine Uhr, so pünktlich bewegten sich die Schatten.

Frau Brasen ging die Straße entlang. Die Ladentüren waren schon aufgeklappt, und die Gesellen warteten, an die Türrahmen gelehnt, mit überkreuzten Beinen. Frau Brasen – sie hatte einmal stattlich ausgesehen, mit einem solchen Leib, dass die Augen der Männer an ihr haften blieben – nickte jedem »guten Morgen« zu, während sie weiterging. Die Kommis rührten sich nicht. Frau Brasen war es, als ob die Augen, die ihr folgten, sich in ihren Rücken bohrten.

Es war nicht so ohne, wenn man überall Schulden hatte. Aber der Doktor war es, außer ihm, dem Kunstmaler, der das so gewollt und in Gang gesetzt hatte; und Brasen, er war ja leicht zu verführen; und die Leute im Ort, die sie bedrängt hatten; und jetzt konnten die sich brüsten, während Brasen, der Ärmste, in der Patsche saß, und Gott weiß, was das für Sommergäste waren, die in so einen kleinen Ort kamen, selbst jetzt, wo sie inseriert hatten …

Das war es ja, was sie immer gesagt hatte, nur Brasen, der wollte es so, doch sie kannte Brasen, dass er anfangs immer übermütig war und später nur dasaß …

Frau Brasen erreichte den »Annex« und trat durch das Tor ein. Die Steine waren kantig, am Tor. Sie hob die Beine, um in den Flur zu gelangen, die alten Türschwellen waren hoch. Und sie warf einen prüfenden Blick in die leeren Zimmer, wo von allen Wänden die gleiche hellblaue Tapete leuchtete, gekauft auf der Auktion des Glasermeisters, als der im Februar Konkurs gemacht hatte.

Frau Brasen ging von Zimmer zu Zimmer.

Doch, jetzt war alles ordentlich.

Und sie ließ den Blick über Tische und Betten schweifen – es waren die dünnsten Eisenbeine, die jemals eine Bettstatt getragen hatten –, und sie zählte die Handtücher, die den Wänden entlang zwei und zwei an Haken hingen und Putzlappen glichen.

Frau Brasen drehte und wendete sie: Auf der Innenseite waren sie blau geworden, es war die Glasermeistertapete, die abgefärbt hatte.

Und da standen also acht Betten mit Rosshaarmatratzen, jetzt, wo sie auch ihre eigenen hergebracht hatten. Unbequem würde es schon für Brasen, auf Seetang zu liegen, für ihn, der so dick war. Aber da half nichts. Ihre Bettdecken konnten sie ja dann auch noch haben. Die waren gestrickt, und es war, als ob sie die Betten besser ausfüllten. Nichts von dem, was sie bei Rists gekauft hatten, machte was her.

Frau Brasen betrat die Vorderzimmer, in denen die Sonne auf den breiten und unberührten Böden lag. Ihre Augen, die morgens immer tränten – das kam davon, dass sie jede Nacht in der Speisekammer saß und wartete, bis geschlossen wurde – glitten über die Dinge: Jetzt war das Papier unter diesem Tischbein wieder weggerutscht. Sie schob es darunter, ehe sie sich für einen Augenblick auf das Sofa setzte, das schmutzigblau war und sich mit der Tapete biss. Sie war so müde, und dann hatte sie es im Kreuz, seit sie Aage bekommen hatte: Und Gott weiß – sie dachte plötzlich an die Kinder –, wie es mit dem Lernen nun gehen mochte, jetzt, da sie sich nicht mehr darum kümmern konnte. Mit Signe ging es gut, aber Martin, der geriet ja mehr nach Brasen und lernte nicht gern.

Mit einem Mal dachte sie an Martins Hemdbund. Jetzt hatte sie es nicht geschafft, ihn anzunähen, und die Leute lagen ihr ständig wegen der Kinder in den Ohren, dass die nicht versorgt würden.

Frau Brasen blieb sitzen: Sie hatten ausgerechnet, dass sie hundertvierzig Kronen am Tag machten, wenn es voll wurde – ohne die Getränke. Aber es kam darauf an, dass der eine oder andere etwas springen ließ, wie auch Brasen sagte. Und nun würde es sich ja zeigen.

Frau Brasen stand auf, und sie ging wieder durch die Zimmer, über den Hof und in den Garten. Langsam schritt sie zwischen den großen Johannisbeerbüschen hindurch, die sich fast zu Bäumen ausgewachsen hatten. Im mittleren Gang stand die Großmutter mit ihrem Rechen.

Die Alte war barhäuptig und unterbrach ihre Arbeit nicht. Nach achtzig Jahren Plackerei ragte ihre rechte Schulter weiter vor als die linke.

Frau Brasen blieb stehen: »Ja, Großmutter ist tüchtig«, sagte sie, und ihre Stimme klang anders als sonst.

»Man wird alt«, sagte die Großmutter und schaute nicht auf.

Frau Brasen hielt inne und sah sie an. »Aber Großmutter ist rüstig«, sagte sie.

Ihre Augen tränten noch mehr. Sie dachte plötzlich (sie wusste selbst nicht, was heute morgen in sie gefahren war, aber ihre Gedanken wirbelten durcheinander) an die Stuben daheim auf dem Erbhof bei Tønder, die Großmutter so ganz und gar reinlich gehalten hatte, dass sie schier glänzten.

Abends war sie an ihrem Tor gesessen und hatte über ihre grünen Felder geschaut. Sie war so fruchtbar, die Erde von Tønder, und es war weit bis zu Großmutters Grenzstein.

Die Alte hob den Kopf. Sie hatte den Ausdruck *jener*, die entweder taub oder des Geredes der Menschen müde geworden waren: »Aber hier ist es schön«, sagte sie, und fast war es, als lächelte sie.

»Ja, Mutter«, sagte Frau Brasen, die sich hier in dem vielen Grün auch eher zu Hause fühlte.

Die Alte bückte sich wieder, und man hörte erneut das Kratzen des Rechens auf dem Boden, als Frau Brasen ging.

Plötzlich erschrak sie: Der Schlachter war wohl schon da, und es war nicht so einfach, wenn man Schulden hatte. Man durfte ihn nicht warten lassen.

Frau Brasen rannte beinah durch die Straße nach Hause: Doch, Andersen war da.

Er stand schon in der Küche, er persönlich, vor seinem vielen Kalbfleisch, das auf den Küchentisch geklatscht war.

»Was soll's also sein?« sagte er und fuchtelte mit den Händen.

»Sind jetzt welche da«, fragte er.

Frau Brasen, die ihm den Rücken zuwandte, sagte: »Sie haben sich angekündigt.«

»Na«, antwortete der Schlachter.

»Dann wähl ich aus«, sagte Frau Brasen.

»Nun denn«, sagte Andersen, der beide Hände auf sein Fleisch gelegt hatte, als wollte er es beschützen. Andersen hatte viele große Goldringe an seinen Fingern. Er traf sich jetzt oft mit all den Schlachtern aus Aalborg.

Frau Brasen hatte die Durchreiche rasch geöffnet: »Bist du da, Brasen?«

»Ja, Jansine.«

»Es ist Andersen«, sagte sie.

»Andersen«, rief Brasen, »kommen Sie *rein*, Mann.«

Und Andersen, der das Fleisch losließ, betrat die Gaststube.

»Guten Tag, Sie Schlachter«, sagte Brasen, ohne sich vom Fleck zu rühren. Er lachte dem Fleischhändler nur zu: »Setzen Sie sich.«

Brasen redete, wenn er bei Laune war, so laut, als ob er den Mitternachtslärm in seiner eigenen Schenke übertönen wollte: »Setzen Sie sich. Ich sitze hier und betrachte meine eigenen Schilder.«

Brasen hob die Hand ein wenig vom Knie und zeigte auf den Marktplatz, wo »Brasens Hotel« an allen Hausgiebeln schwarz auf weiß aufgemalt war: »Aber was nützt das, Andersen? Und was soll das, diese kleine Schrift, mit der sie drucken, was man inseriert?«

Brasen zeigte auf die *Jyllandsposten*[2]: Es war in sehr kleiner Schrift gedruckt, sein Inserat. Andersen blickte auf die Zeitung: »Ja«, sagte er, »heutzutage ist's die Reklame, die es bringen soll. Aber es ist einen Dreck wert, Brasen.«

»Ja, das ist es«, sagte Brasen und schaute plötzlich auf den Boden, als suche er etwas.

Sie genehmigten sich zwei Große, Brasen hatte sich von seinem Stuhl erhoben, um sie holen zu lassen.

»Sie geben doch einen aus, Andersen«, sagte er, ehe er die Flaschen auf den Tisch stellte.

Als Andersen in die Küche kam, hatte Frau Brasen das Fleisch ausgesucht. Sie nahm sich immer viel Zeit. Denn man musste es berechnen, mit den Knochen, die so schwer waren; und für die Suppe nahm man besser Kalbsknochen von Nielsen im Gässchen.

Andersen besah sein Fleisch, klatschte seine Braten in den Trog und sagte: »Ja, dann fahren wir mal – *vorläufig.*«

Er ging mit dem Trog. Draußen im Hof traf er auf Fuhrknecht Nielsen.

»Nicht viel los hier«, sagte er.

Nielsen lachte nur: »Ja«, sagte er: »Hier passiert nichts.«
»Sie haben gut grinsen mit Ihrem ›Sparbuch‹«, sagte
Schlachter Andersen. Er blieb stehen und blickte Nielsen an,
der eine rotbraune Gesichtsfarbe hatte: »Wie, zum Teufel,
kriegen Sie bloß Ihre Mädchen, Nielsen«, sagte er plötzlich.
Nielsen hatte beide Hände in den Hosentaschen: »Mein
Gesicht, Andersen. Und dann wegen der Geschmeidigkeit.«
Der Schlachter zögerte einen kurzen Augenblick: »Ja«,
sagte er: »Darüber macht man sich so seine Gedanken. Aber
was einen selbst angeht, man ist ja ein verheirateter Mann.
Leben Sie wohl, Nielsen.«
Schlachter Andersen war dreißig und gerade zum dritten
Mal verheiratet. Es war, als siechten seine Frauen, die übrigens einst schön gewesen waren, allmählich dahin, wie
wenn sie Andersen im ehelichen Zusammensein aller Le-
benskraft beraubt hätte.
Aber mit der Heiraterei trieb Brasen trotzdem ständig seinen Spott: »Ja«, antwortete dann Andersen: »Da gibt es tatsächlich Leute, die jedes Mal vor den Altar treten müssen …«
Der Schlachter ging hinaus zu seinem Wagen, den das
Pferd bedächtig bis vor Kaufmann Therkildsens gelbes Haus
zog, das zwei Stockwerke mit weiß bemalten Gesimsen und
grünen Fensterrahmen hatte. Zur Ladentür hinauf führte
eine Treppe, deren Geländer hundert Jahre alt war. Als
Schlachter Andersen durch das Portal fahren wollte, trat der
Konsul – Herr Therkildsen war Vizekonsul von Schweden
und Norwegen – auf seine Treppe hinaus. Er war bartlos, trug
eine braune Perücke und schien keine Lippen zu haben.
Er nickte dem Schlachter ein guten Morgen zu, was be-
deutete, dass Herr Andersen anhalten sollte: »Guten Morgen«, sagte er wieder und schwieg erneut eine Sekunde – es
war die Gewohnheit des Herrn Konsul, seine Mitmenschen
zwischen jedem seiner Sätze einen Augenblick lang warten
zu lassen: »Das Wetter ist übrigens gut.«

Das Lieblingswort des Konsuls war »übrigens«, das jene heimlichen Vorbehalte in sich barg, die drei Bezirke fürchteten.

»Ja, das Wetter ist gut genug, Herr Konsul«, sagte der Schlachter, der auf die Fortsetzung wartete.

»Andersen kann hereinkommen«, sagte der Konsul und ließ Andersen die Treppe hinaufsteigen und in den Laden treten, während er selbst einen Augenblick lang auf seiner Treppe stehen blieb, wie einer, der bei Arbeitsbeginn seine Stadt ins Auge fasst.

Herr Schlachter Andersen wartete im Laden, der die ganze Hausfront einnahm und einem schwarzen Trichter glich, durch den alle Bedürfnisse der Menschheit von zwei pausbäckigen Ladengehilfen gestillt werden konnten, deren Augen vollständig in ihren Gesichtern verschwanden und deren Kleider aussahen, als wären sie vor einem Jahr in einen Eimer mit Schmierseife getaucht worden und als wären seitdem alle Ingredienzien des Kolonialwarenhandels an ihnen kleben geblieben.

»Wenn Andersen eintreten möchte«, sagte der Konsul und wandte sich einem der Gesellen zu: »Bringen Sie ein Glas Portwein.«

Der Konsul ging durch den Trichter, wo Sensen und Rechen wie gezogene Schwerter und wundersame Marterinstrumente unter der Decke hingen, und er betrat das Büro, das im Halbdunkel lag, weil es in einen Schuppen überging, und das mit einem Rosshaarsofa und einem Pult ausgestattet war. Das Pult war braun gestrichen und so hoch, dass es einem stattlichen Mann bis zum Hals reichte. Es stand dicht am Fenster, wo es so hell war, dass man halbwegs schreiben konnte, aber nicht genau sah, was man geschrieben hatte. Das Pult war fest verschlossen und machte den Eindruck, als seien in ihm die Schuldscheine aller drei Bezirke verwahrt.

Eine Petroleumlampe stand darauf, die der Konsul jedes Mal, wenn er arbeitete, anzündete.

»Setzen Sie sich nur, Andersen«, sagte der Konsul, der bei seinem Arbeitsmöbel stehen geblieben war.

»Ja, danke, Herr Konsul.«

Der Konsul begann mit zögerlichen Worten über die neue Straße nach Aalborg zu sprechen.

»Ja«, sagte der Schlachter, »welch herrliche Straße für die paar Viecher, Herr Konsul.«

»Ja«, sagte der Konsul, »die hat sich das Amt einiges kosten lassen.«

Und er ging dazu über, von einigen Menschen, die an der neuen Straße wohnten, zu sprechen, bis er bei Anders Christiansen in Raa angelangt war: »Ja, *dort* hapert es«, sagte der Schlachter.

Der Konsul sagte: »Ja, das tut es wohl. Aber er ist ja übrigens ein strebsamer Mann.«

Der Schlachter, der Portwein bekommen hatte, streckte die Beine weit von sich – jetzt wusste er, was der Konsul von ihm wollte: »Jawohl, Herr Konsul, aber es hapert.«

»Ja«, sagte der Konsul: »Es sind zu viele, die in der Landwirtschaft *experimentieren*.« Und wenig später fragte *er*: »Haben *Sie* große Außenstände?«

Der Schlachter gab Auskunft, während der Herr Konsul noch immer an seinem Pult stand. Schlachter Andersen kam weit herum, er wusste Bescheid, und sein Mundwerk war lose; aber im übrigen war er zuverlässig. Schließlich sagte der Konsul: »Jetzt ist meine Frau wohl aufgestanden.«

»Ja, Herr Konsul.«

Der Schlachter erhob sich, und der Konsul, der mit seiner sehr mageren Hand eine schwache Bewegung machte – seine Finger waren an der Feder verdorrt, so dass der Ring, der ihn an die Konsulin band, jedesmal, wenn er eine Bewegung machte, abzufallen schien –, sagte noch: »Und *dort drüben* werden noch immer die Laken auf den Betten gebleicht?«

Er zeigte kurz zum Brasenschen Hotel hinüber, und seine Stimme, die für gewöhnlich tonlos war, wurde auf einmal höhnisch, als spräche er zum sozialdemokratischen Mitglied des Stadtrates.

»Ja«, sagte Andersen. »Die warten ja ständig auf Leute, die sich amüsieren wollen.«

»Ja«, sagte der Konsul. Und nach einer weiteren Minute: »Das ist übrigens riskant, wenn man schon mit dem Zins im Verzug ist.«

Doch der Schlachter sagte, denn Brasen war nun trotzdem seinesgleichen und ein Kamerad: »Ach, das kann man nicht wissen, Brasen gehört immer zu denen, die es schaffen.«

»Leben Sie wohl, Andersen«, sagte der Konsul, der sich nicht weiter über Brasen ausließ.

Die Konsulin, die aufgestanden war, zeigte sich persönlich in der Küche, als Andersen eintrat. Es war eine ungewöhnlich große Küche, in der schon die Eltern des Konsuls zu ihrer Zeit mit ihren Leuten am langen Mitteltisch gegessen hatten. Die Eltern des Konsuls waren auch aus Schleswig, aus der Gegend von Tønder, eingewandert wie die Brasens, und hatten sich ihre halbdeutschen Gewohnheiten bewahrt.[3]

Die Konsulin benutzte den Tisch jetzt als Anrichte für ihre großen Abendgesellschaften.

Die gnädige Frau im Morgenrock, der ihre Fülle recht stramm umschloss, wählte das Fleisch selbst aus, ohne es mit ihren Fingern, die mit Ringen reich bestückt waren, zu berühren. Sie fragte nach Herrn Andersens Frau und sagte, indem sie das Fleisch betrachtete: »Die arme Frau Brasen, sie holt die Knochen immer noch in der Gasse.«

Die Konsulin sprach immer in einem eigenen, freundlichen Tonfall, der ihre wahren Ansichten geschickt verbarg.

Ihr auffälligstes äußeres Merkmal war die üppige Verwendung von Spitzen. Nach zwei Uhr trug sie weiße Handschuhe, wenn sie sich öffentlich zeigte. Sie nahm an der Arbeit für die Heidenmission teil, ohne es zu übertreiben.

»Das Geld bekommt Andersen ja aus der Schublade«, sagte sie.

Die Konsulin entnahm alles der »Schublade«, die für sie seit fünfundzwanzig Jahren ein unerschöpflicher Begriff war.

»Und das nächste Mal bringt Andersen den Proviant für den Kutter mit«, fügte sie hinzu.

Der Konsul hielt einen Kutter – den Kutter »Augusta«, getauft nach der Frau des Hauses –, der jeden Juni in See stach und von den zwei Söhnen des Konsulats gesteuert wurde, die beide Volontäre bei der »Landmandsbanken«[4] waren; sie waren in London ausgebildet, gingen in halbgestärkten Hemden auf Bälle und hatten eine Wohnung im B-Quartier[5], wo die Konsulin während ihrer Kopenhagener Aufenthalte abstieg, nachdem sie den Söhnen ihr Kommen einigermaßen zeitig im voraus angekündigt hatte.

In ihrem Geburtsort zeigten sich Therkildsens Söhne niemals anders als in Sportkleidung.

»Jawohl, gnädige Frau«, sagte Herr Andersen im Gehen.

Die Konsulin kehrte in ihren Wintergarten zurück, wo sie die Enden der Palmblätter beschnitt.

Der Schlachter fuhr zum Tierarzt hinunter, der in einer Gasse mit bunten Vorhängen in seinen drei Fenstern wohnte. Aber die Frau des Tierarzts stand bereits auf ihrer Treppe, in einem dekolletierten Empirekleid und weißem Sonnenschirm.

Sie sagte: »Wir brauchen nichts«, und spannte den Sonnenschirm auf.

Bei Tierarzt Jespersen brauchten sie selten etwas von Schlachter Andersen. Frau Jespersen, zweiunddreißig Jahre alt, aus Kopenhagen importiert und von etwas zweifelhafter Herkunft, hielt sich für die leicht impulsiven Einkäufe des Hauses an die benachbarten Händler.

Als sie sich einige Schritte vom Wagen entfernt hatte, sagte sie: »Ist Lund gekommen?«

Lund war ein junger Ingenieur, der in der Gegend bei der Planung einer kleinen Nebenbahn zu tun hatte und immer wieder aufs neue in ein Moor verschwand. Er und ein paar Kameraden gehörten zum Haus des Tierarzts, wo sie abends ihren Whisky tranken, nachdem der Tierarzt zu Bett gegangen war.

»Sie sind ja fast Halb-Militärs«, bemerkte Frau Jespersen, der man nachsagte, in der Vergangenheit eine gewisse Vorliebe für den Offiziersstand und die Artilleriekaserne gehabt zu haben.

Die Abende mit den Ingenieuren waren Frau Jespersens beste Zeit. Tagsüber schlief sie entweder auf der Chaiselongue, oder sie nähte Lampenschirme, die sie dann ins rechte Licht rücken konnten.

»Nein, das glaub' ich nicht«, antwortete der Schlachter auf die Frage nach Lund. Er war ihr unwillkürlich zwei Schritte gefolgt: Seine Hände suchten, wenn die Frau Tierarzt einmal Fleisch brauchte, die Nähe ihrer Finger, die auf seinem Filet ruhten.

»Ach, dann kommt er wohl morgen. Ist sonst noch was?« fragte sie beiläufig im Gedanken an das Hotel.

»Vorerst nicht«, sagte Andersen.

»Das hab' ich mir gedacht«, sagte Frau Jespersen: »Leben Sie wohl.«

Brasen saß noch immer auf demselben Stuhl in seiner Gaststube, als der Doktor eintrat: »Ich gebe es auf«, sagte Brasen.

»*Was*«, sagte der Doktor.

»Das Ganze«, sagte Brasen.

Der Doktor, der Platz genommen hatte, streckte die Beine von sich – Doktor Øst hatte Beine wie ein Gendarmeriekommandant: »Quatsch«, sagte er.

»Aber es kommt ja keiner, Doktor«, sagte Brasen, dessen Augen manchmal eine Hilflosigkeit annahmen, die der eines großen Kettenhundes glich.

»Oberkellner«, rief der Doktor und schlug auf den Tisch: »den Schnaps.«

Die Tür zum neuen Speisesaal flog auf, und Christian Christensen zeigte sich. Er sah immer aus, als wäre er gerade aus dem Schlaf hochgeschreckt.

»Die werden schon noch kommen«, sagte der Doktor, als das Glas kam, das er in einem Zug leerte. Sein gerötetes Gesicht erinnerte an jene Leute, die viel erlebt haben und zu vergessen suchen.

»Jetzt helfen natürlich die Bilder«, sagte er.

»Ja«, sagte Brasen, »sie sind wahrhaftig schön.«

Und er kramte – zum hundertsten Mal – die Nummer der *Illustreret Tidende*[6] hervor, wo ein Maler auf Ferienbesuch einige Bilder des Ortes und seines Waldes skizziert hatte. Brasen schaute sich die Bilder an: »Ja«, sagte er, »er war es tatsächlich, der uns auf den *Gedanken* gebracht hat – ursprünglich. Und das Wasser ist gut«, fügte er hinzu.

»Guten Morgen«, rief er plötzlich. Es galt den zwei Viehhändlern, die zum Billard in die vordere Gaststube gekommen waren.

»Guten Morgen. Wie steht's?« sagten da die zwei.

»Mies«, antwortete Brasen.

»Christian, zwei Große«, riefen die Viehhändler.

Christian Christensen schoss hinter dem Tresen hervor und tupfte sich sein Gesicht mit einer Serviette. Er schwitzte ständig am ganzen Kopf, der groß war, als wäre er mit Wasser gefüllt.

»Zwei Große«, sagte Brasen, daran gewöhnt, dass Christian Christensen jede Bestellung zweimal hören musste. Und Christian sauste durch den Raum, mit dem Bier, und zu den Viehhändlern hinein, die auf dem Billardtisch darum würfelten, wer »dran« sei. Christians Jacke war wegen seiner Körperfülle hinten zu kurz. Wenn er rannte, und er rannte immer, hüpfte das ganze Hinterteil, als hätte er auch hinten wassergefüllte Luftkissen.

»Ja«, sagte der eine Viehhändler zu Brasen hinein, »ein Dampfer ist heute morgen nach Aalborg gekommen.«

»Aus der Richtung kommt nichts«, sagte Brasen.

Der Doktor, der ständig an die Sommergäste und die »Aussichten« dachte, doch das Ganze gelassen nahm, so wie er alles seit jenem Tag genommen hatte, als er nach zehn Jahren Studium das medizinische Examen mit knapper Not bestanden hatte, sagte: »Die Preise werden sie schon anlocken.«

Brasen schüttelte seinen Seehundskopf: »Aber was schaut dabei schon *heraus*?« sagte er: »Was kann man schon bieten, Doktor, für die Zweifünfzig, wenn die sich den Bauch vollschlagen wollen?«

»Es ist die Menge, die es ausmacht«, sagte der Doktor.

»Ja, wirklich?« kam es von Brasen, dessen Stimme vom Nachdenken leise und gedehnt wurde.

»Für wie viele haben Sie denn Platz?« fragte der Doktor.

»Ich schätze so an die sechzig, zum Übernachten.«

»Sechzig, auch mit Bettwäsche?« Der Doktor erschrak. Er kannte die sechs Brasenschen »Winterbetten«, da er als Junggeselle manchmal Besuch aus Aalborg und anderswoher hatte unterbringen müssen: In den Winterbetten gab es keine überflüssigen Daunen. Und indem er sich erhob und lachte, sagte der Arzt: »Ja, wenn sie nur weich liegen, dann geht es schon, Brasen.«

Brasen, der etwas verunsichert zu ihm aufsah – der Doktor, er wollte ja natürlich gleichfalls an die Sache glauben, da sie ihm auch etwas einbringen würde –, sagte: »Ja, glauben Sie?« sagte er im selben Tonfall wie zuvor, und dann fügte er hinzu: »Wenn nur Jansine es schafft.«

Christian Christensen flitzte wieder durch den Raum, während ihm sein Chef hinterherschaute: »Und was soll man mit so einer Figur schon ausrichten?« sagte er.

Brasen trocknete sich die Stirn.

»Aber die Schlacht *muss* geschlagen werden«, sagte er und streckte die kurzen Beine von sich.

Der Polizist ging am offenen Fenster vorbei: »Ein Großes gefällig, Sørensen«, rief Brasen.

»Ja gerne, Brasen«, sagte der Polizist und schwenkte auf den Eingang zu.

»Es ist auch gratis«, sagte Brasen.

»Leben Sie wohl«, sagte der Doktor, der ging.

Der Polizist trat ein und setzte sich in eine Ecke. Es lag immer so etwas Gesetzwidriges über dem Gesetzeshüter Sørensen, wenn er bei Brasen sein Großes einnahm.

Brasen hatte sich wieder auf seinen Platz beim Tresen gesetzt – ein Heukissen lag auf dem Rohrstuhl –, und er sagte: »Ist jemand im Arrest, Sørensen?«

»Nö«, sagte Sørensen, »*wir* haben keinen.«

Brasen lachte laut auf – er wechselte schnell die Stimmung: »Wir haben auch keinen.«

Der Polizist sagte: »Der Bürgermeister hat ein Telefon aus Aalborg erhalten.«

»Ja so.«

»Heute morgen seien enorm viele Reisende auf dem Dampfer gewesen, heißt es.«

»Ja, das sagen wir ja«, riefen die Viehhändler vom Billard her.

»Aus der Richtung kommt keiner zu uns, Sørensen«, sagte Brasen, der nie – und nun saß er seit acht Jahren hier – Gäste von woanders als aus dem Norden gehabt hatte. Dennoch öffnete er unversehens die Durchreiche in der Tür und rief in die Küche hinaus: »Wo bist du, Jansine?«

»Hier, Brasen«, antwortete die Frau, die dort war, wo sie immer zu sein pflegte, in der Speisekammer.

»Man sagt, mit dem Aalborg-Dampfer seien enorm viele Passagiere angekommen«, sagte Brasen.

»Gott behüte, was sagst du da, Brasen.« Die Frau blieb mitten in ihrer Küche stehen. Es war, als könnte sie sich nicht mehr rühren: Schon immer hatte sie gesagt, dass sie über Aalborg kämen.

Im selben Augenblick dachte sie da an den Schlachter, der schon weg war, und an die Bettdecken, dass man die gestrickten nehmen sollte; und an das Stubenmädchen, das sie nicht hatte, denn es war davongelaufen: O Gott, dass man sie hat ziehen lassen. Doch für die Leute aus der Stadt hätte man sie nicht brauchen können, der Trampel, so wie sie sich benahm.

Und sie dachte an Nielsen in der Gasse – man könnte zu ihm, damit einem geholfen wäre –, und an die letzten zwei Dutzend ungesäumten Handtücher.

Aber Stine, die Näherin, wurde auch nie fertig, egal, worum es sich handelte.

Und ob man Fisch bekäme, wenn es denn nötig wäre …

Frau Brasen seufzte, und plötzlich rief sie mit dem Kopf in der Durchreiche: »Christian, hast du den Kragen gewechselt?«

Und auf Nummer 17 war auch kein Spiegel.

Aber dann strich sie mit den Händen über die Schürze, und sie sagte: »Ja, ich bin bereit, Brasen.«

Brasen schüttelte den Kopf und schloss die Durchreiche.

Wahrscheinlich war auch so etwas wie eine Überlegung durch seinen Kopf gegangen, denn er sagte zu Sørensen in seiner Ecke drüben: »Nö, es tut bei Gott nicht gut, Sørensen, wenn man sich so was aufgehalst hat und eigentlich nur ein Bauer ist.«

Frau Brasen war in den ersten Stock hinaufgelaufen und in den Saal hinein. Groß war er und leer, mit acht Fenstern und gelben Gardinen, so gelb, als wären sie mit Butterblumen gefärbt. Mitten im Raum stand der Tisch aus Platten mit Böcken darunter.

Aber von den Stühlen fehlten ganze drei.

Frau Brasen warf einen Blick auf das Büffet. Es war von der Molkerei geliehen, und darüber hingen drei Blechteller.

Frau Brasen dachte noch einmal an die Tischdecken, wie viele da waren. Die Servietten, die konnten sie immer noch mangeln – mit ein bisschen Feuchtigkeit.

Sie lief über den Gang weiter zu den Zimmern am Hoftor. Das waren die schönsten. Die gepolsterten Möbel waren blassrot, und in den Türen hingen blaue Vorhänge. Die hatten sie immer gehabt, schon damals, als sie heirateten und auf »Skovvang« einzogen. Aber damals hingen die Gardinen in der Stube.

Plötzlich lief Frau Brasen hinunter.

Der Gärtner war ihr eingefallen. Sie konnte ja nach Spargel schicken. Der hielt sich allemal, in Sand. Und *dort* hatten sie keine Schulden.

Als sie im Hof unten war, rief sie Jens, den Laufburschen: Er könnte rasch die Straße runterflitzen, denn – so war es wohl – Schlachter Andersen musste noch dort sein: »Schau rein bei Westerbys«, rief sie Jens nach: »Denn *dort* bleibt er lange.«

Schlachter Andersen war mit dem Wagen bis zum Manufakturhändler Rist gelangt.

Beim Manufakturhändler hielt er für gewöhnlich nicht. Herr Rist, der aussah, als bestände er bloß aus seinen Kleidern, war samt Familie und Hausstand Vegetarier.

Die Ladenfenster waren mit Badetüchern und Badehauben vollgehängt.

Schlachter Andersen zeigte mit der Hand auf die vielen Baderequisiten und sagte: »Da *hängen* sie.«

Herr Rist, der in der Tür stand, sagte: »Da hängen sie und vergilben.«

Und kurz darauf fügte er hinzu, denn Herr Rist hatte in den letzten Wochen nicht verhehlt, wo die Brasens Kredit für die Ausstattung bekommen hatten: »Aber das ist noch das wenigste, Herr Andersen«, sagte er.

Andersen drehte sich plötzlich um. Er hörte Jens, der schrie: »Andersen soll wieder zurückkommen, zu Frau Brasen.«

Andersen wandte sich um. »Was ist denn los«, sagte er.

Aber Jens wiederholte nur, dass der Schlachter zurückkommen müsse. Erst als Andersen seinen Wagen gewendet hatte, sagte er: »Denn es heißt, ein Dampfer sei nach Aalborg gekommen.«

»Jetzt sind sie da, du meine Güte«, sagte der Schlachter und setzte den Gaul in Trab.

Herr Rist, der mächtig erschrocken war, trat von der Tür weg und lief durch seinen Laden – so man von Herrn Stadtrat Rist überhaupt sagen durfte, dass er laufe –, die Wendeltreppe in den ersten Stock hinauf und hinein zu seiner Frau.

Frau Rist wischte Staub in einer Stube voller Plüschmöbel und mit zugezogenen Gardinen.

»Sie kommen«, sagte Rist.

»*Wer?*« sagte die Frau.

Herr Rist berichtete die Neuigkeit vom Dampfer, und dass ein Telefonanruf eingetroffen sein musste.

Frau Rist zog ihren Haarknoten fester (sie zog ihr Haar so stramm nach hinten, als wäre es im Nacken um einen Pfahl gezurrt) und sagte: »Es wurde aber auch Zeit, Rist.«

Sie wartete einen Augenblick. Dann sagte sie: »Was habt ihr für die Abzahlung vereinbart, Frederik?«

Herr Rist antwortete: »Alle acht Tage, Grethe.«

Sie presste die Lippen zusammen – ihre Oberlippe war etwas flaumig: »Besser wäre mittwochs und samstags«, sagte sie: »Du kennst doch Brasen.«

Herr Rist, der sagte, dass er eigentlich derselben Meinung sei, fügte hinzu: »Aber man sollte vielleicht nicht zu begehrlich sein ... wegen der Leute.«

Die zwei Ristschen Mädchen traten ein. Sie waren vierzehn und zwölf, in blauen Baumwollkleidern vom selben Stoffballen und mit der Frisur der Gnädigen: »Geh runter, Rist«, sagte sie: »Du weißt, der Apparat ist kaputt.«

Der Apparat war die mechanische Ladenkasse, die gelegentlich nicht funktionierte.

Herr Rist ging.

»Du musst in deine Stunde, Elisa«, sagte die Mutter, indem sie die Ältere musterte und das Baumwollkleid herunterzog: »Und du übst, Philippa.«

Das Leben der Familie Rist war ein immerwährender Stundenplan, den Frau Rist im Kopf hatte.

Das Mädchen ging – die Ristschen Kinder erinnerten unwillkürlich an Schildwachen, die auf Posten geschickt werden –, und Frau Rist nahm mit ihrer grauen, knochigen Hand das Staubwischen wieder auf. Sämtliche Familienmitglieder waren grobknochig und auch sonst kräftig.

Frau Rist war beim Staubwischen bei den Rahmen um die Majestäten und das Gedenkblatt an die Königsau[7] angelangt. Ab und zu hustete sie. Die Luft in den Zimmern war trocken, weil sich das Manufakturlager auf der Etage der Wohnung befand.

Elisa Rist ging mit ihrer Notenmappe in die Apotheke. Die Apotheke war ein graues Gebäude, das einer Leichenhalle glich. Beiderseits der Tür standen zwei Säulen, die, jede nach ihrer Seite hin ein wenig schief, unwillkürlich an die Stämme zweier Trauerweiden denken ließen. Über diesen Säulen war in Schwarz das Wort »Apotheke« gemalt.

Als Elisa im ersten Stock die Stube betrat, erhob sich Frau Hauch von ihrem Lehnstuhl und sagte: »Nun, dann setz dich doch.«

Frau Hauch litt unter chronischer Müdigkeit, die sie im Lehnstuhl auskurierte, wenn sie keine Klavierstunden gab. Sie hatte einst als vielversprechendes Talent das Konservatorium besucht und vierhändig bei einem Klavierkonzert des Musikvereins unter Gade[8] mitgewirkt. Sie war nie anders als schwarz gekleidet, in Röcken von höchst seltsamem Zuschnitt, die sie sonderbar umhüllten. Um den Hals trug sie ein Tuch, das sich im Lauf der Zeit an den Rändern stark abgenutzt hatte: »Beginn mit der Tonleiter.«

Elisa Rist sagte, ohne den Kopf umzuwenden: »Heute kommen die ersten zu Brasens.« Sie hatte es durch die Tür gehört.

Frau Hauch fragte nicht weiter; da waren natürlich keine »Musikmenschen« darunter.

Als aber Elisa gegangen war und die nächste kam – Frau Hauch musste viele Stunden geben, da die Apotheke zu teuer bezahlt war –, teilte sie Hauch in der Apotheke unten die Neuigkeit trotzdem durch das Sprechrohr mit.

Schlachter Andersen kam von Brasens zurück, wo er sein ganzes Rindfleisch abgesetzt hatte, das ja immer noch »abhängen« konnte, und er fuhr zum Bürgermeister hinaus.

Der Bürgermeister wohnte in einem großen und neuen roten Haus, das an eine Festung erinnerte. Am einen Ende des Hauses zeigten drei mächtige Hände auf ein »Zum Büro«.

Schlachter Andersen fuhr in den Hof, wo sich zwei Steintreppen befanden. Die drei Hände zeigten auf die eine. Der Schlachter blieb vor der anderen stehen, die zur gnädigen Frau führte.

Als das Küchenmädchen herauskam, salutierte Andersen mit seiner Peitsche: Ob sie denn was brauchten?

Das Mädchen wollte nachfragen.

Aber im selben Augenblick kam das Fräulein persönlich durch die Gartentür in den Hof. Als sie Andersen sah, senkte sie den Kopf. Sie hatte fünf Iris in der Hand. Die Stiele waren so lang, dass die lila Blütenkelche über ihren Kopf hinausragten, dessen Haar so schwarz war, dass es in der Sonne glitzerte. Sie ging über den Hof zum Wagen und sagte: »Ja was haben Sie anzubieten, Herr Andersen?«

Herr Andersen hatte den Hut abgenommen und auf den Bock gelegt. Ihm war nicht bewusst, dass er das immer tat, wenn er mit der Tochter des Bürgermeisters verhandelte: »Es gibt von allem, Fräulein«, sagte er mit sanfter Stimme.

Und das Fräulein begann mit ruhigem Sachverstand das Fleisch auszuwählen, ohne es mit der Hand zu berühren, die schmucklos und sehr schlank war.

»Dieses«, sagte sie und zeigte auf ein Fleischstück.

»Würden Sie es wiegen?« Sie stieg zwei Treppenstufen hinauf, die langen Irisstiele in der Hand. Und vielleicht halb in Gedanken versunken, während sie aber ihre Augen doch auf Herrn Andersen richtete, sagte sie, die demjenigen, mit dem sie redete, immer direkt ins Gesicht sah und die übrige Welt keines Blickes würdigte: »Und wie steht's bei Brasens?«

»Sie sagen, heute kämen Leute«, antwortete Andersen, der dem Fräulein gegenüber stets eine gewisse fast militärische Korrektheit beachtete, wie ein Sergeant der Artillerie gegenüber der Gattin des Premierleutnants.

»O wie schön«, sagte das Fräulein und senkte erneut den Kopf, als sie hineinging.

Sie durchquerte die Zimmer, die voll waren von Flechtwerk mit Efeu und hellen Teppichen und Blumen in großen und seltsamen Tonkübeln, und sie blieb im hintersten Raum stehen, wo die Gardinen zugezogen waren, so dass es fast dunkel war.

»Bist du da, Mama«, sagte sie.

Aus einem großen Stuhl ganz hinten in einer Ecke antwortete eine Stimme: »Ja«.

Das Fräulein lief durch das Zimmer und beugte sich über die Mutter, die, eingehüllt in viel weißes Flanell, in ihrem tiefen und besonders breiten Stuhl dasaß, als sei sie zusammengesunken über etwas, das ihr zerbrochen war, gerade vor ihr, in ihrem Schoß: »Dann bist du ja heute früh aufgestanden«, sagte das Fräulein und küsste die Mutter auf den Scheitel. »Und es ist warm heute«, sagte die Tochter, wobei ihre Stimme rücksichtsvoll, ja fast besänftigend klang: »Heute kannst du in den Garten runter.«

»*Hier* wird es nie warm«, sagte die Mutter, die alles an den Tropen maß, wo sie geboren und aufgewachsen war, auf den Westindischen Inseln[9], als Tochter des Gouverneurs, bis sie den Richter geheiratet hatte.

»Doch, Mama«, sagte das Fräulein, und mit den langstieligen Iris in der Hand ging sie zurück in den vorderen Salon, wo viele kleine indische Vögel in einem mächtigen Bauer zwitscherten, das vom Boden bis zur Decke reichte. Sie stellte die Blumen in eine Vase, die auf dem Boden stand und ihr bis zu den schlanken Hüften reichte; und sie ging wieder hinaus und die »Frauentreppe« hinunter zur »Treppe mit den Händen«.

»Geben Sie den Tauben Futter«, sagte sie zum Stubenmädchen durch das offene Küchenfenster; und sie ging die Treppe hinauf und durch die Büroräume, wo sich die Herren an den grüngestrichenen Tischen erhoben, und klopfte an die hinterste Tür, hinter der ein »Herein« ertönte: »Guten Morgen, Papa«, sagte sie zum Bürgermeister, der, weißhaarig und kurzgeschoren, rank und schlank wie ein Militär am Tisch saß.

»Guten Morgen«, sagte der Bürgermeister und gab ihr die Hand.

»Papa, bei dir ist es kalt«, sagte das Fräulein.

»Das ist gut so«, sagte der Vater, dessen Büro nach Norden ging.

»Stell dir vor, heute kommen Gäste zu Brasens«, sagte das Fräulein.

»Dann gibt es nur noch mehr Spektakel«, antwortete der Bürgermeister.

Das Fräulein lächelte – ihre stark geschwungenen Lippen bewegten sich kaum, wenn sie lächelte: »Dann musst du das eine Auge der Gerechtigkeit blenden«, sagte sie.

»Das ist mitunter vonnöten«, sagte der Bürgermeister, den Seine Exzellenz, der Justizminister, der sein Freund war, beim Kaffee in einer Abendgesellschaft einmal beschuldigt hatte, ab und zu der verbrieften Gerechtigkeit des Gesetzes ein wenig nachhelfen zu wollen.

»Leb wohl einstweilen«, sagte das Fräulein und schritt durch die Büros die Treppe hinab. Es gab keine andere Verbindung zwischen den beiden Teilen des Hauses als diesen Weg. Als der Bürgermeister sein Haus baute, hatte er die beiden Hälften durch eine Brandmauer getrennt.

Das Fräulein blieb im sonnendurchfluteten Hof stehen, wo das Stubenmädchen die pickenden Tauben fütterte: »Agathe«, sagte sie, »vergessen Sie nicht, wir wollen heute die Tücher auf die Bleiche legen«, und stieg die Treppe hinauf.

Etwas später kehrte sie zurück, das Badetuch über dem Arm, und ging über den Hof und auf die Straße hinaus.

Alle grüßten sie, und jedesmal nickte sie mit derselben Höflichkeit und ohne jemanden anzusehen.

Als sie das Fischerquartier erreichte, liefen ihr einige Kinder entgegen, und sie ging fast in die Hocke, als sie mit ihnen redete. Dann ging sie weiter. Das Pflaster im Fischerquartier war so holperig, dass die anderen jungen Damen des Ortes wunderliche Sprünge machten und mit den Absätzen stecken blieben, wenn sie zum Bad wollten, aber Fräulein Ingeborg nahm es nicht wahr.

»Na, da sind Sie ja, Fräulein«, sagte die Badefrau, deren altes Gesicht strahlte, als sie die Tür öffnete. Es war Madam Poulsens größte Wonne, die herrliche Gestalt des Fräuleins im Wasser zu sehen.

»*Welch* ein Geschöpf«, sagte Madam Poulsen.

Aus der Badekabine heraus sagte das Fräulein: »Jetzt gibt's zu tun, Madam Poulsen, denn heute bekommen Brasens Gäste.«

»Du lieber Gott«, schrie Madam Poulsen und stürzte Hals über Kopf in einen kleinen Raum, der voller alter Handtücher, verschimmelter Bürsten und Möbel war, über die man besser nicht spricht.

Das Fräulein öffnete ihre Tür. Einen Augenblick stand sie an der Badetreppe, während ihre Augen auf dem Wasser ruhten: »Wie blau das Meer doch ist«, sagte sie.

Schlachter Andersen fuhr gerade aus der Stadt heraus, als er auf Frau Jespersen traf, die unter ihrem weißen Sonnenschirm aus dem Wald kam: »Na«, sagte sie, »sind Sie es *wieder*?«

»Ja«, antwortete Andersen: »Und heute kommen Leute.«

»Zu Brasens?«

»Ja«, sagte der Schlachter.

»Gott behüte«, sagte Frau Jespersen, und nach kurzem Nachsinnen fügte sie hinzu: »Vielleicht gibt es dann abends ›Feste‹.«

»Leben Sie wohl.«

Frau Jespersen ging weiter. Da entschloss sie sich, beim Bäcker ein paar »Kräuter« zu besorgen. Frau Jespersen liebte Kräuterzwieback und überhaupt alles, was zwischen den Zähnen knackte. Als sie die Bäckerei betrat, sagte sie zur Madam: »Heute treffen ja die Kopenhagener ein.«

»Tatsächlich«, sagte die Madam, die, als Frau Jespersen wieder fort war, in die Backstube lief und ihrem Mann zurief: »Ja, jetzt kommen sie, Petersen, und du hast keine Cremetorte. Und wir kennen doch Frau Brasen, wie sie immer in letzter Minute angerannt kommt.«

Seit vierzehn Tagen hatte Frau Petersen ihren Mann zum Backen einer Cremetorte aufgefordert, weil die doch haltbar sei: »Und Rists Kinder würden sie schon vernaschen«, meinte Frau Petersen.

Nach dem letzten Haus der Stadt drosselte Herr Andersen die Fahrt des Wagens. Dort wohnte der Töpfer. Er hatte nur ein kleines Ladenfenster, in dem allerlei Scherben zwischen fahlem Plundergebäck ausgestellt waren. Die Frau stand in der Tür.

Herr Andersen sagte: »Heute geht's los.«

»Womit denn«, sagte die Frau langsam.

»Mit den Badegästen«, sagte der Schlachter.

»Ach«, antwortete die Frau: »Uns geht das ja nichts an.«

»Wo ist Lassen«, fragte der Schlachter.

»Der«, sagte die Frau, »der sitzt über seinen Scherben.«

Lassen saß immer über seinen Scherben, drinnen in einem dunklen Loch, das er nie verließ, außer um zu essen, und das tat er, wie schmutzig er von seinem Lehm auch sein mochte: »Er will die Sachen doch immer so schön machen«, sagte die Frau: »Und was nützt es?«

Sie ernährte die Familie mit Plunder und Lakritze, während sich Lassen mit den Töpfen und seinem windschiefen Ofen abrackerte.

Herr Andersen fuhr weiter.

Madam Lassen blieb in ihrer Tür stehen, als die Postkutsche vorbeirollte.

Der Kutscher begann, in sein verbeultes Horn zu blasen.

»Die war ja leer«, sagte die Madam und schloss ihre Tür.

Der Kutscher tutete immerfort, die Straße hinauf. Frau Rist hob die eine Gardine ein wenig und schaute dem Wagen nach: »Nein, kein Mensch«, sagte sie.

Der eine Geselle war auf Konsul Therkildsens Treppe hinausgetreten: »Nee, Herr Konsul«, rief er zur Bürotür, in der sich der Konsul beim Tuten des Horns gezeigt hatte.

Im Salon genoss die Konsulin mit der Frau des Propstes eine Tasse Tee: Kaffee war in den letzten Jahren aus dem Haus der Konsulin fast völlig verschwunden. Die zwei Damen unterhielten sich über die Badesaison. Sie waren sich einig, dass natürlich sowieso niemand käme, und die Konsulin sagte: »Wer weiß schon, was für Subjekte das wären, die wir in die Stadt bekämen, selbst wenn man sich natürlich nicht mit ihnen abgeben würde.«

Die Frau des Propstes, die die hochklerikale Nachsicht ihres Gatten stets portionenweise zum Besten gab, sagte: »Ja, die guten Brasens. Vielleicht wäre es das beste, wenn aus dem Ganzen nichts würde. Es könnte doch – wir kennen ja alle die kleinen Schwächen der strebsamen und guten Frau Brasen – wirklich beinah so weit kommen, dass sich die Stadt prostituiert, wie auch mein Mann sagt.«

Die Mutter des Doktors saß am Spion: »Da war keiner drinnen, Theodor«, rief sie zum Sohn hinein.

»Na«, antwortete der Doktor, der mit der *Politiken*[10] von gestern auf der Chaiselongue lag.

Drüben bei Brasens hatten sie sich am mittleren Fenster der Schankstube versammelt. Brasen saß und die Frau stand. Hinter ihnen waren die drei Kinder aufgereiht, die aus der Schule nach Hause gekommen waren. Zuhinterst stand Christian. Sie blickten alle hinaus auf die leere Postkutsche.

»Nein, verflixt«, sagte Brasen.

Und wortlos kehrte jeder zu seiner Verrichtung zurück. Christian Christensen ging hinter die Tür des kleinen Speisesaals, wo er immer saß und schlief. Als er noch in der Seilerei arbeitete, hatte es nie solche Nachtschwärmerei gegeben.

Brasen schaute zwei Hunden nach, die hintereinander herjagten: »Das ist auch das einzige, das sich auf dem Marktplatz rührt.«

Aber plötzlich fuhr der Teufel in die Hunde, und sie stoben bellend die Søndergade hinunter: »Jansine«, rief Brasen und sprang auf, und es geschah selten, dass Brasen sprang: »*Jansine, da kommen Wagen von Süden her.*«

Frau Brasen kam wieder aus der Speisekammer gelaufen (heute war es ja ganz verrückt, und man fand keine Zeit zum Sitzen): »Was ist denn, Brasen.«

»Sie sind da«, sagte Brasen.

Mitten im Raum drehte er sich zweimal um die eigene Achse. »Christian«, rief er.

Von der Küchentür aus, die sie jetzt erreicht hatte, sah Frau Brasen selbst die drei überfüllten Kremser[11], die um die Ecke rollten.

»Gott steh uns bei«, sagte Frau Brasen und rief: »*Christian*«; während Brasen schrie: »Wo ist Nielsen? Wo zum Teufel ist Nielsen? Wo, verflucht noch mal, ist der Fuhrknecht?«

Frau Brasen strich sich mit den schwitzenden Händen über ihre etwas unordentliche Frisur: Nein, sie hatte keine Haube auf ...

»Jetzt kommen sie tatsächlich«, sagte Brasen und setzte sich pardauz neben den Tresen.

Der erste Wagen war schon in der Toreinfahrt.

»Lauf raus, lauf raus«, rief Frau Brasen dem »Eleven« zu. Sie selbst wollte erst die Schürze wechseln: »Lauf raus«, rief sie wieder, während sie am ganzen Leib bebte – und *sie hatte keine Haube auf*: »Lauf raus, denn jetzt sind sie da.«

»Christian«, trompetete Brasen an seinem Tresen.

Christian stand mitten in der Schankstube und war nicht

weiter gekommen, als dass er seinen Kopf mit einem Putzlappen abtrocknete.

Aber der Fuhrknecht Nielsen war auf seinem Posten und
öffnete die Tür des ersten Kremsers, in dem vierzehn Menschen lärmten wie ein Vogelschwarm.

Frau Brasen hatte die Eingangstür erreicht, wo sie mit einem halben Knicks grüßte.

Die vierzehn schwirrten aus dem Wagen, und im Nu war
die ganze Billardstube mit Handkoffern und Decken und
nicht zuzuordnenden Schals und Spankörben und Schoß-
hunden und Hutschachteln gefüllt. Alle vierzehn Personen
redeten wild durcheinander, reckten die Glieder, verlangten
Auskunft, vertraten sich die Beine und lachten. Es waren
drei Herren und elf Damen.

Der zweite Kremser war vorgefahren. Doch eine Dame,
die mit ihrem Kleid am Wagentritt hängen blieb, hielt den
Strom auf, bis sie kreischend loskam. Ein Familienvater, der
von seiner Gattin, drei Kindern und dem Kindermädchen
begleitet wurde, drängte sich zum Tresen vor und bat um die
Zimmer, die er bestellt hatte.

Brasen, der ihn mit großen Augen anschaute, sagte: »Ja,
sind Sie es, der bestellt hat? Ja, das werden wir gleich haben«, und begann in einer alten Zigarrenkiste zu kramen,
wo er die Badekorrespondenz aufbewahrte.

»Ich bin Schulinspektor Rasmussen«, sagte der Familienvater, der gewichtig sprach wie einer, der es gewohnt
war, einen geistigen Betrieb zu leiten.

»Ja«, sagte Brasen, der in seiner Kiste weiterwühlte.

Eine Dame, die die Reise in einem dunkelroten, dekolletierten Schleppenkleid zurückgelegt hatte, ließ sich auf einen Stuhl nahe dem Tisch fallen und sagte zu ihrem Mann,
der klein, blond und kurzsichtig war: »Hans, ich hab' es dir
gesagt. Ich muss sofort auf mein Zimmer.«

Auch Herr Hans Lindegaard hatte Logis bestellt und
fragte nach den Nummern seiner Zimmer.

»Ich hab's«, sagte Brasen, der blutrot angelaufen war. Er hatte in der Zigarrenkiste ein Papier mit »Rasmussen« gefunden.

Aber Herr Lindegaard fragte weiter nach seiner Nummer. Und eine kleine freundliche Witwe, die von einer hinkenden Tochter begleitet wurde, die sich an einem Stock fortbewegte, sagte seelenruhig: »Wir hätten gern unsere Zimmer.«

Brasen schaute von seiner Kiste zu ihr auf.

»Sie sind reserviert«, sagte die Witwe, »für heute.«

»Wirklich?« sagte Brasen.

»Christian«, rief er: »Hol meine Frau.«

Frau Brasen ging im Billardzimmer auf und ab und sagte unaufhörlich: »Wenn wir nur einen nach dem andern nehmen ...«

Frau Brasen nahm überhaupt nichts, sondern lief weiter im Kreis, während sie immer wieder sagte: »Dos kommt jo etwos plötzlich.« In Frau Brasens Mund wurden alle A's zu O's, wenn sie erschrak.

»Gute Frau, wir warten doch gerne«, sagte ein großer und gebräunter Herr mit einer schlanken, sehnigen Figur.

»Ja, danke«, sagte Frau Brasen und blickte ihm ins Gesicht. Es war das erste Gesicht, das sie wahrnahm. Ansonsten sah sie nur den Schwarm um sich herum, wie jemand, der Karussell fährt, jene sieht, die sich auf festem Boden befinden.

»Wir sind ja so viele, die alle auf einmal ankommen«, sagte der gebräunte Herr.

»Ja, so ist es«, sagte Frau Brasen, und sie rief sofort nach Jens, damit er mit Inspektors zum Annex laufe.

Herr Lindegaard mit Gattin hatte die Nummer sechzehn erhalten, von wo die gnädige Frau schon klingelte. Frau Brasen sauste zur Durchreiche und rief in die Küche, der Eleve solle dort hinauflaufen: »Bind dir eine Schürze um«, rief sie und schloss die Durchreiche.

»Das ist meine Frau«, sagte Brasen, der die Zigarrenkiste losließ, in der die Brieffetzen durcheinanderflogen.

Während vier andere Damen ihre Zimmer verlangten, sagte Frau Brasen zur Witwe: »Doch, das ist die Nummer zwölf im Annex«; und auch sie, die vom Dampf und Rauch in ihrer Küche schlechte Augen bekommen hatte, begann in der Zigarrenkiste zu wühlen: Ja, es war schlimm, schlimm mit Brasen und der Briefschreiberei. Und was brachte es schon, dass Sørensen half?

Die eine der vier Damen, die allesamt Gemeindelehrerinnen waren, sagte: »Wir haben vor einem Monat geschrieben.«

Und Brasen, der auf dem Stuhl mit dem Kissen saß, sagte: »Jansine, die hat Sørensen ...«

Jens lief vor dem Inspektor mit Familie und Kindermädchen die Straße hinunter zum Annex.

Er war barhäuptig und rief in alle Ladentüren hinein: »Das sind die Reisenden«, rief er. Er trug eine Weste und ein Paar dunkelgraue Hosen mit einem hellgrauen Lappen an dem Ort, auf den man sich setzt. Wenn er lief, sah der Lappen aus wie eine wehende Fahne.

»Wenn man nur die Betten sicher hätte«, sagte der Inspektor, der mit einem Embonpoint und einigem Vermögen ausgestattet war, das er mit seiner Frau erworben hatte.

»Und die Betten der Kinder, August«, sagte die Frau, die mager war und unterleibsleidend und Schwarz trug.

Sie kamen zum Annex, wo Jens die Türen zu all den hellblauen und noch leeren Zimmern aufstieß.

»Hier ist es«, sagte Jens.

»Aber wo sind *unsere* Zimmer?« fragte der Inspektor, der vor dem wartenden Annex stehen blieb.

»Das müssen Sie die Wirtin fragen«, antwortete Jens, der zurückeilte.

»Wir nehmen jene dort«, sagte die Frau, die sich gesetzt hatte, und zeigte auf drei der Vorderzimmer.

Sie begann, Kommandos für das Möbelrücken zu geben, während sie sagte: »August, hilf Louise.« Louise war das Kindermädchen.

Die sanfte Witwe kam mit ihrer Tochter. Es sah – unter Frau Rasmussens Anweisungen – bereits aus, als wäre der ganze Annex im Umzug begriffen.

Die Frau und die Tochter nahmen ohne Aufhebens zwei Kammern: »Liebe Else«, sagte die Mutter: »Lass uns hierbleiben.«

Und sie betraten zwei kleine Kammern, deren Türen sie hinter sich schlossen.

Im Hotel hatten die meisten ihr Zimmer erhalten, und siebzehn Personen klingelten gleichzeitig, um endlich ihre Koffer zu bekommen.

»Christian«, rief Brasen, und keiner kam.

Fuhrknecht Nielsen schleppte Holzkoffer und geflochtene Koffer, dass die alten Treppen nur so knarrten, und Frau Brasen lief hierhin und dorthin, um noch die letzten unterzubringen, während sie unaufhörlich an das Abendessen dachte. In der Küche war alles zum Stillstand gekommen, die Mädchen und die Waschfrau standen im Hof und glotzten den Fremden hinterher.

»Ja, ja«, sagte Frau Brasen und lief wieder hin und her: Jens solle das Nähmädchen Stine holen. Stine müsse beim Servieren helfen, und dann müssten die Handtücher eben warten.

»Christian«; Brasen war bei seiner Suche nach dem Kellner bis zum Fenster im kleinen Speisesaal gelangt.

Wie der Blitz sauste Christian aus der Tür mit dem Herz. Jeder Schreck schlug ihm sofort auf den Magen.

»So«, sagte Brasen: »Jetzt hockt er schon wieder dort.«

Frau Lindegaard klingelte nach Wasser für eine kalte Abreibung, und bei den vier Lehrerinnen, die im Giebel untergebracht waren, gab es nur zwei Handtücher für alle vier.

Der Doktor, der einen Gehrock aus den Achtzigerjahren trug, öffnete die Tür zum Billardzimmer und blickte hinein. Brasen saß auf seinem Kissen.

»Wie soll das nur *gehen?*« sagte Brasen.

Frau Brasen, die die letzten Gäste zum »Annex« hinunterführte, sagte: »Es *wird* gehen, Brasen.«

Ihr war zumute, als schwankte der Boden unter ihren Füßen.

»Bitte sehr«, sagte sie, »nur die Straße hinunter.« Sie ging neben den letzten beiden Gästen, einer ostjütischen Großhändlersfrau mit ihrer Tochter, mitten auf der Straße, wo hinter allen Gardinen Gesichter hervorlugten: »Ja, hier ist es so schön, wenn die Sonne scheint«, sagte Frau Brasen. Die Pflastersteine glühten unter ihren Füßen.

»Ist es ebenso weit zum Wasser«, sagte die Tochter, Fräulein Lucie, eine kleine, bleiche und verstädterte Person, die in allem ihren Willen durchsetzte, weil es der Hausarzt des Großhändlers leid war, ihren nervösen Anfällen zuzuschauen.

»Es ist nur ein Sprung«, sagte Frau Brasen.

»Ist es *hier*«, sagte Fräulein Lucie, als sie den Annex erreichten.

Frau Brasen ging voraus, und die Großhändlersfrau sagte: »Lucie, du warst es, die hierherwollte.«

Frau Brasen öffnete die Türen zu den Vorderzimmern. Die Koffer von Familie Rasmussen waren eingetroffen, und nicht *ein* Möbel stand mehr an seinem Platz: »Ja«, sagte Frau Rasmussen: »Das sind doch unsere Zimmer?«

Frau Brasen, die sah, dass die Zimmer in Beschlag genommen waren, sagte: »Ja, so war es gedacht.«

Der Inspektor, der die Betten untersucht hatte, sagte: »Es ist Rosshaar, mein Mädchen.«

»Aber August, willst du mir sagen, wie wir die Kinder mit diesen Lumpen zudecken sollen?«

Frau Rasmussen wollte sich an Frau Brasen wenden, aber Frau Brasen war schon weg. Sie überquerte den Hof, gefolgt von den zwei ostjütischen Damen: »Ja«, sagte sie, indem sie eine Tür öffnete: »Das sind die besten Zimmer. Aber der Eingang führt halt durch die Küche.«

Die Küche war gepflastert und eigentlich ein Waschkeller. Fräulein Lucie war auf der Türschwelle stehen geblieben: »Das ist gemütlich«, sagte sie.

»Ja«, sagte Frau Brasen: »Und es ist auch praktisch, wenn man das eine oder andere abstellen möchte.«

Die Mutter und Fräulein Lucie betraten die beiden Zimmer und sagten: »Danke.«

»Glaubst du, *hier* bleibe ich?« sagte Fräulein Lucie.

Ihre Mutter, die die Zimmer musterte, sagte: »Vielleicht könnte man irgendwo in der Stadt ein paar Möbel mieten.«

Fräulein Lucie antwortete nicht. Sie setzte sich in einen Schaukelstuhl und summte vor sich hin.

Als Frau Brasen am Fenster der Witwe, das offen stand, vorbeikam, steckte die alte Dame den Kopf heraus.

»Hier ist es so richtig nett«, sagte sie: »Wir hätten nur gern einen Schrank umgestellt, bei Gelegenheit.«

Der Schrank sollte vor eine Tür geschoben werden, die sie von Familie Rasmussen trennte. Das würde die Geräusche doch etwas dämpfen.

Frau Brasen ging in den Garten hinab und zur Großmutter hinein, die noch immer mit dem Rechen zugange war.

»Du musst kommen, Mutter«, sagte sie.

Die Alte hob den Kopf: »Warum«, sagte sie.

»Weil sie jetzt da sind, Mutter.« Frau Brasen war zum Weinen zumute. »Und das ist ja gut so, Mutter«, sagte sie der Alten ins Gesicht.

»Nun«, antwortete die Alte nur, ließ den Rechen los und folgte ihr.

»Ist *das* der Garten«, rief die hinkende Tochter der Witwe aus ihrem Fenster.

Und sie lief in den Hof – sie hinkte zwar, war sonst aber quicklebendig – und in den Garten hinein.

»Aber Mutter, was für ein Garten«, rief sie kurz darauf, als sie zurückkam, vom Hof aus, und als sich Frau Rasmussen am Gangfenster zeigte, fügte sie hinzu: »Gnädige Frau, das wird herrlich für die Kinder.«

Etwas später kam sie erneut zurück, den Arm voller Zweige. »Mutter«, rief sie, »damit dekorieren wir – wenn wir nur ein paar Vasen hätten.«

Und nachdem sie die Zweige auf dem Fenstersims abgeladen hatte, trat sie, gestützt auf ihren Stock, auf die Straße hinaus.

»Die kleine Hinkende hat ein hübsches Gesicht«, sagte der gebräunte junge Mann.

Er hatte zusammen mit seinem Freund den Giebel vis-à-vis den vier Lehrerinnen zugeteilt erhalten, und er saß in seinem Fenster, von wo aus man den ganzen Ort mit allen fünf kleinen Straßen sehen konnte.

»Das ist das Haus des Bürgermeisters«, sagte sein Freund, der neben ihm stand und auf die rote Burg zeigte.

»Ja so«, sagte der junge Mann und starrte ins Sonnenlicht.

Die Straßen unter ihnen lagen wie ausgestorben in der Sonne. Das kleine hinkende Fräulein ging dort unten bis zum letzten Haus hinaus und kehrte wieder um: »Wie reizend sie doch geht an ihrem Stock«, sagte der Freund.

Sonst war niemand zu sehen. Nur beim Hotel liefen sie ein und aus.

Die vier Lehrerinnen kamen aus der Toreinfahrt. Sie hatten nach dem Weg zum Wald und nach dem Weg zum Badehaus gefragt. Sie hatten sich vorgenommen, zwanzig Bäder zu nehmen, und hatten keinen Tag zu verlieren. Sie gingen, zwei und zwei, die Straße hinunter und verschwanden.

»Nun«, sagte der Freund, »hier kann man sich so richtig schön langweilen.«

Der Gebräunte, der auf dem Fenstersims saß, starrte immer noch in das Licht – seine Augen hatten einen seltsamen Ausdruck angenommen, aus Kummer oder wegen einer starken Sehnsucht – und antwortete, möglicherweise ohne zu wissen, worauf: »Vielleicht.«

Draußen auf der Landstraße wirbelte eine Staubwolke im Sonnenlicht empor. Es war ein Landauer mit braunen Pferden und drei Koffern. Jetzt bog er von der Chaussee ab und in den Weg ein, an dem die Gärten des Ortes lagen. Zwei Damen, hinter hellen Sonnenschirmen verborgen, saßen im Wagen.

»Wer ist das«, sagte der Freund im Giebelfenster.

»Wer weiß«, antwortete der Gebräunte, der sich vom Sims erhob: »Wollen wir baden gehen?«

Unten im Hof fragten die zwei Freunde nach dem Weg.

»Ja, das Wasser ist wirklich gut«, sagte Brasen, der sich auf seinem Hofplatz lüftete: »Der Weg führt gerade hinter dem Garten des Bürgermeisters vorbei.«

»Danke«, sagte der Sehnige, der unvermittelt lächelte.

Der Wagen mit den braunen Pferden rollte am Gartenzaun des Bürgermeisters vorbei: »Ingeborg, Ingeborg«, rief die eine der Damen plötzlich und winkte mit ihrem Sonnenschirm. Sie hatte die Tochter des Bürgermeisters drinnen unter den Bäumen entdeckt.

Fräulein Ingeborg lief zur Hecke: »Johnny«, rief sie, die Freundin erkennend.

»Wir werden hier wohnen«, sagte Fräulein Johnny aus dem Wagen, während der Generalkonsul und die Generalkonsulin nickten.

»Wo?« rief Ingeborg.

Aber der Wagen war schon weg.

Die Tochter des Bürgermeisters blieb stehen. Ein strahlendes Lächeln huschte über ihr Gesicht, während ihre Augen schwarz, so schwarz wie die Glut der Sonne waren und lange über das grüne Feld und den Strand schauten.

Plötzlich dachte sie an so viele helle Tage, und sie erinnerte sich an damals – lange war es her.

Vor sich sah sie das Pensionat in Zürich, hinter der hohen Mauer, mit den Akazien im stillen Garten. Nach und nach traten die Bilder der Mitschülerinnen hervor, und Johnny und sie selbst mit ganz jungen Gesichtern. Sie sah die Promenade und den See mit seinen jähen Wellen und die Straßen und die technische Schule mit ihrem schönen weißen Portal.

Die Tochter des Bürgermeisters blieb an der Hecke wie hinter einem Gitter von würzigen Apfelrosen stehen.

Mit einem Mal hörte sie Schritte auf dem Pfad, und zwei Herren grüßten.

Es waren der Gebräunte und sein Freund.

Die Tochter des Bürgermeisters senkte den Kopf. Ihr blässlich-gelbes Gesicht war plötzlich kreideweiß geworden.

Sie ging langsam durch alle ihre Blumen und den Hof zurück und die Treppe hinauf. Die Herren im Büro, die gerade zum Essen wollten, grüßten das Fräulein, aber sie nahm es nicht wahr.

Sie öffnete die Tür zum vorderen Salon, wo die ostindischen Vögel in der Voliere zwitscherten.

Fräulein Ingeborg nahm ein Tuch und legte es über das Bauer, damit die Vögel schwiegen.

Sie setzte sich neben das Bauer, den Kopf in die Hand gestützt.

Die Mutter rief, und sie hörte es nicht …

Der Landauer war an Vizekonsul Therkildsens Garten vorbeigerollt.

Frau Therkildsen, die im Teepavillon nach der Natur und

nach Vorlagen brodierte, hatte sich beim Anblick des Wagens mit einem Ruck erhoben, fast rannte sie durch den Garten.

»Therkildsen, Therkildsen«, rief sie vom Hof aus, so dass einer der Gesellen auf die Hintertreppe hinaustrat: »Holen Sie den Konsul«, sagte sie, und der Geselle lief von der Frau, die er nie, in drei Jahren nicht, hatte rufen hören, weg und ins Haus.

Der Konsul trat auf die Treppe hinaus.

»Therkildsen«, sagte die Frau: »Komm herein.« Und als sie im Entree waren, sagte sie: »Fryants sind da.«

»*Wo*«, sagte der Konsul.

»Hier, Therkildsen«, sagte die Frau: »Sie sind gerade angekommen. Mit Koffern auf dem Wagen.«

Ein Gedankensturm wirbelte durch Frau Therkildsens Hirn.

»Der Generalkonsul?« fragte Therkildsen und betonte »General«.

»Ja, Therkildsen.«

Sie schwieg einen Augenblick: Seit zehn Jahren kämpfte sie mühsam darum, von der Wohnung der Söhne im B-Quartier aus in den großen Börsenzirkel zu gelangen, dessen Mittelpunkt Fryants waren.

Dann sagte sie: »Die können doch unmöglich bei Brasens wohnen.«

Herr Therkildsen sah sie einen Moment lang an: »Übrigens kann uns das ja egal sein«, sagte er.

Frau Therkildsen antwortete nicht. Sie rief die Haushälterin, um sich mit ihr zu beratschlagen.

Der Landauer war an allen Gärten vorbeigefahren und rollte in die Straße hinein.

»*Jansine*«, rief Brasen: »Jetzt kommen sie in der Berline.«

»Was ist denn, Brasen«, sagte die Frau, die in der Durchreiche den Kopf schüttelte.

»Frag mich nicht, Jansine«, sagte Brasen, dem der
Schweiß wie Hagel während eines Sommergewitters herab-
tropfte: »Weil mich jetzt gleich der Schlag trifft«, sagte er.

Der Landauer rollte durch die Toreinfahrt und hielt.
Fuhrknecht Nielsen war herbeigelaufen und begann sich vor
der Wagentür zu verbeugen: »Das ist doch Brasens Hotel«,
fragte der Generalkonsul freundlich.

»Ja, so ist es«, sagte Nielsen, der die Mütze zog.

Brasen blieb mitten in der Schankstube stehen und blickte durch die beiden Türen hinaus auf den Wagen: »Die
kannst *du* in Empfang nehmen, Jansine«, sagte er und ging
in den hinteren Raum, wo er auf einem Stuhl nahe dem Türspalt Platz nahm.

Die Damen des Generalkonsuls waren dem Wagen schon
entstiegen.

Sie nahmen das weiß gekalkte Tor, dessen schiefe Balken
schwarz gestrichen waren, ein wenig lang in Augenschein.

»Ist das vielleicht die Frau Wirtin?« fragte der Generalkonsul.

»Ja, so ist es.«

»Ja, wir dachten, hier zu bleiben, Frau Wirtin«, sagte der
Generalkonsul.

»*Heute nacht*«, fügte seine Frau eilig hinzu.

Und die Tochter, die ob des Tonfalls der Mutter lachen
musste, sagte: »Hier ist es doch herrlich.«

Frau Brasen war blutrot angelaufen bei dem »heute
nacht« der Frau Generalkonsul. Dann erbleichte sie wieder,
während die Schweißtropfen auf ihren Wangen perlten. Und
ihre Stimme zitterte ganz leicht, als sie sagte: Zimmer hätten sie, wenn sie denn genehm wären.

»Das sind sie gewiss«, sagte der Generalkonsul. Und
Frau Fryant, die auch rot geworden war, sagte: »Liebe Frau,

Frau Brasen, nicht wahr? – Wir stellen wirklich keine Ansprüche.«

Frau Brasen ging voraus und öffnete die Türen zu den
zwei Hofzimmern. Sie fasste die beiden Zimmer ins Auge,
während sie immer wieder sagte: »Ja, wenn sie nur genehm
wären« – und der Generalkonsul, der sich schnell die Betten
anschaute, die die Glanzstücke des Hauses waren, in denen
im Winter die Handelsreisenden untergebracht wurden,
sagte: »Hier ist es ja vortrefflich, liebe Frau, für heute
nacht«; und Fräulein Johnny fügte hinzu: »Ich wohne ja bei
Ingeborg.«

Als Frau Brasen herunterkam, saß Brasen immer noch
hinter seiner Tür. Er hob den Kopf und sah sie an: »Was haben sie gesagt?« sagte er.

»Ich weiß nicht«, antwortete Frau Brasen, deren Stimme
sehr leise war, und schaute ihn nicht an: »Aber sie bleiben
heute nacht.«

Frau Fryant, die mitten im Zimmer stand und den Hut
abnahm, sagte zu ihrem Mann: »Aber lieber Freund, wenn
es in Skagen[12] auch so ist.«

Und Johnny, die durch das Fenster die Wasserpumpe betrachtete, die sich etwas verbogen auf dem Marktplatz erhob, sagte lachend: »*Das* ist ganz ausgeschlossen.«

Der Generalkonsul begann, einige besonders pralle Rei-
setaschen voller Silber und Kristall zu öffnen, die etwas zu
massiv für die Brasenschen Tischbeine waren. Und die zwei
Damen gingen in das Schlafzimmer, wo das Fräulein die
blauen Portieren zuzog, während ihr Gesicht plötzlich ernst
wurde, als ob sie in deren verblichenen Falten deren lange
Geschichte läse. Sie sagte: »Mama, dann essen wir doch hier
und laden Ingeborg ein.«

»Ja, *my dear*«, sagte die Mutter und fügte dann hinzu:
»Löffel und Gabeln haben wir ja in den Necessaires.«

Unten in der Schankstube öffnete der Tierarzt die Tür.

»Hier ist es voll geworden, Tierarzt«, sagte Brasen.

Der Tierarzt, der wie alle kräftigen Männer des Ortes ein breites, rotfleckiges Gesicht hatte und von seiner Frau zur Inspektion geschickt worden war, sagte: »Ja, zum Teufel, hier hat sich der Bestand enorm vermehrt«; er bestellte ein Großes und fragte: »Aber was sind das für Springer, Gastwirt?«

»Weiß nicht«, sagte Brasen, der eigentümlich wortkarg war und dem zumute war, als hätte er einen Klumpen im Kopf.

Aber plötzlich sprang er von seinem Stuhl hoch: »*Christian*«, rief er und lief zum Tresen, wo er anfing, in alten Büchern zu wühlen: »Jetzt ist bei Gott jemand da, den man eintragen kann«; und er zog das Gästebuch hervor, das so fettig wie ein altes Kochbuch und mit Siegeln von sechs Bürgermeistern versehen war.

»Recht so, Brasen«, sagte der Tierarzt: »Wir wollen die Abstammung kennen.«

Christian war hinzugetreten und streckte die Hände nach dem Buch aus.

»Wasch dir die Pfoten«, sagte Brasen.

Die Durchreiche ging hoch, es war die Wirtin: »Komm mal rasch, Brasen«, sagte sie.

Frau Brasen war wegen des Abendessens in Sorge. In Gedanken zählte sie immer wieder, wie viele Gäste da waren, und sie kam nie zum Ende und begann wieder von vorn bis siebzehn zu zählen: »Waren es nicht siebzehn?« sagte sie.

Zwei Mädchen schuppten den Fisch. Es war ein elendes und dünnes Gezücht, das einmal lebendig gewesen war. Der Eleve briet auf dem Herd ein französisches Beefsteak für einen Handelsreisenden, der soeben mit seinen Musterkoffern eingetroffen war und nun im kleinen Speisesaal saß und schimpfte.

Als Brasen herauskam, schloss die Frau die Tür zur Speisekammer: »Was sollen wir machen«, sagte sie und schaute ihn mit ihren übernächtigten und tränenden Augen an.

»Weiß nicht«, sagte Brasen.

»Und sie müssen ja bekommen, was wir inseriert haben«, sagte die Frau. *Das* ging ihr unablässig im Kopf herum: »Abendessen: zwei Gänge und Dessert«, wie es »inseriert« war.

»Ja«, sagte Brasen.

Frau Brasen strich wieder und wieder mit den Händen über die Schürze: »Aber so ist es immer«, sagte sie: »Wenn es mal kommt, kommt es ganz dicke.«

Brasen, der wieder aufgestanden war, um davonzulaufen, sprach aus, was sein einziger Gedanke war: »Ja, wenn sie nur trinken. Aber was trinken siebenundzwanzig Frauenzimmer schon?«

Brasen ging.

Frau Brasen saß einen Augenblick allein da. Dann erhob sie sich. Es blieb ihr nichts anderes übrig.

Man musste ihnen die Hühnchen geben.

Sie öffnete das Fenster der Speisekammer, um nach Nielsen zu rufen, der sich mit den Koffern des Handelsreisenden abmühte.

Sie erteilte ihm einen Befehl wegen des Federviehs, aber der Fuhrknecht tat so, als ob er nicht höre, und machte sich weiter an den Koffern zu schaffen.

»Die Handelsreisenden sind es doch, von denen man *lebt*«, sagte Nielsen, der das Badegepäck schon abgeschätzt hatte.

Draußen in der Küche begann Frau Brasen die Fische zu zählen, als sie plötzlich zu Stine, die die halb umsäumten Handtücher mitgebracht hatte, sagte: »Ist Petersilie da?«

Und das Nähmädchen Stine begann im Gang eine Kiste mit Sand zu inspizieren, in der sie hundert lange Spargeln entdeckte: »Ja, ja«, sagte Frau Brasen und rief nach Jens, damit er schnell Petersilie hole.

Der Eleve lief mit dem dampfenden Beefsteak auf einem Teller in Christian hinein: »Wisch ab«, rief Frau Brasen.

Und sie fuhr selber mit dem Daumen über den Rand des Tellers und wischte ihn ab: »Um alles muss man sich selbst kümmern«, sagte sie.

Draußen im Hof hatte eine wilde Jagd auf das Federvieh begonnen, die Hühner wurden aufgescheucht und flogen umher und gackerten, während Martin, der Sohn des Hauses, der von der Schule kam und einen Tornister trug, den Anführer machte und Nielsen zurief: »Schnapp sie dir, Nielsen. Los, Nielsen. Fang den kleinen Specht.«

Die Hühner flatterten, und der Hahn krähte. Drei Schulkameraden Martins beteiligten sich an der Jagd und steigerten das wilde Durcheinander.

»Seid ihr endlich mit dem Fisch fertig«, sagte Frau Brasen zu den Mädchen, die das Schuppen vergessen hatten.

Die ersten Hühnchen kamen und mussten gerupft werden. Das eine Mädchen setzte sich in eine Küchenecke und riss dem Vieh die Federn aus, dass sie nur so durch die Gegend flogen.

Die Durchreiche ging hoch: »Wann sind wir so weit?« fragte Brasen.

Die vier Gemeindelehrerinnen, vom Baden zurück, fragten, in der Mitte der Gaststube aufgereiht, wann zu Abend gegessen werde.

»Mit *was*«, sagte Frau Brasen, die sich umdrehte.

»Mit dem Essen, Jansine.«

Frau Brasen blickte vom Fisch zu den Hühnchen. »Ja, Brasen, ja … Was *ist* denn?« rief sie und wandte sich wieder ab.

Es war Christian, der von der anderen Durchreiche her, die zum kleinen Speisesaal führte, nach der englischen Sauce für das Beefsteak rief: »Was für eine?« sagte Frau Brasen, und

ihr Blick fiel auf die Tochter Signe, die vierzehn war, glatt ge-
kämmt und bekümmert: »Sie ist in einer Flasche«, sagte sie.

Die Flasche stand im Büffet im ersten Stock: »Hol sie
rasch«, sagte Frau Brasen zur Tochter. »Nichts ist mehr an
Ort und Stelle.«

»Wann wird's denn jetzt?« sagte Brasen, der immer noch
an der Durchreiche zur Gaststube wartete und die Essenszeit
wissen wollte.

»Um fimf«, sagte die Frau, deren Sprache immer verwor-
rener wurde.

Brasen schloss die Durchreiche: »Um fünf Uhr, meine
Damen«, sagte er und nahm wieder hinter dem Tresen Platz,
während die vier Fräuleins gingen.

»Es läuft, Tierarzt«, sagte er ...

Aber Stachelbeeren konnten sie nicht mehr pflücken
(Frau Brasen war in Gedanken bereits beim Dessert). Und
sie sagte zu Jens, der mit etwas buschiger Petersilie angerannt kam: »Du musst runter zum Bäcker Petersen. Und
zwar sofort.« Sie dachte an die Cremetorte.

Die Tochter kam mit der Saucenflasche, die durch die
Durchreiche geschoben wurde, von wo man den Handelsreisenden schimpfen hörte, weil das Bier nicht kalt genug war –
während vom Hof her die Hühner weiter lärmten und in der
Küche die Federn im ganzen Raum herumwirbelten und sich
der Eleve die Daunen von den Wangen wischte.

Im kleinen Gang draußen saß die Großmutter über einem Trog und schälte Kartoffeln, die, eine nach der anderen,
langsam ins Wasser plumpsten, schwer wie Steine.

Frau Lindegaard, die ihre Abreibung und ihre Toilette
beendet hatte, öffnete ihr Fenster und sah mit spontanem
Behagen hinunter auf Herrn Nielsens männliche Gestalt
und Beine, während er das letzte Hühnchen einfing: »Wir
kriegen Hühnchen«, sagte sie: »Hans, geh runter und frag,
wann wir essen können.«

Der Generalkonsul war freundlich in die Gaststube eingetreten, um Herrn Brasen zu fragen, was sie bekommen
könnten. Sie wünschten, um sieben Uhr auf ihrem Zimmer
zu essen.

»Ja«, sagte Brasen.

»Wir werden zu viert sein.«

»Ja«, sagte Brasen.

Der Generalkonsul wartete einen Augenblick und sagte
dann, während er so leise lächelte, dass man es fast nicht
wahrnahm: »Ja, dann geben Sie uns einfach, was Sie haben,
vier Mahlzeiten.«

»Ja«, sagte Brasen.

Als Herr Fryant wieder fort war, eilte Brasen in die Küche hinaus. »Jansine«, rief er.

Sie war im ersten Stock, um Anweisung für das Decken
der Tische zu geben: »Was sagst du da, Brasen«, sagte sie,
kreideweiß im Gesicht.

Sie saß auf dem Stuhl neben dem Büffet der Molkerei:
»*Hast* du genug Essen?« sagte Brasen, der vor ihr stehen
blieb.

»Ich kann's nicht sagen«, antwortete die Frau. Sie hatte
ihre Hände gefaltet: »Ich weiß gar nichts mehr.«

Als Brasen wieder nach unten kam, war die Gaststube
voll. Die zwei Viehhändler waren zurückgekommen, um einen Bissen zu essen, und Konsul Therkildsen, im schwarzen
Rock, den er sonst nur in der Ratsversammlung trug, trat
plötzlich zur Tür herein, setzte sich an den Mitteltisch und
bestellte ein Glas Portwein.

»Christian, Portwein«, sagte Brasen, der den Tisch für
Herrn Therkildsen selbst mit einem Lappen abzuwischen
begann.

»Übrigens hat ja Brasen Fremde bekommen«, sagte der
Konsul.

Das hatte Brasen allerdings.

»Und viele«, sagte der Konsul.

»So ist es«, sagte Brasen.

Der eine Viehhändler sagte: »Das kann für den Ort durchaus von Bedeutung sein ... und so.«

Ein kleiner bleicher Herr aus der Apotheke, der in einer Ecke mit Nägelkauen beschäftigt war, sagte: »Das sieht man in Skagen.« Er sprach das A im Ortsnamen wie ein ausgeprägtes Ä aus.

Herr Therkildsen antwortete nicht; aber Brasen, der das Glas mit dem Portwein auf den Tisch stellte, sagte, indem er sich kerzengerade aufrichtete: »Ja, man muss unternehmungslustig sein, Herr Konsul.«

»Ja«, sagte der Konsul: »Frau Brasen ist eine tüchtige Frau«; und etwas später fragte er: »Essen die übrigens alle zusammen?«

Brasen sagte etwas, dass die vom Landauer um sieben Uhr essen würden.

»Aha«, sagte der Konsul, der seinen Portwein bezahlte, und als er sich erhob, sagte er zu Brasen: »Brasen weiß ja übrigens, dass der Laden gleich hier um die Ecke ist.«

Die Durchreiche ging hoch; es war Frau Brasen: »Ich brauche aus der Schublade, Brasen«, flüsterte sie.

Als sie den Konsul sah, knallte sie vor Schreck die Durchreiche zu. Aber trotz des Schreckens musste sie jetzt lächeln. Sie hatte es Herrn Therkildsens Gesicht angesehen, dass sie es heute wagen durften, im Laden einzukaufen, falls Not am Manne war.

Kurz darauf öffnete sie wieder: »Ich brauche was aus der Schublade, Brasen.«

Brasen öffnete die Kasse. »Da ist nichts«, sagte er. Und lachend rief er in die Schankstube: »Ist jemand da, der mir einen Taler leihen kann?«

Einer der Viehhändler fragte vom Tisch drüben: »Im Ernst, Brasen?«

»Gott weiß, es ist ernst«; und Brasen klimperte mit den Münzen in der leeren Schublade: »Schaut selbst, ihr guten Leute, und zählt nach.«

Der Viehhändler zog eine Brieftasche hervor, die von den vielen Scheinen prall und fett war.

»Leihen Sie mir drei«, sagte Brasen und bekam sie.

Und die Durchreiche wurde wieder geschlossen.

Frau Brasen dachte an das Essen für den Generalkonsul.

Man könnte Hummer nehmen, ja, Hummer mit Spargeln als »Zweschengerecht« (alle I's wurden jetzt in Frau Brasens Kopf zu E's) ... Und den Hummer könnte Stine schnell bei Therkildsen holen. Denn sie hatte es dem Konsul angesehen, dass er ihnen den Hummer geben würde; und so oft lief ja nicht »Kuntanten« durch ihre Finger.

Sie zitierte Stine herbei, und plötzlich dachte sie an den Braten und dass Martin seine Tauben hatte; und während Stine loslief, rief sie nach Martin, der immer noch seinen Tornister trug und das Geld für seine Tauben sofort haben wollte: »Das kenn' ich«, sagte der Junge, der mit beiden Beinen auf dem Boden stand.

»Ja, ja«, sagte Frau Brasen: »Hol's dir aus der Schublade.«

Selber holte sie die Spargel aus der Kiste mit dem feuchten Sand hervor: »Schäl mal«, sagte sie zur Mutter, die sie wortlos nahm und zu schälen begann, Stengel um Stengel, und sie ins Wasser fallen ließ, einen nach dem anderen, als schäle sie Rinde von weißen Stöcken.

Da krachte es auf der Hintertreppe.

»*Christian.*«

Jetzt hatte er ein Tablett fallen lassen, und die Wirtin war hinter ihm her.

Oben im großen Speisesaal deckten der Eleve und Stine, die von Therkildsen zurück war, polternd den Tisch.

Schüsseln und Teller verstellten die Fenstersimse, das Molkerei-Büffet und den Fußboden, während die Mädchen versuchten, die zu kurzen Tischdecken so zu arrangieren, dass sie passten.

»Schau doch nach, Signe«, sagte Frau Brasen zur Tochter, die mitten im Schlamassel stand, das Jüngste Gericht vor Augen: »Aber Bratenplatten sind keine da«, sagte Frau Brasen: »Signe, hol schnell die von Jespersens.«

Frau Brasen drehte sich um: »Und wo ist Christian?«

Christian Christensen lag in der Hinterstube auf dem Boden, seinen massivsten Körperteil hoch in die Luft gereckt, und raffte Messer und Gabeln und die drei *plats-de-menager*[13] zusammen, die er mitsamt dem Tablett hatte fallen lassen.

»Nein, das hier ist wirklich keine *Bedienung*«, sagte Frau Brasen, die wieder an das Stubenmädchen dachte, das sie hatten ziehen lassen: Aber es war ja die Frau Propst, der jenes Wort entschlüpft war.

Als Signe aus dem Hoftor trat, stieß sie auf die zwei Ristschen Mädchen, die in weißen Kleidern und Strohhüten mit weißen Bändern, deren Enden genau gleich lang waren, nebeneinander auf dem Bürgersteig auf und ab gingen.

Das einzig Bewegliche in den Gesichtern der Rist'schen Kinder waren die Nasenflügel, die sich leicht blähten wie bei witternden Hunden.

Signe ging weiter, während die beiden Ristschen plötzlich stehen blieben: Frau Petrine Lindegaard zeigte sich im Hoftor. Sie trug schwarze Gaze von einiger Durchsichtigkeit und einen Federhut, dessen Besatz unter einem schwarzen, rot gefütterten Spitzensonnenschirm wie ein Hochwald wogte.

Frau Lindegaard fragte die beiden Mädchen nach dem Weg zum Wald und ging, gefolgt von ihrem Mann, die Straße hinunter.

Vor dem Ristschen Laden blieb sie stehen und erinnerte sich, dass sie vergessen hatte, Badehauben zu kaufen.

Die ostjütische Großhändlersgattin mit Tochter, die auf der Jagd nach zusätzlichen Möbeln war, stand im Laden und verhandelte wegen zweier Liegestühle aus wackligen Gestellen, über die graues Leinen gespannt war.

»Greif zu«, sagte die Tochter.

Frau Inspektor Rasmussens Mädchen wollte weiße Bändel für Kopfkissenbezüge haben, an denen die Knöpfe fehlten.

Frau Lindegaard, die der Großhändlersgattin zulächelte, bat um eine Badehaube: »Aber eine große, ich habe volles Haar«, sagte sie.

Herrn Rist trat der Schweiß auf die Stirn, während sich Frau Rist auf der obersten Stufe der Wendeltreppe aufhielt.

Das Großhändlersfräulein sagte zu Frau Lindegaard, dass nichts so schön sei wie das Einkaufen, und nachdem sie drei Rüschen erstanden hatte, für die sie nie eine Verwendung haben würde, lotste sie die ganze Gesellschaft in Therkildsens Laden hinüber, wo sie dem Rasmussenschen Kindermädchen Kräuterbonbons für die Kinder mitgab: »Meine Liebe«, sagte sie, »für Kinder kann man immer etwas kaufen«; und sie erkundigte sich im Laden nach allem, bis hin zu den Milcheimern aus Ton, Töpfer Lassens Erzeugnissen.

»Mutter«, sagte sie, »wir kaufen die für Vater und nehmen den Deckel ab, damit seine Stöcke nicht mehr im ganzen Entree herumliegen.«

Herr Therkildsen war nicht da. Er war zu seiner Frau bestellt. Die Frau hatte lange hin und her überlegt. Sie war sich nun sicher, dass man Generalkonsuls für den Abend einladen müsse: »Mein lieber Therkildsen, man hat doch gerade in einer solchen Gegend eine gesellschaftliche Verpflichtung. Und sie werden froh sein, überhaupt ein paar Menschen anzutreffen.«

Signe traf, als sie mit den Schüsseln von Jespersens kam, in der Gasse auf die ganze Gesellschaft Lindegaard. Frau Jes-

persen, die auf ihrem Stubentisch eilig eine Seidenschürze
bügelte, stellte sich hinter die farbigen Vorhänge, um die
Fremden zu mustern. Sie war in der letzten Stunde unablässig von einem Fenster zum anderen gelaufen.

Sie hatte noch nicht herausgefunden, wer die beiden
Mannsbilder waren, die sie auf dem Badepfad gesehen hatte.

Im Badehaus der Herren herrschte Aufruhr. Inspektor Rasmussen badete seinen Jungen, der brüllte, und die zwei
Viehhändler, die sich jedes Mal benetzten, wenn sie im Ort
waren, riefen, jeder aus seiner Kabine, nach Handtüchern.

»Ich komme schon«, sagte der Bademeister, ein alter Dü-
nenskipper, der sich nie etwas anderes vornahm, als auf seiner Brücke Dorsch zu angeln.

Unter all dem Geschrei war der Gebräunte, der weit ins
Meer hinausgeschwommen war, das Treppchen hinaufge-
stiegen.

Er blieb einen Augenblick stehen: Den Kopf trug er hoch;
rank und schlank war sein Körper und braun, als sei er in
Bronze gegossen: »Beeil dich, Knud«, rief der Freund; und
der Gebräunte ging hinein.

Als er angezogen wieder herauskam, war es still geworden auf dem Badesteg.

Inspektor Rasmussen zog seinen Stammhalter an, und
die Viehhändler genehmigten sich ein Gläschen Rum. Der
Gebräunte zahlte, während er immerfort über das Wasser
blickte: »Wo ist das Badehaus der Damen«, fragte er gedehnt.

Und der Skipper zeigte hinüber auf Madam Poulsens
weißen Schuppen, woraufhin der Gebräunte ging.

Er spazierte mit seinem Freund auf dem Pfad hinter dem
Garten des Bürgermeisters zurück. Auf der Wiese vor der
Hecke breiteten ein paar Mädchen Tücher zur Bleiche aus.
Der Gebräunte blieb stehen und betrachtete einen Augen-

blick lang die weißen Stoffe: Ihre Damaststerne blinkten ihm in der Sonne entgegen.

Drinnen im Garten spazierten vier Damen, ohne Hüte, unter weißen Sonnenschirmen.

»Dort ist Ender, Mama«, rief Fräulein Johnny, und alle vier Damen blieben an der Hecke stehen, während sich die Generalkonsulin mit dem jungen, gebräunten Mann unterhielt, wie man mit jemandem spricht, der zum eigenen Gesellschaftskreis gehört und den man mag.

Die Frau des Bürgermeisters, die ihn kurz gemustert hatte, schloss ihre dunklen Augen wieder halb und neigte den Kopf eine Spur zu wenig für einen Gruß, um daraufhin Haltung anzunehmen, so wie sie in alten Tagen im Haus des Gouverneurs Offiziere deutscher Korvetten empfangen hatte.

Fräulein Johnny sagte zum Freund: »Ich bleibe hier bei Ingeborg. Sie bleiben doch auch?«

Der Gebräunte war mit dem Hut in der Hand stehen geblieben. Es war nicht leicht zu erkennen, wem er zulächelte.

Als die Freunde weitergingen, senkte Fräulein Ingeborg ihren Kopf.

»Jetzt lassen wir die Damen eintreten«, sagte Fräulein Johnny, und sie und Fräulein Ingeborg begaben sich in die Gartenlaube: »Hier setzen wir uns«, sagte Fräulein Johnny und nahm Platz.

Vor ihnen lag der Garten mit Hunderten Rosen in der Sonne.

»Wie schön es hier ist«, sagte Johnny und begann zu erzählen, von diesem und jenem, und von Carl Sponneck, ihrem Verlobten, der auf hoher See war: »Er ist ein Prachtkerl«, sagte sie: »Und er spricht kein Wort.«

Plötzlich lachte sie und sagte: »Glaubst du, dass Verliebte reden können? Ich glaube nicht«, gab sie sich selbst zur Antwort und lachte immer weiter.

Die Insekten umsummten sie, während Johnny weiter-
erzählte: Von den Eltern – »Papa ist lieb und gut, aber stur«,
sagte sie; von ihrer Badereise – »Wie schön war's doch«, sagte sie; und von Zürich – »o ja, die Tage in Zürich ...« Sie redete noch eine geraume Weile. Dann schwieg sie plötzlich,
bis sie irgendwann sagte, indem sie nickte: »Aber *er* ist auch
wirklich schön.«

»Wer?« fragte Fräulein Ingeborg, die bisher nichts gesagt
hatte, sondern nur dasaß, an den Holunderbaum gelehnt,
ohne ihren himmelwärts gerichteten Kopf zu bewegen.

»Knud Ender«, sagte Johnny ins Blaue hinein. Und sie
lachte.

»Jetzt will ich aber schreiben«, sagte sie, »denn sonst
komme ich nicht dazu.«

»Ja«, sagte Fräulein Ingeborg und ging hinauf, um Papier
und Tinte zu holen. Als sie zurückkam, machte sich Johnny
ans Schreiben.

Tinte und Feder brauchte sie nicht.

»*Ich* schreibe mit einem Füller«, sagte sie: »Den hat man
immer zur Hand.«

Fräulein Johnny schrieb, über den Tisch der Gartenlaube
gebeugt, schnelle, bündige Sätze. Bald hielt sie inne, bald
schrieb sie wieder.

Fräulein Ingeborg hatte ihre Lippen geöffnet, als ränne
ein unsichtbarer Wein über deren runde, herrliche Bögen.

Die Holunderblüten rieselten langsam über Johnnys
Haar und landeten auf dem Brief, als sie das Blatt wendete:
»Das sind die Küsse«, sagte sie und pustete sie fort.

»Wie glücklich du bist«, sagte Fräulein Ingeborg. Und
ihre Augen füllten sich mit Tränen.

»Ja«, sagte Johnny und schaute in den Himmel hinauf.

Sie schrieb wieder. Schließlich faltete sie den Brief zusammen: »Und weißt du, über wen ich geschrieben habe?«
sagte sie und stand auf: »Über dich.«

»Über mich?«

»Denn eben hab' ich an dich gedacht«, sagte Johnny.

Sie summte den Refrain eines Liedes, als sie über den Hof gingen.

Es war fünf Uhr. Der Tisch war gedeckt.

Die vier Gemeindelehrerinnen erschienen mit dem Glockenschlag. Sie brachten vier Serviettenringe mit, die sie in der Mitte des Tisches, vor vier nebeneinandergereihten Gedecken, plazierten. Nach Begutachtung der Stühle wählten sie sich die vier solidesten aus und stellten sich, zwei und zwei, vor den Fenstern auf. Sie waren alle vier in hellen Leinenblusen erschienen, zwei in braunen, zwei in dunkelblauen Röcken.

Signe, die mit allem, was man ihr in die Hand gab, durch die Gegend lief, betrat den Saal mit vier Weinflaschen und stellte sie mit einem Bums auf einen Stuhl, ehe sie davoneilte: »Sie sind da«, sagte sie, als sie wieder in der Küche unten war.

Frau Brasen blieb mitten im Raum stehen: »Das kann doch nicht wahr sein«, sagte sie: »Wie spät ist es denn? Ist es denn schon fimf?«

Sie lief zum Herd: »Und dieses Wasser will nicht kochen.« Es war das Wasser für die Fische: »Sørensen, Sørensen«, rief Frau Brasen den Eleven herbei.

Und die Kartoffeln waren gerade erst aufgesetzt.

Die Durchreiche schoss hoch: »Ja, jetzt sind sie wahrhaftig da«, schrie Brasen, der im Fenster der Schankstube gelegen und gesehen hatte, wie sich die Familie Rasmussen auf der Straße näherte. Der Inspektor trug eine weiße Weste und war im Gehrock.

»Ist es denn schon fimf?« sagte Frau Brasen, die nur noch im Kreis lief.

»Da kommen noch mehr«, rief Brasen.

Hinter Inspektors folgte die Witwe mit ihrer Tochter.

»*Christian.*«

Christian war nirgends zu sehen.

Er wusch sich im Wagenschuppen in einem Zinnkübel die Hände und wischte das Schmutzwasser an den Hemdsärmeln ab.

Inspektors waren schon auf der Treppe: »Man ist wohl kaum pünktlich«, sagte der Schulgelehrte, und seine Frau grüßte die vier Damen an den Fenstern knapp und sagte: »August, sieh zu, dass wir ein Tischende bekommen.«

In der Küche wollte das Wasser immer noch nicht kochen, und die Kartoffeln wurden einfach nicht gar: »Ich hab's gesehen, sie sind hart«, sagte Frau Brasen, die am ganzen Körper schwitzte; sie rief nach Stine, als Christian eintrat, und sie musterte ihn, während sie die Schüsseln hinstellte: »Du musst Manschetten tragen«, sagte sie, und Christian lief wieder davon. Seine Kammer mit den Manschetten lag im Dachboden.

»Stine«, rief Frau Brasen.

Stine war wegen einer Haube fürs Servieren nach Hause gerannt.

»Wo ist sie jetzt nur hin?«

»Sie ist schnell nach Hause gelaufen«, sagte das Küchenmädchen träge, eine alte Melkerin mit vier Kindern, die für ermäßigten Lohn bei Brasens arbeitete.

»Bist du fertig, Jansine«, kam Brasens Stimme aus der Durchreiche; er tat nichts anderes, als in einem wunderlichen, kurzen Galopp zum mittleren Fenster und wieder zurück zu eilen: »Ist der Wein schon droben?«

Dem Wein, der auf dem Büffet stehen sollte, galt seine einzige Sorge. Er wusste aus seinen Pächterstagen, dass eine solche Batterie Flaschen überaus durstig machte.

Und unvermittelt rief er durch die Durchreiche: »Pfeffere die Suppe, Jansine.«

»Ja«, antwortete die Frau: »Pfeffer, Pfeffer«, wies sie das Küchenmädchen an und wandte sich flugs dem Eleven zu: »Ist der Fisch aufgesetzt?«

Oben im Speisesaal war Frau Lindegaard mit Hans eingetroffen. Sie betrachtete den Tisch durch eine Lorgnette und sagte: »Hans, geh runter und hol Serviettenringe für uns.«

Als Herr Lindegaard nach unten kam, lag Brasen wieder im Fenster. Auf die Frage nach Serviettenringen rief er nach Christian, während Frau Brasen, die zur Durchreiche lief, sagte: »Die liegen im Speisesaal.«

Und Herr Lindegaard ging.

Da sagte Brasen: »Du meine Güte.«

Er hatte auf der Straße die ostjütische Dame und ihre Tochter gesehen, die in *Table-d'hôte*-Roben[14] im Anmarsch waren und Handschuhe aus Wildleder trugen, die an den Armen weit hinaufreichten.

»Die ist gut gebaut«, rief Brasen über den Markplatz dem Doktor zu, der herankam. Der Mann in ihm hatte das Geschäft völlig vergessen.

Das Fräulein nickte unter ihrem Sonnenschirm, als sie, drei Schritte hinter ihrer Mutter, durch das Hoftor ging und das Kleid hob, wahrscheinlich aus Rücksicht auf das holprige Kopfsteinpflaster: »Ja, jetzt wird wohl gegessen, Herr Brasen«, sagte sie und lächelte.

Auf der Treppe traf sie auf den Gebräunten und seinen Freund und errötete leicht. Aber die zwei Herren, die im hochgeknöpften Nachmittagsanzug und mit mittelgroßen echten Perlen in schwarz-weißen Brokatschleifen erschienen, traten ganz an die Wand zurück und grüßten nur mit einer Verbeugung.

Als die zwei Damen den Speisesaal betraten, sagte die Tochter: »Wo wollen wir sitzen?« Und nachdem sie den Tisch begutachtet hatte, sagte sie so laut, dass die beiden

Freunde es hören konnten: »Mutter, die Tischdecke sieht aus wie ein ungebügeltes Laken.«

»Wo sitzen Sie?« fragte Frau Lindegaard, deren ganze Gestalt den Duft »frisch gemähten Heus« aus Karlsruhe verströmte.

»Ich weiß es nicht«, antwortete das Fräulein, das wohl das Ereignis etwas in die Länge ziehen wollte; doch die zwei Freunde blieben in steifer Haltung und ohne jemanden anzusehen in der Ecke stehen.

»Wir sitzen hier«, sagte Frau Lindegaard zum Fräulein, während sie mit einer etwas behäbigen Geste auf ihre Plätze zeigte und den Blick über die Herren gleiten ließ, worauf sie leicht irritiert hinzufügte: »Hans, wo sind die Ringe?«

»Die kommen schon«, sagte der Mann.

Das Fräulein, das sich entschlossen hatte, neben Herrn Lindegaard Platz zu nehmen, und Messer und Gabeln prüfte, sagte: »Hier ist es schmuddelig.«

Frau Lindegaard ergänzte, vielleicht als Resultat einer unbekannten Summe von Gedanken: »Hier ist es langweilig.«

Frau Rasmussen verlangte seit geschlagenen zehn Minuten andere Stühle für die Kinder, und die Witwe sagte: »Ja, das dauert ... die arme Frau.«

Da erschien ein dicker Herr mit einer dicken Dame, von allen vergessen, seit sie aus dem Kremser gestiegen waren, wo sie jeder auf einer Seite des Wagens hatte sitzen müssen, um während der Fahrt das Gleichgewicht zu halten.

Der Herr, der sich mitten in der Tür den Schweiß vom Gesicht wischte, sagte: »Na, wir wären fast zu spät gekommen.«

»O nein, Sie kommen früh genug«, sagte die alte Dame, und alle begannen zu lachen.

Aber der Inspektor zog seine Golduhr mit Kapsel aus der Tasche und sagte: »Das dauert mir doch fast zu lang.« Während die hinkende Tochter der Witwe hörte, wie Frau Rasmussen zu ihrem Mann sagte: »August, jetzt *geh'* ich aber bald mitsamt den Kindern«, flüsterte sie ihrer Mutter zu: »Mutter, ich geh' hinunter.«

»Ja, tu das, mein Mädchen«, sagte die Mutter.

Das kleine Fräulein hinkte die Hintertreppe hinunter und stand alsbald in der Küche: »Oben wartet man, Frau Wirtin«, sagte sie.

»Ja, das tut man«, sagte Frau Brasen: »Aber es kocht auch schon«, sagte sie und fasste sich an den Kopf: »Gleich kommen wir.«

Brasen saß da und trommelte auf die offene Durchreiche; der ganze Dampf der Küche zog durch die Durchreiche, so dass es war, als gingen Küche und Gaststube im selben Nebel ineinander über: »Ja, es ist eine verfluchte Sache mit diesen Frauenzimmern«, sagte Brasen.

Das Fräulein ging.

»Bringt die Schüsseln«, sagte Frau Brasen.

Doch keiner konnte sie finden. Christian und Stine liefen mit leeren Händen durch die Küche.

»Da sind sie ja«, sagte Stine.

Die Suppenschüsseln standen geradewegs vor ihnen auf dem Tisch.

»Du kleckerst, Jansine«, rief Brasen von der Durchreiche her.

»Ja, Brasen«, sagte die Frau, die Suppe schöpfte: »Ja, Brasen, aber mir tränen die Augen.«

»Wer soll denn sonst schöpfen«, rief Brasen.

Die Frau zuckte zusammen und erstarrte: Es war keiner da, der schöpfen konnte. »Das musst du, Brasen«, sagte sie.

Sie schwieg einen Augenblick.

»Jetzt gehe *ich*«, sagte Brasen und wollte die Durchreiche schließen.

Frau Brasen schaute sich um: »Ja, dann muss wohl ich«, sagte sie. »Aber dann muss ich ein Kleid anziehen.«

Da begannen sie oben im Saal zu trampeln. Es war das ostjütische Fräulein, das damit angefangen hatte.

»Jetzt trampeln sie«, sagte Brasen, der die Durchreiche zuknallte, und er eilte durch den kleinen Speisesaal über den Hof in das Gässchen hinaus.

Frau Brasen lief die Hintertreppe hinauf und in das Schlafzimmer und riss ihr Perlenkleid aus dem Schrank.

Drinnen trampelten alle – ausgenommen die Mitglieder des Lehrerstandes, die sich nicht rührten, sondern auf das Essen warteten –, so dass das ganze Haus erbebte: »Bringt die Schüsseln rauf«, rief Frau Brasen aus dem Schlafzimmer.

Alle Gäste standen und trampelten und lachten, als Stine und Christian mit den Suppenschüsseln kamen. Stine hatte sich vor lauter Schreck die Haube schief aufgesetzt.

»Nun«, sagte der dicke Herr, »man muss sich nach den Verhältnissen richten.« Alle nahmen ihre Plätze ein.

»Ich krieg's nicht zu«, sagte Frau Brasen: »Ich krieg's nicht zu.«

Das Perlenkleid halb angezogen, rief sie aus dem Schlafzimmer nach Signe. »Du musst zuhaken.«

Für die zwei Freunde waren keine Stühle da, und Christian stellte die Schüssel ab, um zwei Sitzgelegenheiten aus dem Zimmer des Ehepaars Lindegaard zu holen.

Der dicke Herr schlug vor, mit seiner Nachbarin, einer der Gemeindelehrerinnen, den Stuhl zu tauschen – sein eigener war zu wackelig –, und die Lehrerin sagte, als der Herr die Stühle tauschte: »Nun, es sind ja nicht unsere.«

»Und meine gute Haube«, sagte Frau Brasen.

Die »gute Haube« lag in einer Schublade, und Signe holte sie.

Frau Brasen stand vor dem Spiegel. »Ich sehe nichts«, sagte Frau Brasen. So geblendet waren ihre Augen.

»Jetzt wird die Suppe kalt«, sagte Frau Lindegaard, während sie alle vor ihren leeren Gedecken saßen und warteten.

Frau Brasen begann zu schöpfen. Brasen hatte sich aus dem Gässchen angeschlichen. Gerade so weit, dass er durch das Küchenfenster hineinlugen konnte.

»So, jetzt sind sie am Trog«, sagte er und steckte beruhigt die Hände in die Taschen.

Zwei Radfahrer im Trikot sausten durch die Hofeinfahrt. Sie sprangen ab und betraten die Gaststube, um zu fragen, ob sie über Nacht bleiben könnten: »Weiß nicht«, sagte Brasen: »Aber das können Sie wohl.«

Die Radfahrer wollten auch essen; aber zuerst mussten sie sich waschen.

Frau Brasen, die unten war, um nach ihrem Fisch zu schauen, sagte zum Küchenmädchen: »Schöpf nach!«

Die Schüsseln waren wieder leer: Die Gäste schlürften die Suppe mit der Gier von Menschen, die ihre letzte Mahlzeit in einem anderen Landesteil eingenommen hatten: »Jansine«, rief Brasen: »Hier sind zwei Männer, die wollen Logis – aber zuerst wollen sie sich waschen.«

Frau Brasen verstand ihn nicht sofort, dann jedoch sagte sie: »Bring sie nach oben.«

»Ja«, sagte Brasen, »das machen wir«; und er ging mit den zwei Radfahrern die Haupttreppe hoch zu einer Tür, an die in großen Lettern »Damentoilette« gemalt war.

»Leute, ihr könnt da ruhig rein«, sagte er, »denn da ist niemand drin.«

Die lachenden Trikotträger traten ein.

Im Speisesaal begannen die Gäste nach Bier zu rufen, und Christian lief mit den Flaschen herum, die stundenlang in Reih und Glied auf dem Tresen gestanden hatten und in der Sonne warm geworden waren.

»Man sollte doch wohl ein *kaltes* Bier bekommen können«, sagte der dicke Herr, und der Inspektor bat zum vierten Mal um seine Flasche Rotwein.

»Gibt's für uns andere Wasser«, fragte Frau Rasmussen.

Alle Wasserkaraffen waren geleert, und die Dame von der Ostküste und ihre Tochter fächelten über ihren Suppentellern.

Die Witwe sagte quer über den Tisch zu Frau Lindegaard: »Ja, wir haben es so nett unten bei uns«, und die Tochter fügte hinzu: »Wir haben einen Töpfer gefunden, der ja so schöne Dinge hat.«

Das ostjütische Fräulein fragte, was er anfertige; und der gebräunte Herr sagte mit sanfter Stimme zu dem hinkenden Fräulein: »Ich sah, Sie waren dort draußen, Fräulein. Er wohnt doch im letzten Haus des Ortes.«

Die ostjütische Dame mischte sich wieder ein und sagte, solche Sachen in der Stube seien der letzte Schrei. Sie hatte ihre Worte vor allem an Frau Rasmussen gerichtet, die bündig antwortete: »Nun, die gefallen ja vielen.«

Aber der Inspektor sagte: »Ja, es sieht wirklich so aus, als würde die Keramik wiedererstehen.«

Und am ganzen Tisch redeten sie von Krügen und Bindesbøll[15] und Keramik.

Die vier Gemeindelehrerinnen sagten etwas über den Werkunterricht.

»Wir haben so viele chinesische Dinge«, sagte die Witwe, »denn unsere Familie ist über alle Meere gesegelt.«

Frau Lindegaard sammelte Wandteller.

Aber sie müsse schon sagen, dass sie Bing & Grøndahl[16] bevorzuge – mit Abstand. Da war doch wirklich mehr Farbe dran.

Der Gebräunte wandte sich an die Witwe und redete über chinesisches Porzellan: »Es gibt herrliche Stücke. Aber auch in Tokio findet man wundervolles Porzellan.«

Das ostjütische Fräulein, das die Gelegenheit beim Schopf packte, reckte den Hals und sagte: »Gott, sind Sie dort gewesen?«

Der Gebräunte bejahte es, und die Inspektorsfrau, die

sich zum ersten Mal bemerkbar machte, lächelte und meinte: »Diese fremden Erdteile, die sind wahnsinnig interessant.«

Der Inspektor war selbst viel gereist. Er war, ja, das sei so ein Jugendtraum gewesen, auch im Heiligen Land.

Der Freund des Gebräunten wandte sich der Inspektorin zu und fragte, ob sie mitgefahren sei.

»Ja«, sagte sie: »Mein Mann reist nicht ohne mich.«

»Aber«, sagte der Inspektor, »Golgatha vergisst man nicht.«

Frau Lindegaard, die nie gereist war, sprach noch immer von Grøndahl und sagte: »Ich bekomme alles billiger, denn ich kenne eine Kassiererin im Laden«; während der dicke Herr, der sich mit Reisen auskannte, sagte: »Ich und Julie reisen nur zu Weltausstellungen, denn da gibt es am meisten zu sehen. Ob wir wohl noch etwas bekommen?« sagte er auf einmal und schaute über den Tisch; und der Inspektor, der wieder seine Kapseluhr hervorzog, sagte: »Es sieht nicht danach aus.«

»Was bekommen wir als nächstes?« fragte eine der Lehrerinnen Christian, der mit den Suppentellern enteilte.

»Weiß nicht«, antwortete Christian schweißgebadet.

Frau Brasen hatte unten in der Küche die Fische auf die Platten bugsiert: »Die sind klein«, sagte sie: »Da muss was Grünes drauf; Signe, lauf, hol was Grünes.«

Die zwei Radfahrer hatten den Speisesaal betreten und suchten sich einen Platz. Sie waren verlegen und gingen in die Knie, als ob das ihre Blöße untenrum verbergen könnte. Sie umrundeten den Tisch und fanden keinen Platz, während Stine und Christian begannen, den Fisch vorzulegen, und Frau Rasmussen, die Sport und dessen Montur hasste, mit Blick auf die Radfahrer sagte: »August, nicht bei uns.«

Der dicke Herr bediente sich vom Fisch und fragte Stine: »Aus welchem Fischbottich sind die, Jungfer?«, während eine der Lehrerinnen die Saucenschüssel mit ihrer Serviette abtrocknete, und Frau Lindegaard durch ihre Lorgnette mit Kennerblick die strammen Figuren der Radfahrer musterte, wie eine Expertin, die ein Untersuchungsobjekt in Augenschein nimmt.

»Wir können zusammenrücken«, sagte das ostjütische Fräulein, die, als ein Radfahrer zwischen sie und Frau Lindegaard gezwängt wurde, die Schleppe ihres Kleides in Sicherheit brachte, ohne die Beine zu bewegen.

Eine der Lehrerinnen bat um Salz: »Ja, das wäre fein«, sagte Herr Rasmussen, und Stine und Christian ließen alles stehen und liegen – als sie die Schüsseln abstellten, sah es aus, als übten sie sich im Scheibenschleudern –, um Salz zu holen. Nicht ein Salzfass stand auf dem Tisch.

Der Fisch ging beim Gebräunten aus. Die dicke Frau, die Scholle mit dem Messer aß, bat um Brot, von dem es auch keines mehr gab, ehe der eine Radfahrer, der durch die große Nähe der ostjütischen und Lindegaardschen Röcke schon einen hochroten Kopf hatte, ein Dutzend Brötchen vom Büffet holte: »Danke«, sagte das ostjütische Fräulein und fing die Semmel vom Sportsmann kokett wie einen kleinen Ball.

»Kommt der Fisch endlich?« sagte die vierte Lehrerin in der Reihe, während Stine mit einigem Konservenhummer angelaufen kam, den Frau Brasen mit Fischklößchen angerührt hatte: »Wie die essen«, sagte sie.

Die ganze Küche war voller geleerter Töpfe und verbrannter Kartoffeln und schmutzstarrender Teller.

Die Bratpfanne mit den Hühnchen stand mitten auf dem Boden: »Jetzt bekommen sie Hummer«, sagte Frau Brasen.

Christian nahm eine andere Schüssel und lief wieder nach Rotwein für den Gebräunten und dessen Freund, die ihn mit Wasser verdünnt tranken.

Auf der einen Seite des Tisches unterhielt man sich über Fahrräder.

Frau Lindegaard radelte nicht. Sie fand es nicht kleidsam. Sie interessierte sich aber für Pferderennen: »Wir wohnen ja dicht an der Rennbahn«, sagte sie; das ostjütische Fräulein hingegen radelte oft auf dem Küstenweg.

»Dort ist abends ein fürchterliches Gewimmel«, sagte sie.

Der zweite Radfahrer sprach über Reifen und eine neue Lampenkonstruktion. Eine der Gemeindelehrerinnen, die einen Zwicker aufgesetzt hatte, sagte plötzlich: »Ich musste drei Lampen wegwerfen«, und die Tochter der Witwe, die starr vor sich hin blickte, sagte: »Ja, ich möchte wirklich auch gern radfahren.«

»Kann es das Fräulein nicht?« sagte der Radfahrer.

»Nein«, antwortete das kleine Fräulein und schüttelte den Kopf.

Inspektor Rasmussen hatte sich wieder mit einigem Nachdruck Palästina zugewandt, und sprach von Pastor Blaumüllers vorzüglichem Werk[17] über dieses Land: »Ein echter Cicerone«, sagte er zu der ostjütischen Dame, die nicht zuhörte – die Tochter machte sie immer ein wenig nervös, wenn sie mit Sportlern zusammenkam –, und der Inspektor hielt mitten in seiner Rede inne und sagte zu einer der Lehrerinnen: »Sie sind ja auch gereist, Fräulein Cordsen«, und Fräulein Cordsen ließ die Lampen im Stich und antwortete: »Ja, Herr Inspektor, wir waren in Thüringen auf einer Gesellschaftsreise.«

Auf einmal lächelte der Gebräunte; als er aber sah, dass die Witwe nach Wasser Ausschau hielt und keines da war, beugte er sich wieder vor und sagte: »Möchte die gnädige Frau nicht doch etwas Wein? Der ist gar nicht so schlecht.«

»Danke«, sagte die alte Dame, ihm ihr Glas hinhaltend: »Ich werde mich ein anderes Mal revanchieren. Ich hab' auch einige Flaschen dabei. Wir führen bei uns eine ganz gute Sorte.«

Sie begannen mit den Hühnchen, und der Inspektor versorgte die Kinder: »August«, sagte die Frau, »nimm reichlich.«

Am anderen Tischende servierte Christian die Kartoffeln.

Der dicke Herr, der zum Rasmussenschen Tischende hinabgeschaut hatte, sagte recht laut zu seiner Frau: »Das Essen soll wohl für uns alle reichen«, und Frau Lindegaard, die auf dem Molkerei-Büffet eine Schüssel Gurken entdeckt hatte, sagte zu ihrem Mann: »Hans, gib mir wenigstens den Salat.«

Der eine Radfahrer rief durch die Tür zur Hintertreppe hinab nach Wein für Frau Lindegaard und einer Gabel für das ostjütische Fräulein, die keine mehr hatte, da sie beide für den Fisch gebraucht hatte – während sich zwei der Lehrerinnen, die purpurrote Köpfe hatten, erhoben und darum baten, nun endlich das Sodawasser zu bekommen, und Christian, dessen Arme sich steif wie im Krampf spreizten, fragte: »Darf es schwedisches sein?«

»*Nimm*, Julie«, sagte der dicke Herr, der sich erhoben hatte, um die Schüssel mit den Hühnchen zu fassen. Sein Serviettenzipfel stieß eine Flasche um.

Die Tür zum Gang flog auf, und es ertönte ein »Aber Johnny, sie essen ja!«, als Fräulein Fryant auf der Türschwelle stand.

Der Gebräunte und sein Freund waren aufgesprungen, aber Fräulein Fryant, die sich umgezogen hatte und, sehr bescheiden, matte weiße Seide mit vielen weißen Spitzen trug, lachte und sagte: »Entschuldigen Sie … Aber, Herr Ender, darf ich Sie einen Augenblick sprechen?«

Und die Tür wurde geschlossen.

Die Gesellschaft war fast verstummt, und alle hatten ihre Blicke zur Tür gerichtet, während der Gebräunte, der gleichsam eine andere Haltung angenommen hatte, den Saal durchquerte und in den Gang hinaustrat.

»Aber das war ja Fräulein Fryant«, sagte die alte Dame erfreut zu dem Freund.

»Ja«, antwortete er: »Sie wohnen hier.«

»Nein, wirklich«, sagte die alte Dame im selben Ton: »Wir kennen uns schon so viele Jahre.«

Frau Lindegaard sagte zu ihrem Mann: »Hans, der Generalkonsul ist doch ein Freund deines Vaters«; und Holzhändler Berg, der dicke Herr, sagte: »Julie, ich hab' wohl Sauce im Bart.«

Aber Frau Rasmussen sagte: »August, die Kartoffeln«, und band den Latz etwas fester um den Hals ihres Jüngsten.

»Dann auf Wiedersehen, Ender«, sagte Fräulein Johnny, die die Treppe hinabeilte, wo Ingeborg schon auf der untersten Stufe stand.

»Und vielen Dank, Fräulein«, sagte der Gebräunte, der mit gebeugtem Kopf stehen blieb, bis die Damen fort waren.

»Gott bewahre, was für ein Jerusalem«, sagte Fräulein Johnny, die immer noch lachte: »Das Dinner ist dringend verbesserungsbedürftig«; und indem sie die Tür zur Schankstube öffnete, sagte sie: »Du, wir fangen sofort an.«

Brasen saß bei der offenen Durchreiche auf dem Stuhl mit dem Kissen.

»Guten Tag, Herr Brasen.« Fräulein Fryant setzte sich mitten im Raum auf einen Stuhl und schlug die Hände zusammen: »Haben Sie Champagner?« fragte sie.

Brasen stand auf, und seine krummen Beine wurden fast gerade. »Ja«, sagte er und lachte selber: »Und der ist verflixt gut, Fräulein.«

»Schön«, sagte Fräulein Fryant: »Legen Sie also drei Flaschen auf Eis. Wir werden zu sechst sein. Leben Sie wohl, Herr Brasen.«

Und weg waren die beiden Damen.

»Den trinken wir als Tischwein«, sagte Johnny: »Und jetzt machen wir weiter.«

»Das sieht dir ähnlich«, sagte Fräulein Ingeborg.

»Ja« – Johnny Fryant hörte nicht auf zu lachen – »und ich will, was ich will.«

Sie blieb mitten auf dem Marktplatz stehen, als ob sie nach etwas suche, und sagte dann, indem sie auf Therkildsens Laden zeigte: »*Dort* gehen wir hin. Weißt du, in solchen Läden findet sich immer das eine oder andere in einem verborgenen Winkel.«

Als die Krämergesellen die zwei Damen auf der Treppe sahen, lief der eine zum Konsul, der die Tochter des Bürgermeisters zu begrüßen pflegte, wenn sie ins Geschäft kam.

»Therkildsen, du bleibst hier«, sagte die Frau. »Es gehört sich nicht, dass sie dich hinter dem Ladentisch sehen.«

Der Geselle kam in den Laden zurück, wo Fräulein Fryant schon drei Gläser französische Konfitüre entdeckt hatte, die zu Frau Therkildsens privatem Vorrat gehörten und von einem Geschäftsessen für den Amtsrat übriggeblieben waren.

»Das ist ganz vorzüglich«, sagte Fräulein Fryant: »Und dann ein paar Kekse.«

Dazu fiel ihr Käse ein, und sie fragte, welchen sie hätten.

»Ich glaube schon, die gnädige Frau hat welchen«, sagte der Kommis und lief wieder davon.

Fräulein Johnny lachte und bekam den Käse, während sie laut zu Fräulein Ingeborg sagte: »Was sind denn das für Leute?«

»Das ist ein Konsul Therkildsen«, sagte Fräulein Ingeborg.

»Aha«, sagte Fräulein Johnny, die den Namen anscheinend noch nie gehört hatte, und sie zahlte, was sie schuldig war, aus einer ledernen Herrenbörse.

»Und dann müssen wir noch Bänder haben«, sagte sie.

»Aber wozu?« fragte Fräulein Ingeborg.

»Für das Fest«, sagte Fräulein Fryant, die in den Ristschen Laden vorauslief. Sie wollte grüne Seidenbänder und weiße

Seidenbänder haben. Herr Rist und der Kommis suchten in allen Kisten. Da waren aber keine grünen Seidenbänder.

»Aber du kannst doch die blauen nehmen«, sagte Fräulein Ingeborg.

»Nein«, sagte Fräulein Johnny: »Nun, dann nehmen wir nur die weißen«, und an Fräulein Ingeborg gewandt, fügte sie hinzu: »Ich kann die Schleifen von dem grünen Kleid abtrennen.«

Als sie wieder auf die Straße hinaustraten, sagte Fräulein Johnny: »Jetzt pflücken wir Rosen. Das tun wir bei dir.«

Als sie nebeneinander hergingen, sagte Fräulein Ingeborg, und ihre Augen waren in die Ferne gerichtet: »Es ist so lange her, dass ich auf einem Fest gewesen bin.«

Fräulein Johnny blieb stehen und sah Fräulein Ingeborg an. »Kannst du denn nicht Gedanken lesen?« sagte sie.

Aber Fräulein Ingeborg umfasste ihr Handgelenk, und Johnny schwieg, während sie weitergingen, die eine neben der anderen.

Vor dem Haus des Bürgermeisters begegneten sie zwei Herren in weißem Linnen mit Schiffermützen und in Lackstiefeln.

Die zwei jungen Männer grüßten, und kaum waren sie vorbei, sagte Fräulein Johnny: »Mein Gott, was haben denn die hier verloren?«

Fräulein Ingeborg antwortete: »Das sind Therkildsens Söhne.«

»Ja, richtig, sie heißen wohl Therkildsen«, sagte Johnny, und sie gingen hinein.

Bei Tisch hatten alle angefangen, über Fryants zu reden, über ihr Sommerhaus, das fremde Geschwader, das der Generalkonsul gerade empfangen hatte, und über die Reederei: »Verflixt tüchtige Leute«, sagte der Holzgroßhändler: »Das ist die Elite.«

Inspektor Rasmussen sagte: »Ja, Dänemarks Zukunft liegt auch im Handel«; und man hörte, wie die ostjütische Dame zu Frau Lindegaard sagte: »Auf dem Schiff tanzte sie zweimal mit unserem Prinzen.«

Die Tochter, die sich plötzlich an Frau Lindegaard herandrängelte, sagte: »Ob John dabei ist?«

»John« war der junge Fryant, den das Fräulein beim Vornamen nannte, da sie diesen aus den Zeitungen kannte, wo Herr Fryant junior oft als Champion auf dem Tennisplatz Erwähnung fand.

Die Radfahrer kannten Herrn Fryant nicht. Sie spielten kein Tennis. Der Gebräunte, der zurückgekehrt war, unterhielt sich mit seinem Freund, als die Frau des Holzhändlers Christian fragte: »Wo werden sie sitzen?«

Christian antwortete: »Sie werden um sieben Uhr essen.«

»Und wo?« sagte die ostjütische Dame.

Christian murmelte etwas in der Art, dass sie auf ihrem Zimmer essen wollten, und Frau Rasmussen, die ihrem Mann einen raschen Blick zugeworfen hatte, sagte: »Nun, hier gibt es ja auch keinen Platz.«

»Und auch kein Essen«, sagte der Holzgroßhändler, der unversehens in einem Ton, der ans Holzlager erinnerte, Stine zurief: »Gibt's Braten?«

Der Gebräunte und sein Freund hatten sich erhoben, und indem er sich vor der alten Witwe und ihrer Tochter tief verbeugte, sagte der Braune: »Wohl bekomm's. Wir sitzen doch sehr eng«; und die zwei Freunde verließen den Raum.

Es war so still geworden, dass man ihre Schritte und die Tür, die sich hinter ihnen schloss, hören konnte.

»Hans«, sagte Frau Lindegaard, »bestell mehr Hühnchen«; und der Holzgroßhändler, der mit seinem Glas auf den Tisch hämmerte, sagte: »Ja, auch *wir* müssen wohl was bekommen.«

Die ostjütische Dame wandte sich an Stine: »Bekomm'
ich auch etwas?« Sie verschmähte die Platte, weil da kein
Brüstchen drauf war.

»Sie müssen etwas anderes bringen«, befahl sie, und zu
Frau Rasmussen sagte sie: Wozu wohl die zwei Herren so
weit gereist seien?

Und Herr Rasmussen, der mit den Schultern zuckte, sagte: »Ja, für tüchtige junge Männer ist ja Platz bei uns.«

Der Holzhändler, der fortwährend nach Braten rief, ge-
stand: »*Ich* bin ja nie in Geschäften herumgereist – außer in
Schweden.«

Herr Rasmussen begann von den »Bruderreichen«[18] zu
reden, während sich die Damen auf der anderen Seite des Tisches weit vorbeugten, um den Gemeindelehrerinnen zu
lauschen, die begonnen hatten, von einer Krankenschwester
zu reden, die einst bei der Familie Fryant gewesen sei: »Zu
ihr war man nicht so nett«, sagte die eine Lehrerin.

Der Radfahrer sagte zu dem ostjütischen Fräulein, dass
dieses Tennis der reine Bluff sei, und Frau Lindegaard sagte
zu ihrem Mann, dass der Großhändler wirklich recht habe:
»Es ist unanständig, sich so von all den anderen abzuson-
dern.«

Stine war mit der leeren Platte die Treppe hinabgelaufen,
als Brasen von der Durchreiche her rief: »Jansine, Jansine!
David und Goliath sind da!«

»Ach wirklich?« sagte Frau Brasen und ließ alles stehen
und liegen, um in die Gaststube zu laufen.

»Sind das Therkildsens Söhne?« sagte Christian, der
hinterherlief.

Da standen sie alle drei und beobachteten die zwei Ther-
kildschen, die in ihren weißen Anzügen vorbeikamen. Auch
der Doktor lehnte sich drüben aus dem Fenster.

In der Schankstube stoben sie sofort auseinander, als der
laute Ruf ertönte: »Kriegt man endlich zu essen?«

Es war der Holzhändler, der mit feuerrotem Kopf mitten in der Küchentür stand: »Oder hält man uns hier zum Narren?«

»Na«, sagte Brasen ganz leise: »Jetzt haben wir die Bescherung.«

Der Holzhändler schimpfte weiter; Herr Hans Lindegaard war ihm gefolgt und sagte: »Ja, das gehört sich nicht.«

»Aber meine Herren, aber meine Herren«, sagte Brasen, der sich in einem fort verbeugte; und plötzlich rief er wütend: »Zum Teufel mit den Frauenzimmern.«

Frau Brasen war hinausgelaufen. Sie stand in einer Ecke ihrer Küche. Ihr Taschentuch konnte sie nicht finden, und die Tränen strömten.

Der Holzhändler machte sich in der Küche breit. »Hier ist ja Essen«, sagte er.

Sein Blick war auf die Bratpfanne mit den Tauben gefallen, die mitten auf dem Tisch stand. Frau Brasen trat sofort hin, als wollte der Herr die Vögel stehlen.

Aber Brasen, sich immerfort verbeugend, sagte: »Ja, meine Herren, ja, meine Herren.«

»Zum Teufel, dann schicken Sie die doch rauf«, sagte der Holzhändler, der mit einem Mal wieder besänftigt war und die Treppe hinauf- und in den Speisesaal hineinging, wo er sich schwer auf seinen Stuhl fallen ließ: »Jetzt kommen die Flügeltiere«, sagte er.

»Bringt sie rauf«, kommandierte Brasen.

Frau Brasen hatte sich in die Speisekammer gesetzt. Ihr war beinah, als müsse sie schluchzen, einen Augenblick lang.

Dann stand sie auf. Sie hatte einen Einfall: Der Doktor hatte doch für den Geburtstag der alten Dame das Filetstück hängen. Wenn sie aber Erfolg haben wollte, musste sie selbst hin.

Sie ging durch die Küche hinaus: »Und da liegt alles

rum«, sagte sie, indem sie einen Stapel schmutziger Messer und Gabeln der Alten in den Gang hinausreichte: »Wasch die ab, Mutter«, sagte sie.

Die Alte nahm sie und spülte sie und trocknete sie ab, indem sie eins nach dem anderen laut auf den Haufen fallen ließ: »Sitzt meine Haube«, sagte Frau Brasen.

»Ja, Mutter«, antwortete Signe.

Frau Brasen ging in ihren Pantoffeln über den Markt zum Doktor hinauf. Als sie wieder zurückkam, hatte sie das Filet in einem Stück Zeitungspapier unterm Arm.

Der Doktor stand an seinem Fenster und blickte ihr nach: »Ich glaube«, sagte er bedächtig, »dass ich meinen Namen in den Annoncen streichen lasse, Mutter.«

Er dachte an die Badeannoncen, in denen er als Kurarzt aufgeführt war.

Die Mutter, die ihr Strickzeug wieder aufgenommen hatte, sagte: »Ja, mein Freund, das meine ich schon lange.«

Die Mutter des Doktors, die seit dem Unglück – es gab für sie kein anderes Unglück als den Konkurs ihres Mannes, damals – ihren Sohn über mehr als zwanzig Jahre hinweg begleitet hatte, beschränkte sich fast immer auf ein »Hab' ich mir gedacht«.

Drinnen an der Durchreiche rief Christian nach Rotwein.

»Für wen denn?« sagte Brasen: »Das muss angeschrieben werden.«

Aber Christian war schon weg, als Frau Brasen zur Durchreiche kam: »Ich brauch' was aus der Schublade, Brasen.«

»Da ist nichts«, sagte Brasen. »Und nichts wird angeschrieben.« Über das Tintenfass, ein Notizheft und das Gästebuch gebeugt, kratzte er sich am Seehundskopf.

»Noch mal Wein«, rief Christian, der ob des reißenden Absatzes wie eine Trompete schmetterte.

»Aber es muss angeschrieben werden«, sagte Brasen wieder und packte Christian Christensen am Arm: »Der ist für die, die Svendsen heißen«, sagte Christian, und weg war er.

»Gott erbarme sich«, sagte Brasen: »Da haben wir den Wagen von Hvidegaard.«

Oben im Speisesaal, wo alle durcheinanderredeten und Lindegaards und Holzhändlers und die Dame aus Ostjütland Rotwein aus kleinen Bierkrügen tranken, standen das ostjütische Fräulein und die Radfahrer am Fenster, wo sie mit derselben Gardinenkordel spielten: »Mutter«, sagte sie, denn auch sie sah den Wagen: »Da ist Graa.«

»Wer?«

»Der Sänger«, rief das Fräulein, das sich neben ihrem Radfahrer aus dem Fenster zwängte.

Die Equipage aus Hvidegaard war durch das Hoftor gerollt, wo der schlanke Diener absprang und die Wagentür öffnete: »Wir können ja sofort zu Tisch gehen«, sagte Frau Graa, die sehr dick war, mit blendend weißen Zähnen, stark geschnürt und zehn Jahre älter als ihr Mann: »Wie du willst, mein Engel«, sagte der Sänger, der, zum Diener gewandt, hinzufügte: »Sie kümmern sich doch um die Koffer.«

Der Sänger und seine Gattin waren schon die Treppe hinauf, als Brasen daherkam: »Wer ist das, Hansen?« fragte er.

Hvidegaards blasser Diener, der seine braun behandschuhten Hände in den Taschen vergrub, antwortete: »Das soll ein Sänger sein.«

Als die Frau des Sängers die Tür zum Speisesaal öffnete, stand die ostjütische Großhandelsdame schon mitten im Raum: »Dass man Sie hier trifft«, rief die Sängersgattin, die laut sprach, wie eine, die gewohnt ist, Gehör zu finden: »Ja, wir Fahrenden treffen überall auf Bekannte.«

Die Gäste drängten sich zusammen, und ein Stühlerücken begann. Der Radfahrer musste auf den Platz des Gebräunten wechseln, damit der Sänger und seine Frau neben der ostjütischen Familie Platz nehmen konnten. Auch Herr Rasmussen kannte den Sänger, von der Vereinigung der Gemeindelehrer, in der er stellvertretender Vorsitzender war, und Herr Rasmussen stellte sich vor: »Ich hatte die Ehre, Sie zu hören«, sagte er; und der Sänger, der keine Ahnung hatte, wer der Inspektor war, erwiderte, dass er sich erinnere.

»Herr Graa sang die Arie aus ›Carmen‹«, sagte Frau Rasmussen.

Die Frau des Holzgroßhändlers, die aufgehört hatte zu essen, kannte nichts Herrlicheres als dieses Stück. Das Sängerehepaar wünschte Suppe, und Stine lief los – die Haube hatte sie abgenommen und auf einen Fenstersims gelegt –, während Christian Frau Lindegaard vom Dessert anbot.

»Was ist das?« fragte sie. Es war Sandkuchen von der Bäckerei Petersen mit kleinen Konfitüreklecksen auf jedem Stück: »Hans, hol die andere Platte«, sagte Frau Lindegaard, und als sich der Mann erhoben hatte, um die Platte zu holen, die Stine auf dem Büffet vergessen hatte und auf der mit Schlagsahne gefüllte Waffeln lagen, schob die Frau sein volles Weinglas vom Gedeck weg: »Ja, er hat ja ein paarmal in dieser Oper gesungen«, sagte Frau Graa, und der Holzhändler sagte: »Mein Name ist Berg. Sie kennen vielleicht die Firma«; indes sich die ostjütische Großhändlersfrau erhoben hatte und mit der Schleppe in der Hand durch den Raum ging, um zu sehen, ob sie Madeira für die Suppe des Sängers auftreiben könne.

Alle unterhielten sich über Musik, Opern und Dirigenten. Die Gemeindelehrerinnen redeten über Schubert: »Ja«, sagte Frau Graa, die zwanzig Ohren zu haben schien: »Mein Junge liebt allen Gesang, der zu Herzen geht.«

Christian brachte den Madeira, der von einem auf Læsø[19] gestrandeten Schiff übriggeblieben war, und der Sänger sagte, als er ihn verkostete: »Aber das ist wirklich eine Traube, meine Einzige«, während sich die alte Witwe zu ihrer Tochter hinabbeugte und flüsterte: »Wer *ist* das?« Sie schaute fortwährend auf den Opernsänger, der eine große Diamantennadel im Schlips trug und einen weiten Kragen hatte, wie um der Kehle Raum für die Arbeit zu geben.

Alle schwatzten durcheinander, und der Holzhändler, der ebenfalls Madeira haben wollte, fragte Christian, als dieser ihn brachte: »Therkildsen, der wohnt doch hier?«

»Ja«, sagte Christensen, der den Korken in der Flasche abbrach.

Der Holzhändler begann, vom Konsul und seinen Geschäften zu erzählen, und sagte, dass sie ihn »König Speck« nannten: »Weil er so mager ist«, sagte er; aber Christian, der so lachte, dass er fast hickste, sagte: »Manche nennen ihn auch ›König Saul‹. Und seine Söhne, die nennen sie ›David‹ und ›Goliath‹.«

»Ist der eine denn so groß?« fragte der Holzhändler.

»Nein«, sagte Christian: »Sie sind gleich groß.«

Alle lachten, und Inspektor Rasmussen sagte: »Ja, in der Provinz macht man seltsame Scherze.«

Frau Rasmussen, die sich mit der Gattin des Sängers unterhielt, welche den Teller ihres Mannes unentwegt mit Taubenbrüstchen füllte, sagte, ihr habe immer vorgeschwebt, die Festspiele in Bayreuth zu besuchen. Plötzlich fiel der Name Fryant, und Frau Graa, die eine Geste machte wie ein Jäger, der ein Signal hört, fragte: »Sind die hier?«

Frau Rasmussen antwortete: »Ja, aber sie speisen auf ihrem Zimmer.«

Unten in der Schankstube war der Apotheker eingetroffen. Er brachte ein Paket Reklamekärtchen mit, die auf Glanzpapier gedruckt waren und auf denen die Apotheke Eau de Cologne, Bürsten und Schwämme anpries.

»Ja, ich glaube bei Gott, es läuft, Apotheker«, sagte Brasen, der am Tresen saß.

»Das wollen wir hoffen«, antwortete Herr Hauch, der aussah, als hätte er keine Beine in seinen Beinkleidern.

»Ich brauch' was aus der Schublade, Brasen.« Frau Brasen war an der Durchreiche. Ihre Augen tränten, als würde sie unaufhörlich weinen.

Die Schublade war leer: »Wozu das alles«, sagte Brasen. »Es bringt ja doch nichts Bares ein.«

»Komm mal, Brasen«, sagte die Frau, die in die Speisekammer ging, und Brasen folgte ihr. Als er wieder herauskam, schritt er über den Hof und durch das Portal. Dort blieb er einen Augenblick mit einem seltsamen Gesichtsausdruck stehen, fast wie einer, der weiß, dass er einen weiten Weg zurückzulegen hat.

»Ja, dann muss ich wohl«, sagte er.

»Ist der Konsul zu sprechen«, fragte er, als er im Laden drüben stand. Er redete wie ein Kind, dem größere Schwierigkeiten bevorstehen.

Aber der Konsul, der sehr beschäftigt war, sagte sofort: »Sie wollen wohl Valuta, Brasen. Das ist ja übrigens verständlich – im Augenblick.«

Während Brasen die Quittung unterschrieb, fragte der Konsul: »Sind sie zu Tisch gegangen?« und meinte Fryants.

»Nee, die werden gleich essen«, sagte Brasen und steckte das Geld in eine Tasche, die so tief war, dass sie nie gefüllt werden konnte: »Danke, Herr Konsul.«

Herr Therkildsen kehrte in die Wohnung zurück, in der die gnädige Frau, von ihren Herren Söhnen assistiert, den Kronleuchter vom Salon unter die Verandadecke hängen ließ, wo man ihn wirklich gut anzünden konnte.

Frau Therkildsen wollte ihnen nichts als Tee anbieten und danach die Konfitüren, wofür sie die englischen Kristallschalen hatten.

»Ja«, sagte der jüngere Sohn: »Wenn es nur nicht danach aussieht, als hätten wir uns Umstände gemacht.«

»Und dann, Therkildsen«, sagte sie, »gehst du in einer Stunde rüber.«

Sie selbst war schon auf dem Weg in den Laden, um die Konfitüregläser zu holen.

Als Brasen über den Marktplatz nach Hause ging, sagte die Mutter des Doktors, die an ihrem Spion saß: »Jetzt hat Brasen von Therkildsen Bares bekommen ... Gott sei Dank.«

Brasen machte vor seiner eigenen Tür einen Kratzfuß, als Fräulein Fryant mit einem großen Spankorb ankam: »Nun, Herr Brasen«, sagte sie: »Können wir bald essen?«

»Meine Frau ist zugange«, antwortete Brasen.

Als Fräulein Johnny ins Zimmer hinaufkam, sagte sie: »Du meine Güte, hat man hier noch nicht angefangen?«

»Nein«, sagte die Mutter, die in einem der beiden Lehnstühle saß: »Aber jetzt kannst *du* ja sehen, was du ausrichten kannst.«

Fräulein Johnny lief wieder hinunter und in den Hof, wo sie den Kopf durch das Küchenfenster steckte: »Nun, Frau Brasen«, sagte sie, »wie steht's?«

Fräulein Fyant wäre beim Anblick der Küche fast mitten im Satz steckengeblieben: »Doch, doch«, sagte Frau Brasen, und hastig ergänzte sie, indem sie sich mit der Hand Ruß ins Gesicht schmierte, ohne es zu merken: »Sehen Sie nicht hin.«

Fräulein Johnny lief zurück: »Nein«, rief sie Frau Fryant zu: »Das müsste Eriksen sehen.«

Eriksen war Haushälterin bei Fryants.

»Mama, da hilft nichts, wir leihen Ingeborgs Haushälterin aus, damit die bedient.«

Fräulein Johnny holte ein Reiseetui hervor und schrieb mit fliegenden Buchstaben einige Zeilen auf handgeschöpftes Bütten: »Und sie kann genauso gut das Porzellan mitbringen«, sagte sie, während sie den Briefumschlag mit einem kleinen Druck des Wachssiegels schloss, das ihren Wahlspruch trug: *Honni soit.*[20]

»Und eine Tischdecke«, sagte Frau Fryant und lachte.

Die Tochter lachte mit und schrieb: »Eine Tischdecke!« auf den Umschlag.

Jens sollte damit los: »Aber ich muss mich erst waschen«, sagte Jens, »wenn ich zum Bürgermeister soll.«

»Nee«, sagte Fräulein Johnny: »Lauf, wie du bist.«

Als Jens den Brief beim Bürgermeister abgeliefert hatte, stieg das Stubenmädchen hinauf in den Giebel zum Zimmer des Fräuleins.

Fräulein Ingeborg erhielt den Brief durch die Tür gereicht.

Als alles angeordnet war, schloss das Fräulein die Tür wieder. In ihren Gemächern waren nur ihre Schritte zu hören.

Fräulein Ingeborg wirkte sehr groß, wie sie da zwischen den mattweißen Wänden mit den schmalen Silberstreifen auf und ab ging. Den Wänden entlang lief in dünnen Rahmen ein Fries von Bildern mit vielen Palmen. Die waren aus Westindien. Und andere mit weißen Bergen. Die waren aus der Schweiz.

Fräulein Ingeborg ging lange auf und ab. Dann kleidete sie sich an. Langsam wandelte sie zwischen den großen westindischen Vasen herum.

Ihr Kleid war gelb und mit Mohnblumen besetzt. Vor ihrem Spiegel legte sie eine Perlenschnur um den Hals, *eine* Perlenreihe. Ihre Augen blieben am Spiegel haften, und geraume Zeit betrachtete sie unverwandt ihr eigenes Gesicht mit einem Blick, wie jemand, der liest – regungslos.

Sie hatte nicht gehört, dass es leise an der Tür geklopft hatte, bis es erneut klopfte, und sie erschrak, als sie öffnete: »Aber Mama, bist du's? Was möchtest du denn?«

Fräulein Ingeborgs Stimme wurde plötzlich mitten im Satz sehr weich.

Die Frau des Bürgermeisters ging nie viel herum und

war seit Jahr und Tag nicht mehr in den Zimmern der Tochter gewesen.

Sie antwortete nicht, sondern trat über die Schwelle. Dann ergriff sie auf einmal die beiden Hände der Tochter und blickte ihr in die Augen – sie hatten dieselben Augen, so dunkel, dass keine Sonne sie erhellen konnte – und küsste sie auf die Wange: »Mutter«, hauchte Fräulein Ingeborg rasch.

Mit einem Klaps ging die Frau des Bürgermeisters.

»Mutter«, sagte Fräulein Ingeborg noch einmal, als die Tür ins Schloss fiel.

Sie wartete einen Augenblick. Dann schaute sie auf die weiße Uhr und ging hinunter.

Die Tür zum Zimmer der Mutter war geschlossen. Fräulein Ingeborg blieb vor den ostindischen Vögeln stehen, die in ihren Ringen bereits schliefen, zwei und zwei. Plötzlich lächelte sie, und ohne sich dessen bewusst zu sein, führte sie ihre linke Hand über den Käfig, als ob sie ihn liebkosen wollte.

Sie schloss die Tür hinter sich, und sie ging hinunter in den Hof und die Treppe zum Vater hinauf. Die Büros standen leer. Sie klopfte an die Tür des Bürgermeisters, und der Vater rief: »Herein.«

»Ich wollte dir nur Lebewohl sagen«, sagte Fräulein Ingeborg.

Der Bürgermeister betrachtete seine Tochter lange und wusste selbst nicht, warum: »Ja, richtig, du gehst ja aus.«

»Ja«, antwortete Fräulein Ingeborg, die sich bückte und dabei den Bürgermeister auf die Stirn küsste.

»Leb wohl«, sagte sie.

Sie schloss auch die Bürotür, als sie ging.

Der Gebräunte und sein Freund kleideten sich an.

Der Freund hatte beide Koffer durchwühlt und pfiff unaufhörlich, während er seine Nägel polierte und den Bart kämmte: »So sag was«, rief er zum anderen hinein.

Der Gebräunte stand mit einem Handspiegel da, den er fallen ließ: »Ja«, sagte er, »aber nicht jetzt.« Und er lachte.

»Worüber lachst du?« sagte der Freund.

»Über dich.«

»So? Warum?«

»Weil du so klug bist«, sagte der Gebräunte, weiterlachend.

Plötzlich packte er den Freund an den Schultern und hielt ihn fest, indem er lachte und lachte, ihm geradewegs ins Gesicht, bis er ihn wie einen Jungen im Schulhof herumdrehte: »Du bist verrückt«, sagte der Freund.

»Jetzt müssen wir aber wirklich gehen«, sagte der Braune.

Die zwei Freunde gingen hinab und klopften an die Tür des Generalkonsuls. Fräulein Johnny öffnete und warf, mit dem Türgriff in der Hand, einen letzten Blick auf den Tisch: »Nein, nein, warten Sie«, sagte sie: »Ich habe das Wichtigste vergessen«; und sie schloss die Tür wieder.

»Aber dann muss wenigstens ich vor die Tür«, sagte der Generalkonsul und ging.

Fräulein Johnny lief ins Schlafzimmer und holte die weißen Bänder und die grünen, die sie vom Kleid abgetrennt hatte; sie band sie um die Rosen, bei jedem Gedeck, grün und weiß: »So«, sagte sie und öffnete, »jetzt können Sie kommen.«

Die drei Herren traten ein; alle mussten stehen, denn es gab keine Sitzgelegenheit außer direkt am Tisch: »Ja, sitzen können wir nicht«, sagte Johnny, während sie sich über die verschiedenen Reiserouten unterhielten, auf denen sie gekommen waren, und wie seltsam es war, dass sie einander begegneten: »Ich glaube, man trifft sich, wenn es so sein soll«, sagte Fräulein Johnny zu dem braunen Herrn Ender, der mit dem Rücken zum Fenster stand.

Der Generalkonsul sagte etwas in der Art, dass die Welt klein sei.

Es klopfte wieder: »Da kommt sie«, sagte Fräulein Johnny und öffnete die Tür, so dass ihnen der Trubel der Kaffeegäste entgegenschlug. Die Tür wurde wieder zugemacht, und es war, als sei Fräulein Ingeborg dem verstummten Lärm entstiegen: »Willkommen, Ingeborg«, sagte Fräulein Johnny und küsste sie auf die Wange.

»Danke.«

Fräulein Ingeborg begrüßte sie alle und zuletzt den Gebräunten, der noch immer mit dem Rücken zum Licht stand: »Es ist lange her«, sagte Fräulein Ingeborg, und für einen Moment berührten sich ihre weit vorgestreckten Hände.

»Dann gehen wir zu Tisch«, sagte Fräulein Johnny: »Herr Verner, Ihren Arm. Papa und Mama sitzen am Tischende. Nein, nein«, sagte sie: »Herr Ender und Ingeborg sollen auf dem Sofa sitzen.«

Ohne etwas zu sagen, hatte der Braune Fräulein Ingeborg seinen Arm gereicht.

Sie hatten alle Platz genommen, als Fräulein Ingeborg ihr Bouquet hochhob: »Oh«, sagte sie, und plötzlich rötete sich ihre mattgelbe Haut: »Das sind die Farben der Schweiz.«

»Ja«, sagte Ender schnell und etwas zu laut, indem auch er vor Freude oder vielleicht in plötzlicher Verwirrung errötete.

Das Stubenmädchen des Bürgermeisters trug die Suppe auf, während der Generalkonsul und Verner begannen, sich über die Schweiz zu unterhalten und die Generalkonsulin zu Fräulein Ingeborg sagte: »Ja, Ingeborg, wir werden Ihnen immer dankbar sein für alles, was Sie in all der Zeit für Johnny waren.«

Christian kam mit dem Champagner in einem Wassereimer voller Eis. Er trug ihn so ängstlich, dass es aussah, als ob er hinke: »Da«, sagte er.

Alle lachten, als der Generalkonsul die Gläser füllte: »Ja, willkommen«, sagte er.

»Willkommen – willkommen«, sagten die Mutter und Johnny.

Und Fräulein Johnny sprach wieder über Zürich und den See dort unten und über eine Bergwanderung: »Erinnern Sie sich, Ender, erinnern Sie sich? Es war zu Pfingsten.«

Doch, er erinnerte sich.

Und Fräulein Ingeborg sagte: »Wie still es war, in jener Nacht in den Bergen.«

Der Generalkonsul ließ sich über Höhenangaben bei Gipfelbesteigungen aus, und Herr Verner erwähnte einige Berge entlang der indischen Grenze.

»Ja«, sagte Fräulein Ingeborg und blickte Ender, mit dem sie redete, nicht an: »So weit fort waren Sie.«

»Ja«, antwortete Ender und nickte bekräftigend, »weit fort.«

Das Mädchen des Bürgermeisters hatte das nächste Gericht geholt und trug es die Treppe hinauf, als sie das ostjütische Fräulein und Frau Lindegaard traf, die, gefolgt von den zwei Radfahrern, herabkamen.

»Oh«, sagte das Fräulein und hob die Schleppe, »die haben ihre eigene Bedienung.«

»Und bekamen Champagner zur Suppe«, sagte Frau Lindegaard und drehte sich um: »Bist du da, Hans? Ach, soll er doch sitzen bleiben«, sagte sie.

Die beiden Radfahrer gingen einige Schritte hinter den Damen: »Hier gibt es Beefsteak«, sagte der eine.

»Ja«, sagte der andere, »es ist, wie ich sage, man findet immer einen Braten an der Landstraße.«

Das Fräulein von der Ostküste drehte sich um: »Wo wohnt dieser Töpfer?« fragte sie. Und die Radfahrer holten die Damen ein.

Alle Badegäste tranken Kaffee im Salon oder im großen Speisesaal, dessen Türen zum Gang hin offen standen. Der Holzhändler lud den Inspektor und Herrn Lindegaard zu einem Cognac ein. Frau Rasmussen, die sich mit der Frau von der Ostküste in der Nähe der Tür aufhielt, sagte, als das Mädchen des Bürgermeisters vorbeiging: »Nun, es gibt ja Leute, die gerne zeigen, dass sie es vermögen.«

Die alte Witwe saß auf dem Sofa im Salon, während ihr die Tochter etwas zuflüsterte.

»Ja, mein Mädchen, mach du das«, sagte sie, »das ist lustig.«

Die kleine Tochter ging an ihrem Stock durch die Räume. Mitten auf der Treppe traf sie auf Christian, der, vor einer langen, hageren Person, an ihr vorbeiflitzte. Christian schoss zu Fryants hinein: »Der Konsul«, sagte er.

»Welcher Konsul«, fragte Herr Fryant.

»Therkildsen« sagte Christian.

»Wer?« sagte der Generalkonsul.

»Oh«, sagte Johnny, »*dort* haben wir die Konfitüre gekauft.«

»Lassen Sie den Mann eintreten«, sagte Herr Fryant.

Der Generalkonsul erhob sich, und die Tür öffnete sich für Herrn Therkildsen im schwarzen Gehrock: »Ich komme übrigens ungelegen«, sagte er und blieb verwirrt vor dem Tisch und den Gästen stehen.

»Das macht nichts«, sagte Frau Fryant und neigte den Kopf: »Wollen Sie nicht Platz nehmen?«

Herr Therkildsen setzte sich mit übereinandergeschlagen Beinen auf einen Stuhl, so dass man seine grauen Wollstrümpfe sah, während der Generalkonsul, der den König Saul jetzt nur zu gut wiedererkannte, fragte: »Womit kann ich Ihnen zu Diensten sein?« Alle anderen hatten zu essen aufgehört.

Herr Therkildsen war ob Herrn Fyants Tonfall blutrot angelaufen. Er erhob sich wieder und sagte: »Wir meinten nur … meine Frau meinte … wenn das Haus hier den Generalkonsuls nicht genehm wäre … ob sie heute abend mit uns vorliebnehmen wollten.«

Einige Sekunden war es still, ehe der Vizekonsul hervorstoßen konnte: »Denn meine Söhne sind zu Hause« – und abrupt abbrach.

»Wir haben es hier vortrefflich«, sagte Herr Fryant, der immer noch stand, während die Generalkonsulin schnell hinzufügte: »Das ist wirklich außerordentlich liebenswürdig von Ihrer Frau und Ihnen«; und Fräulein Johnny sagte: »Ich erinnere mich gut, Herr Therkildsen, ich habe einmal mit Ihren Söhnen getanzt.«

»Ja, ansonsten vielen Dank«, sagte der Generalkonsul, der an der Tür stand, und er ließ den Mann, der womöglich viel reicher war als er selbst, vorbeigehen – zur Tür hinaus, wie man einen Lagerchef verabschiedet: »Sie entschuldigen«, sagte Herr Fryant zu seinen Gästen, als die Tür wieder geschlossen war, und kehrte auf seinen Platz zurück.

Herr Therkildsen blieb einen Augenblick vor der geschlossenen Tür stehen. Seine Stirnadern schwollen an. Er sah wie ein Mann aus, der in ungeheurem Zorn oder einer blitzschnellen Anspannung eine Abrechnung vornimmt.

Herr Therkildsen ging über den Hof.

»Aber was will nur der Konsul?« sagte Frau Brasen, die in der Küche wie angewurzelt stehen blieb, als sie ihn sah.

Herr Therkildsen hielt einen Moment inne und sah kurz in die chaotische Küche hinein, wo Brasen an der Durchreiche rief: »Für wen sind die Cognacs?«

»Ich weiß nicht, Brasen«, sagte seine Frau, die sich umdrehte.

»Übrigens läuft es wohl gut?« sagte der Vizekonsul durch das Küchenfenster, ehe er weiterging.

»Er war kreideweiß im Gesicht«, sagte Frau Brasen und wurde selber bleich, ohne zu wissen, warum.

»Ja«, sagte das Küchenmädchen, »das war er in der Tat.«

Christian lief mit dem Cognac in den Speisesaal, wo dem Sänger, inmitten eines Kreises von Damen, ein Taschentuch gegen die Zugluft um den Hals geschlungen worden war:

»Was möchte mein Jüngelchen?« fragte seine Gemahlin, die in einem fort hierhin und dorthin sauste.

»Was sagst du, meine Einzige«, sagte der Sänger.

Der Holzhändler, der nach Christian rief und statt einer Flasche Sodawasser eine Flasche Vermouth erhielt, sagte: »Nun ja, *einen* Tag lang kann man das aushalten«; und an den Inspektor gewandt, fügte er hinzu: »Meine Frau sagt sogar, sie hätten mit Champagner angefangen.«

»Das ist wohl englisch«, sagte der Inspektor.

Frau Rasmussen ging hinüber zu ihrem Mann: »August, aus diesen Gläsern trinken wir nicht«; sie zeigte auf zwei vom Spülwasser beschlagene Gläser, aus denen sie und die Frau von der Ostküste Sodawasser trinken sollten. »Aber sie haben wohl zu viel mit denen da drinnen zu tun«, fügte Frau Rasmussen hinzu.

Der Inspektor zuckte mit den Achseln und sagte: »Das ist nun aber gar zu toll.«

Er stieg die Treppen hinab, während die Goldkette auf seiner Weste baumelte, und betrat die Schankstube, wo er auf die vier Lehrerinnen stieß, die mit bleichen Gesichtern bezahlen wollten, was sie extra geordert hatten, und zwar sofort.

»Ja, meine Damen«, sagte Brasen, der nicht wusste, was sie geordert hatten, und in seinem Buch blätterte, bis Christian von der Durchreiche herüberrief: »Brasen, da muss was auf Eis gelegt werden.«

Es war Likör für den Generalkonsul, und Brasen verschwand.

»Nicht einmal zahlen kann man hier«, sagte die eine Lehrerin, während Herr Rasmussen sehr laut, zur offenen Durchreiche hin, ergänzte: »Aber auf jeden Fall bleibt die Möglichkeit abzureisen.«

Frau Brasen hatte das gehört und fasste sich mit beiden Händen an die Haube: »Und ausgerechnet jetzt ist Brasen weg«, sagte sie.

Sie ging zum Tresen und blätterte selbst in den Büchern:
»O Fräulein«, sagte sie, »entschuldigen Sie, es passiert so
viel auf einmal. Brasen wird es ausrechnen, denn ich hab'
Wasser in den Augen.«

»Wir haben eine Abmachung, gute Frau«, sagte der Inspektor, »und verlangen einen entsprechenden Service, egal,
auf wen sonst noch Rücksicht genommen werden muss.«

»Das ist auch recht so«, sagte Frau Brasen, deren Gedanken unaufhörlich um das Filet für Generalkonsuls kreisten:
»Da muss Grünes drauf«, sagte sie durch die Durchreiche
und lief selber los.

Auf dem Küchentisch neben der Filetplatte stapelten sich
Löffel, Messer und Gabeln: »Wasch sie ab, Mutter«, sagte
Frau Brasen und reichte sie der Alten in den Gang hinaus:
»Aber Vorsicht, das sind die von Bürgermeisters.«

Die Alte nahm sie und spülte sie und trocknete sie ab, ehe
sie, eine um die andere, klirrend auf den Haufen fielen.

Das Stubenmädchen des Bürgermeisters wartete auf das
Filet: »Sie dürfen nicht hingucken«, sagte Frau Brasen und
wollte die Platten wie den Schmutz verborgen halten.

»Die oben sehen das doch nicht«, antwortete das Mädchen des Bürgermeisters, die mit der Filetplatte die Treppe
hinaufstieg.

»Der ist wirklich schön«, sagte die Generalkonsulin, die
den Braten begutachtete, als der herumgereicht wurde.

Herr Fryant sprach über den Vater des Gebräunten, den
General, der mit der Karthographierung Jütlands ein großes
Werk vollbracht hatte: »Ja«, sagte Knud Ender, »mein Vater
hätte in großzügigeren Verhältnissen leben sollen.«

Fräulein Johnny erzählte Verner von einer Freundin, die
geschieden wurde, nachdem sie nur zwei Jahre verheiratet
gewesen war: »Und sie haben ein Kind«, sagte sie.

Man unterhielt sich jetzt über Eheleute und Scheidun-
gen, bis der Generalkonsul sagte: »Eheleute mit Kindern

sollten sich niemals scheiden lassen«, wozu Frau Fryant nickte:»Nein, niemals.«

Knud Ender, der sich die ganze Zeit mit hängenden Schultern mit Frau Fryant unterhalten hatte, sagte:»Ob das nicht doch besser wäre, als die Kinder tagtäglich hautnah den Streit der Eltern miterleben zu lassen.«

Fräulein Ingeborg sagte nichts.

Frau Fryant blickte einen Augenblick vor sich hin und sagte in verändertem Tonfall:»Ja, das Leben ist so kompliziert.«

Fräulein Johnny klopfte mit einem Löffelchen an ihr Glas und sagte munter:»Prost Mama, prost Papa. Wisst ihr, was ich glaube? Das allergrößte Glück im Leben ist es, glückliche Eltern zu haben. Denn man erbt ihre Freude«, sagte sie, und sie stieß mit den Eltern an, während alle drei lächelten.

Aber plötzlich lief Johnny blutrot an, während sie drauflosplapperte, ohne zu wissen, was sie da sagte. Fräulein Ingeborg hatte die Augen niedergeschlagen.

Fräulein Johnny redete von einer Ausstellung, und auch die Generalkonsulin hatte mit einem Mal Eile, von den Festen der letzten Saison zu erzählen:»Aber dich sieht man ja nie, Ingeborg«, sagte Fräulein Johnny.

Fräulein Ingeborg sagte:»Ich komme doch so selten in die Stadt.«

»Warum?« fragte Knud Ender.

»Ich lebe ja hier«, sagte Ingeborg, und ihr Ton, der sehr leise und sehr bedächtig war, klang, als erzähle sie mit diesen vier Worten ihr ganzes Leben. Und vielleicht, ohne es zu wollen, sagte sie, indem sie sich aufrichtete:»Und ob es so nicht auch einfacher ist, sich selbst treu zu bleiben?«

Knud Ender war es, als träten ihm Tränen in die Augen, und auf einmal, binnen weniger Sekunden, hatte er blitzartig – fast so wie einer, der plötzlich sterben wird – sein ganzes Leben vor Augen, von jenem Tag an, als er von der technischen Hochschule abging und ganze fünfundzwanzig Jahre alt war.

Es klopfte an der Tür. Es war Christian. »Da wär' ein Paket für die Frau«, sagte er und setzte ein schweres Paket in Packpapier so hart auf den Tisch, dass der erbebte.

»Gott bewahre«, sagte Fräulein Johnny. »Für mich?«

Herr Verner öffnete das Paket; darin waren zwei Flaschen Rotwein, und obenauf lag eine Visitenkarte.

Frau Fryant nahm sie und las laut: »›Für Emily von einer alten Freundin.‹ Aber von wem ist das bloß«, sagte Frau Fryant.

»Das darf ich nicht verraten«, sagte Christian grinsend und ging, während Fräulein Johnny und der Generalkonsul wie im Chor sagten: »Nein, das ist aber reizend.«

»Das ist wirklich nett.«

»Aber zuerst stoßen wir mit Carl an«, sagte Fräulein Johnny, und sie goss Champagner in ein leeres Glas: »Das ist Graf Sponneck«, sagte sie und zeigte auf das Glas: »Prost, du. – ›Danke‹«, sagte sie daraufhin und schnarrte mit der Stimme ihres Verlobten, während sie allesamt mit dem gräflichen Glas anstießen und sie es in einem Zug leerte.

»Mein liebes Mädchen«, flüsterte Frau Fryant, und sie fragte ihren Mann, indem ihre Gedanken zum Wein zurückkehrten: »Von wem kann das nur sein, George?«

»Etwa von jener alten Dame?« fragte Knud Ender und erzählte in einem seltsam abwesenden Ton von der Witwe.

Und fast übergangslos begann er plötzlich wie ein Mann, der sich halbwegs über Formen hinwegsetzt, weil er dazu getrieben wird, zu reden, er allein: über Indien – die gewaltigen Brücken, die mächtigen Bögen aus Stahl; und die Ebenen, wo alles gelb und Durst und gelb war; und das Leben in Schanghai mit den durchgehend geöffneten Clubs und den Steinpalästen der Banken an den Boulevards, wo man das eingeheimste Gold verwahren lässt.

Fräulein Ingeborg saß unbeweglich da. Den Kopf hatte sie an die Wand gelehnt, während ihre Augen geradeaus sahen, so als schaute sie durch ihn, den Redner, hindurch, in die Ferne.

»Aber Heimweh hat man immer«, sagte Eigil Verner.

»Ja, wirklich«, fragte der Generalkonsul beflissen.

»Das behauptet zumindest Carl«, sagte Johnny, deren Augen einen anderen Ausdruck angenommen hatten.

»Ja, immer«, sagte Knud Ender, der sich mit der Hand über die Augen fuhr. »Zumindest vage wie hinter einem Schleier. Aber« – plötzlich lächelte er, und sein Ton wurde ein anderer – »wenn man heimkommt, weiß man, dass man es gespürt hat.«

»Dann trinken wir auf die Heimgekehrten«, sagte der Generalkonsul, der von dem zugestellten Rotwein eingeschenkt hatte, und sie stießen wieder mit Herrn Verner und dem Gebräunten an.

Fräulein Ingeborg hob ihr Glas, ehe sie trank.

Als das Mädchen des Bürgermeisters das Dessert die Treppe hinaufbringen wollte, vermochte sie nicht durchzukommen.

Das ostjütische Fräulein und Frau Lindegaard versperrten, gemeinsam mit den Radfahrern, den Zugang. Die Radfahrer hatten die Arme voller Töpfe des Töpfers.

Das Fräulein rief: »Meine Güte, Mutter, für fünf Kronen kann man ein ganzes Esszimmer füllen.«

»Ja, das ist wirklich bemerkenswert«, sagte Frau Lindegaard: »Das macht sich vorzüglich zu bemaltem Kiefernholz.«

Alle wollten die Töpfe ansehen, die ringsum im Speisesaal auf Tischen und Stühlen standen.

Die Dame von der Ostküste meinte, sie eigneten sich gut für eine Gartentreppe; die Frau des Sängers, die zusammen mit Frau Lindegaard vor einem grünen Gefäß stand, das

Frau Lindegaard als Punschbowle verwenden wollte, sagte plötzlich: »Fryants kommen natürlich nach Tisch hierher«; worauf sie in das Schlafzimmer des Paars enteilte.

»Glauben Sie?« fragte die Dame von der Ostküste und trat vor einen Spiegel hin.

Die Frau des Holzgroßhändlers meinte, dass man ja eigentlich gern unter sich bleiben wolle, wenn man Gäste habe, und Frau Rasmussen sagte: »August, hier könnte doch wirklich aufgeräumt werden«, während Frau Lindegaard, die ihren Mann auf einem Stuhl im Salon fand, leise, aber scharf sagte: »Hans, du hast getrunken«, und ihn in die Schlafkammer führte.

Fräulein Lucie gab mit dem gekrümmten kleinen Finger dem einen Radfahrer ein Zeichen und lief die Treppen hinab und auf die Straße hinaus in Richtung Annex.

Direkt vor der Apotheke trafen sie auf Frau Hauch, die in einem breitkrempigen, mit schwarzen Spitzen besetzten Hut die Straße entlangschritt: »Mach vorwärts, Alte«, sagte das jütische Fräulein, als sie nur noch zwei Schritte von ihr entfernt war, und der Radfahrer, der schweißnasse Hände hatte, brach in lautes Gelächter aus.

Frau Hauch stieg die Therkildsche Treppe hoch – insgeheim liebte sie es, auf diesen dekorativen Stufen hinauf- und hinabzugehen –, und in den Laden hinein, wo sie fragte, ob denn die Konsulin zu Hause sei. Die beiden Gesellen, die aussahen, als wären ihre roten Ohren erst kürzlich an ihren Schädeln festgeklatscht worden, wussten es nicht. Aber Frau Hauch wollte nachsehen. Sie fand die Familie Therkildsen auf der Veranda, wo der Tisch voller Kerzen war, die in den Kronleuchter hätten gesteckt werden sollen: »Meine Liebe«, sagte Frau Therkildsen: »Sind Sie es?« Und mit einem Blick auf den Tisch fügte sie rasch hinzu: »Es ist gar zu schlimm mit der Haushälterin. Jetzt liegen die Kerzen schon seit heute morgen da.«

Die beiden Söhne, die in Liegestühlen Zigaretten rauchten, grüßten kaum merklich mit einem Wippen ihrer lackierten Stiefel.

Frau Hauch, die Platz nahm, während Frau Therkildsen ein wenig zu schnell die Kerzen einsammelte, spürte, dass sie ein bewegtes Gespräch unterbrochen hatte: »Nun, Sie wissen natürlich, dass sie hier sind.«

»Ja«, sagte Frau Therkildsen in einem Ton, als wäre ihr das »Ja« bloß entschlüpft.

»Aber hier«, sagte die Frau des Apothekers, »halten sie es natürlich nicht lange aus.«

»Wir weiß Gott auch nicht«, murmelte der ältere Sohn.

»Aber die Frage ist, was man für ihn tun könnte, solange er hier ist«, sagte Frau Hauch: »Blumen habe ich ja geschickt, damit er weiß, dass es auch hier oben ein paar Musikmenschen gibt.«

Frau Therkildsen war mit Kerzen, einer in jeder Hand, stehen geblieben. »Doch ihn zu hören, darauf darf man wohl nicht hoffen.«

Der jüngere Therkildsen streckte da plötzlich beide Beine von sich, während seine Mutter nur sagte: »Nein, darauf darf man wohl nicht hoffen. Obwohl Konrad Graa wirklich aufopfernd genug ist und gern singt, wo er glaubt, dass seine Kunst verstanden wird.«

Die Kerzen in der Hand der Vizekonsulin zitterten nicht die Spur, während ihre ganze Hirnmasse kochte: »Aber wie sollte sich die Gelegenheit ergeben?« schloss Frau Hauch.

Frau Therkildsen, deren Schläfenadern leicht hervorgetreten waren, zögerte einen Augenblick, ehe sie sagte: »Es ist ja nur recht und billig, einem so großen Künstler seine Reverenz zu erweisen.«

»Ja, so ist es«, sagte Frau Hauch.

Was in der Konsulin arbeitete, war die Frage, wie weit sie mit Rücksicht auf den Konsul gehen durfte. Aber plötzlich sagte sie: »Natürlich soll er wissen, dass auch wir hier Menschen sind. Ich komme sofort.«

Frau Therkildsen hatte eine Idee: Sie wollte Konrad Graa die würzigen Erdbeeren, die sie in vier Beeten zog, schicken. Während sie Stubenmädchen und Küchenmädchen anwies, sie zu pflücken, kam ihr der Gedanke, sie in einen Korb zu sechs Champagnerhälsen zu legen und das Ganze mit Rosen zu schmücken.

Den Schlüssel zum Weinkeller könnte sie an sich nehmen, wenn Therkildsen ausging.

Sie kehrte zur Veranda zurück: »Frau Hauch«, sagte sie: »Sie sind mir gewiss dabei behilflich, ein paar Rosen zu pflücken.«

Die zwei Frauen gingen zu den Rosenbeeten hinunter, die gerade am Weg nach Süden lagen.

»Können Sie mich fangen?« rief eine Dame auf dem Weg. Es war das ostjütische Fräulein, die in einem neuen Kleid vorbeisauste, vor dem Radfahrer, dessen nackter Hals rot wie Purpur war. Sie hatten tüchtig poussiert, als sich das Fräulein im Annex umzog.

Als das Fräulein das Hoteltor erreichte, brachte sie ihre Kleider in Ordnung und sagte: »Jetzt sind wir aber wieder anständig.«

Das Mädchen des Bürgermeisters kam ihnen mit dem Kaffee entgegen, den es die Treppe hinauftrug.

Der Generalkonsul bot Zigaretten an: »Nein danke«, sagte Fräulein Ingeborg und schüttelte den Kopf.

»Das wusste ich«, sagte Ender.

Aber Fräulein Johnny rauchte: »Nein, hört, jetzt wollen wir die Türen öffnen. Herr Verner, machen Sie auf«, sagte sie.

Herr Verner erhob sich und öffnete beide Türen zur Treppe, wo das ostjütische Fräulein am Geländer mit dem Radfahrer scherzte.

»*So*«, sagte das Fräulein und lief zur Mutter hinein: »Jetzt machen sie auf.«

Frau Lindegaard, die mit ihrem Mann zurückgekehrt war, dessen dünnes Haar aussah, als wäre es in eine Waschschüssel getaucht worden, sagte: »Hans, du musst dich vorstellen«; und die Frau des Sängers drängte sich zu ihrem Mann hin und flüsterte in scharfem Ton: »Konrad, nimm das Taschentuch ab.«

»Ja, meine Einzige«, antwortete der Sänger und nahm das Taschentuch vom Hals.

Die Frau Inspektor, die sich instinktiv der alten Witwe auf ihrem Sofa genähert hatte, sagte, während sie die vielen Ringe fester auf die Finger schob: »Sie sitzen so allein, liebe Frau.«

Die alte Dame lächelte und sagte: »Ich sitze hier mit meiner Tochter.«

Christian schleppte den Likör für den Generalkonsul in einem alten Kupferkessel aus Tønder die Treppe hinauf, und der Generalkonsul sagte: »Das Beste an einem Essen ist doch der Kaffee«; und mit einem Gedankensprung sprach er über Karlsbad und über Wasserkuren im allgemeinen: »Unser Kurort ist nun mal Teplitz, wie gesagt. Auch wenn man viel Wasser trinkt, kommt die Gicht[21] trotzdem mit den Jahren.«

Mit einem neuerlichen Gedankensprung fragte er Ender unvermittelt, der nicht sofort hörte: »Und was haben Sie jetzt vor?«

Knud Ender antwortete gedehnt: »Jetzt, glaub' ich, werd' ich sesshaft.«

»Ach, wie schön«, sagte die Generalkonsulin, aber Herr Fryant fragte: »Und Sie, Herr Verner?«

Eigil Verner antwortete – und ein Ausdruck von Mattigkeit huschte plötzlich über sein Gesicht: »Man zieht wohl weiter.«

»Warum? Ender hat recht. Es ist schön hier im Land«, sagte der Generalkonsul.

»Ja«, sagte Fräulein Ingeborg und senkte die Augenlider.

Fräulein Johnny nippte an ihrem Likör: »Carl sagt immer, wir hätten die schönsten Fahrwasser«; und unvermittelt fügte sie hinzu: »Ingeborg, du weißt ja gar nicht, wie ich ihn bekommen habe.«

Fräulein Ingeborg musste lachen: »Nein, kleine Johnny«, sagte sie und nannte sie auf einmal »kleine Johnny«, wie im Pensionat.

»Ich wusste es sofort«, sagte Johnny.

»*Was denn*, Fräulein Fryant«, sagte Verner und lachte.

»Dass er es ist«, sagte Johnny. »Worüber lachen Sie«, fragte sie zu Ender hinüber.

»Über nichts« – und ein wenig bedächtiger fügte er hinzu – »Das muss ein großes Glück sein … es sofort zu wissen.«

»Uns ging es genauso«, sagte die Generalkonsulin und nickte ihrem Mann zu: »Aber dennoch können später noch viele heimliche Kämpfe folgen. Ich glaube eigentlich, dass alle Männer zuerst herausfinden müssen, wen sie am stärksten lieben.«

Fräulein Ingeborg, die ihr Gesicht plötzlich Frau Fryant zugewandt hatte, öffnete die Augen weit, so dass sie unvermittelt aufleuchteten.

Und nach einer kurzen Pause sagte Knud Ender: »Die Generalkonsulin ist eine kluge Frau.«

Frau Fryant lächelte: »Sagen Sie das nicht, Ender. Das bedeutet immer nur, dass man beginnt, alt zu werden.«

»Pah«, sagte Johnny: »Jetzt gehen wir in den Wald.«

Sie erhoben sich alle, und man hörte das Rücken der Stühle.

Frau Rasmussen ging sofort zu ihrem Mann zurück: »August, wo ist deine Fliege«, sagte sie, und der Inspektor antwortete: »Es ist ja Sommer.«

»Ist er müde«, fragte die Gemahlin des Sängers etwas laut und sehr herzlich; und der Sänger, der mitten im Speisesaal sein Profil darbot, antwortete – auch er sprach etwas lauter: »Ein wenig, meine Einzige.«

Frau Fryant kam zuerst aus der Tür: »Wie die Treppe knarrt«, sagte sie, während sie hinabstieg; und die anderen folgten ihr.

»Wollen wir den Fußpfad nehmen«, sagte Fräulein Ingeborg, und sie führte die anderen, während Knud Ender an ihrer Seite ging.

Alle Köpfe im Speisesaal hatten sich umgewendet, als die Fryantschen Röcke abbogen: »Julie«, rief der Holzhändler.

»Ja, Ferdinand, was gibt's.«

Frau Berg hatte in einem Sessel im Salon gedöst. Der Holzhändler hatte seine geballten Fäuste in die Tasche gesteckt: »Gesindel«, sagte er so deutlich, dass man es hören konnte.

»August, es ist wohl an der Zeit, dass die Kinder ins Bett kommen«, sagte Frau Rasmussen, die nach dem Kindermädchen rief.

Die Frau des Sängers hielt einen Augenblick inne. Ihre Augen waren so ausdruckslos wie die einer Gans geworden. Dann erinnerte sie sich plötzlich, wovon sie zuletzt gesprochen hatte, und sagte: »Du hast ja heute abend so viel gesungen«, und mit jähem Nachdruck fügte sie hinzu: »Auf Hvidegaard.«

Das ostjütische Fräulein wandte sich vom Fenster ab, aus dem sie sich hinausgelehnt hatte: »*Die* gehen wirklich in den Wald«, sagte sie.

Frau Inspektor Rasmussen war mit Mann und Kindern schon auf der Treppe, da Therkildsens Kutscher in Livree einen mächtigen Korb brachte, der die ganze Einfahrt versperrte.

»Für Herrn Graa«, sagte der Kutscher: »Er ist Sänger.«

Die Familie Rasmussen drehte sich abrupt um, während die Frau vorneweg lief und ganz außer Atem zu Frau Graa sagte: »Welch prachtvolles Geschenk für Ihren Mann.«

»Nein, von wem«, sagte die Gemahlin des Sängers aufkreischend, und als sie den Korb sah, den der Kutscher abgesetzt hatte, sagte sie: »Schau, mein Jüngelchen! Das war wirklich eine nette Idee.«

Frau Rasmussen, die neben Frau Graa stand, sagte: »So ist es, wenn man berühmt ist.«

Das Wort »berühmt« hatte eingeschlagen, und alle scharten sich um den Korb, während der Sänger sagte: »Ja, wie nett, meine Einzige«; und seine Gemahlin, deren Gesicht aufblühte, sagte mit dem beflissenen Lächeln einer Geschäftsfrau hinter der Theke bei Kundenandrang: »Den trinken wir natürlich gemeinsam.« Ihr Blick fiel auf den Kutscher.

»Hat mein Junge Kleingeld?« fragte sie.

Der Junge hatte keins, und sie hatte auch keins: »Meine Liebe, aber ich habe«, sagte die Frau von der Ostküste.

»Oh, danke.«

Der Kutscher bekam eine Krone.

Die Gemeindelehrerinnen zupften die Rosen heraus und verteilten sie auf verschiedene Vasen, während sich die Frau des Holzhändlers bückte und an den Erdbeeren roch: »Herrliche Beeren«, stellte sie fest.

Der Radfahrer kam mit einer Schüssel angerannt, und die Gemahlin des Sängers, die die Flaschen herausnahm und plötzlich enerviert an Fryants dachte, denn es war dieselbe Marke, die sie auf den Flaschen im Wassereimer gesehen hatte, sagte: »Conrad, es wäre nicht zu viel verlangt, wenn du für die liebenswürdigen Menschen, die dich so nett bedacht haben, etwas singen würdest.«

Der Sänger wollte antworten; aber die Gemahlin, von der Idee besessen, fragte: »Gibt's hier ein Klavier?«, während die Frau von der Ostküste sagte: »Wie entzückend für uns alle.«

Frau Lindegaard schickte Hans hinunter, um nach dem Klavier zu fragen.

Aber Frau Rasmussen sagte: »August, man müsste doch auf jeden Fall eins beschaffen können«; indes auch der Inspektor in die Schankstube hinunterlief, wo Brasen höchstpersönlich mit dem Bier herumrannte.

»Der Laden läuft«, sagte Brasen.

Die Raum war voller Gäste. Herr Lindegaard und der Inspektor fragten gleichzeitig, ob es ein Klavier gebe.

»Ja, das gibt es«, sagte Brasen: »Es ist neu, aber es ist abgeschlossen. Es gehört nämlich dem Gesangsverein.«

»Was gibt's denn, Brasen«, fragte Frau Brasen von der Durchreiche her.

Der Inspektor meinte, man müsse den Schlüssel doch bekommen können.

»Der ist bei Rist«, sagte Brasen, »sofern der ihn ausleiht.«

Der Inspektor kehrte wieder zurück, und Frau Lindegaard sagte: »Das ist der mit den Badehauben.«

Frau Graa fügte hinzu: »Der Mann kann ja auch zuhören«; und die vier Lehrerinnen boten sich an, hinüberzugehen.

»Ne, August«, sagte Frau Rasmussen, »geh du.«

Frau Graa holte eine Visitenkarte ihres Mannes und sagte: »Und ich schreibe ein paar Worte an die ›Spender‹.«

»Ja, meine Einzige«, sagte der Sänger, der selber niemals schrieb, woraufhin die Gemahlin einen Bleistift zur Hand nahm, indem sie sagte: »Wie hießen sie nun gleich wieder, die lieben Menschen?«

Jens sollte mit der Karte losgeschickt werden, und Frau Brasen rief ihn von der Küchentür aus: »Ja«, sagte sie, »das ist für Therkildsens. Gießen Sie Kaffee auf«, sprach's und drehte sich wieder um.

In der Schankstube gab es viel zu tun mit Kaffeepunsch, und die Durchreiche ging unablässig auf und zu.

»Brasen«, flüsterte die Frau, »pass bloß auf, dass bezahlt wird.«

»Wo zum Teufel sollen *wir* schlafen«, fragte plötzlich eine Männerstimme vom Hof durch das Küchenfenster.

Es war Ingenieur Lund mit seinen beiden Kollegen.

Frau Brasen wandte sich um und sah sie: »O Jesses«, sagte sie, »jetzt dreht sich mir aber bald alles.«

Jens war drüben bei Konsuls angelangt, wo er barfüßig im Entree stand.

»Der ist für meine Frau«, sagte der Konsul, nachdem er ihm den Brief entrissen hatte.

»Ja, so ist es«, sagte Jens, gleich wieder davoneilend.

»Der ist für dich«, sagte Herr Therkildsen, als er hineinging und den Brief auf den Tisch legte.

Frau Therkildsen lief blutrot an: »Er schreibt persönlich«, sagte sie: »Liebe Frau Hauch, er wird singen.«

»Aber wann denn, meine Beste?« Die Frau des Apothekers geriet ins Schwitzen.

»Heute abend.«

Der Vizekonsul stand in der Verandatür.

»Oscar, Arthur«, rief sie.

»Du wirst doch nicht etwa rübergehen«, sagte der Konsul, der steif mitten im Raum stand.

»Liebe Frau Hauch«, sagte Frau Therkildsen schnell, »holen Sie die Söhne.« Und als Frau Hauch gegangen war, sagte sie: »Natürlich, Therkildsen, wir sind eingeladen.«

Der Vizekonsul wurde sehr bleich: »Da gehst du nicht hin«, sagte er.

»Du solltest mich nicht reizen, Therkildsen«, sagte sie, und einen Augenblick trafen sich ihre und die Augen des Vizekonsuls.

Nachdem Schweden-Kathrine nach der Geburt von Zwillingen aus der Gasse hatte verschwinden müssen, durfte Frau Therkildsen nicht mehr gereizt werden: »Du weißt, es bekommt mir nicht«, fügte sie hinzu.

Sie hörte Frau Hauch und die Söhne auf der Verandatreppe, und sie sagte zur Apothekersfrau: »Sie und Ihr Mann begleiten uns natürlich.«

Frau Hauch sagte: »Das ist allzu freundlich. Wenn doch auch Propstens mitkommen könnten! Es würde ihnen so gefallen.«

»Ihr könnt schon mal gehen«, sagte Frau Therkildsen, die einen Feldzug im Sinn hatte, zu ihren Söhnen.

»Wir gehen uns umziehen«, antworteten die Söhne, die sich entfernten, um den Diningdress samt weißer Weste aus Liberty-Samt anzuziehen, den der Matrose des Kutters in einem englischen Koffer gebracht hatte.

»Gehen Sie«, sagte Frau Therkildsen, und Frau Hauch ging: »Man dürstet förmlich nach Tönen«, sagte sie in der Tür zum Vizekonsul, der die Tür hinter ihr zuwarf.

»Therkildsen«, sagte die Frau, die ihren Mann unwillkürlich musterte: »Du musst in schwarze Hosen.«

Inspektor Rasmussen war mit dem Schlüssel für das Instrument zurück, und im kleinen Speisesaal rackerten sie sich damit ab, das Klavier zu verschieben. Alle Gäste der Schankstube schauten zu.

»Anheben, Nielsen«, rief der Doktor, der dazugekommen war und sich gleichfalls abmühte.

»Hau ruck, Männer«; es war der Viehhändler, der mit anpackte: »Nun, Nielsen, los!«

»Ja«, sagte Nielsen übellaunig: »Wer bezahlt?«

»Brasen«, sagte Frau Brasen, die den Kopf in die Durchreiche steckte: »Vorsicht, das gibt Kratzer!«

Droben im Speisesaal schritt der Sänger auf und ab.

»Er ist immer so nervös, wenn er singen muss«, sagte seine Gemahlin zu Frau Rasmussen.

Die zwei Lehrerinnen holten in der Apotheke Emser Wasser[22], das der Künstler mit Milch zu sich nehmen sollte.

»Kriegen wir endlich die Milch«, sagte die Frau von der Ostküste, die hinausgelaufen war, um die Milch zu holen und jetzt auf der Schwelle der Küchentür stand und trampelte.

»Ja«, sagte Frau Brasen und lief von der Durchreiche weg.

Das ganze Haus schwankte unter dem Gewicht der kräftigen Männer, die das Klavier die Treppe hinaufbugsierten.

»Jetzt sind sie auf der Treppe«, sagte Frau Brasen und reichte die Milch der Frau, die fragte: »Kann man hier irgendwo Blumen bekommen?«

»Am ehesten bei Feldhusen«, sagte Frau Brasen: »Aber er wohnt am Waldrand.«

Die Frau von der Ostküste, die sich mit der Milch entfernte, sagte, dann müsse man eben jemanden zum Wald schicken, denn Blumen wolle sie unbedingt haben.

Frau Brasen rief nach Jens im Hof, wo die Mädchen standen und durch die Fenster in den kleinen Speisesaal glotzten.

In der Schankstube riefen sie nach Bier für die Mannschaft: »Bier her!«

»*Christian*«, schrie Brasen.

Christian Christensen, zum Umfallen müde, kam aus dem Herzensörtchen in den Hof geschossen: »Ja«, rief er in vollem Lauf.

»Jetzt schläft er bei Gott auch noch da drinnen«, sagte Brasen.

Jens war auf dem Weg zu Feldhusen. Der Gärtner, schläfrig und träge, sagte, wer nachts denn schon Rosen schneide. *Er* zumindest sei das nicht gewohnt.

»Die Kopenhagener«, antwortete Jens, der mit Feldhusen in den Garten ging, wo die Rosenbeete an der Hecke zum Wald lagen. Jens kletterte auf die Hecke, während der Gärtner die Rosen schnitt.

Drinnen unter den Bäumen leuchteten auf einmal farbige Kleider auf, und Frau Fryant trat mit ihrem Mann aus der Waldpforte heraus. Fräulein Johnny ging in ihrem weißen Seidenkleid neben Eigil Verner und summte. Etwas dahinter kam Fräulein Ingeborg – sie und Knud Ender gingen eher langsam. Die Mohnblumen auf ihrem Kleid waren in der Dämmerung ganz dunkel geworden.

Jens stand mit aufgesperrten Augen, als habe er eine Erscheinung, auf dem Gartenzaun: Die Herren und die Damen verschwanden zwischen den Linden.

»Woran denken Sie?« fragte Knud Ender.

»Dass wir einander wieder begegnet sind«, sagte Fräulein Ingeborg, die leise sprach wie jemand, der im Dunkeln geht oder träumt.

Knud Ender antwortete nicht gleich. Vor ihnen entfernten sich die Schritte. Der Wellenschlag des Meeres klang ihnen, unaufhörlich und gedämpft, vom Strand her entgegen.

Knud Enders Stimme bebte leise, als er sagte: »War es denn damals nötig«, sagte er, »dass wir uns trennten?«

Fräulein Ingeborg hob den Kopf: »Wir mussten wohl beide unsere ›Erfahrungen‹ machen.«

Knud Enders Gesicht lief plötzlich blutrot an: »Sie auch?« sagte er und merkte selbst kaum, dass er das laut gerufen hatte.

Fräulein Ingeborg sagte – und ihre Augen leuchteten im Dunkel: »Glauben Sie nicht, Ender, dass wir alle zuerst uns selbst kennenlernen müssen?«

Ein Zittern lief über die Gesichter der beiden, und sie sagten kein Wort mehr.

»Kommt ihr?« rief Fräulein Johnny.

»Ja«, antwortete Ender. Das klang so klar in der Sommer-
luft.

Sie wanderten alle sechs die stille Straße hinunter. Kein
Mensch war zu sehen, und die Türen waren geschlossen.

Aber der Marktplatz, bemerkten sie auf einmal, war voll
von kleinen Grüppchen, die im Halbdunkel herumstanden:
»Was geht hier vor?« sagte Fräulein Johnny, die unwillkürlich flüsterte.

Dann hörten sie aus allen geöffneten Fenstern, urplötz-
lich und gewaltig, das *Lied des Toreadors*[23].

Gleichsam ein Klang von Metall, schallte die mächtige
Stimme durch das Haus und hinaus über den Marktplatz
durch die Nacht wie ein Siegesruf. Die Worte erreichten sie
nicht; nur die Töne erklangen. Niemand rührte sich in den
vielen Grüppchen, alle schwiegen. Einige Kinder lagen still,
ganz dicht am Brunnen, auf der Erde.

Fräulein Ingeborg hatte ihr mattweißes Gesicht erhoben.
Sie war sich nicht bewusst, dass ihr Haar Knud Enders
Schulter berührte.

Der Gesang stieg empor und flutete aus all den erleuchteten Fenstern; wie der Triumphjubel von zwanzig Männern
stieg und stieg er empor und verebbte schließlich.

Auf dem Marktplatz war es still geworden. Alle, die hin-
aufgestarrt hatten, standen gebeugten Hauptes da.

»Ist *er* hier?« flüsterte Fräulein Johnny, die die Stimme
des Sängers erkannt hatte, leise zu Verner.

Und man hörte die beiden Kinder sich vom Pflaster erheben und davonschleichen.

Oben im Saal begannen sie zu klatschen; der ganze Marktplatz antwortete sofort mit Applaus. Nur die Gesellschaft des
Generalkonsuls stand regungslos – und auch der Töpfer: Er
stand neben seiner Frau, ohne sich zu rühren, mit gesenktem
Kopf und zusammengepressten Händen, als bete er. Der Sänger trat an ein Fenster, vielleicht um sich abzukühlen.

»Da ist er«, sagte Fräulein Johnny, während Frau Graa zu ihrem Gemahl eilte.

»Mein Jüngelchen erkältet sich«, sagte sie so laut, dass jeder auf dem Platz es hören konnte.

Vom Marktplatz aus sah man die Gäste dort oben im Haus wie geschäftige Schatten herumlaufen. Das ostjütische Fräulein trat mit ihrem Radfahrer, in dem es wallte, ans Fenster: Kunst versetzte ihn in den gleichen Zustand wie Rockfalten.

»Dort stehen sie«, sagte Fräulein Lucie, die die Fryants entdeckt hatte, und lief zu ihrer Mutter zurück.

Im Saal, wo sich alle Stimmen mischten, war die Hölle los. Die Schatten dort oben eilten mit Tischplatten und Böcken umher. Einer sauste mit einem Tablett vorbei und ließ es mit einem Bums fallen.

»Das war Christian«, sagte Fräulein Johnny auflachend: »Schaut, schaut«, sagte sie und folgte den Schatten mit ihren Händen. Im mittleren Fenster war nichts zu sehen. Dort standen der Holzgroßhändler und seine Frau, und die nahmen so viel Platz ein, dass sie den Einblick versperrten. Da ertönte das Klavier von neuem, und es wurde ein Galopp gespielt. Paar um Paar tanzte an den Fenstern vorbei.

»Jetzt wird getanzt«, sagte eine Männerstimme in einem Grüppchen dicht beim Generalkonsul: »Mama, wir gehen rauf«, sagte Fräulein Johnny.

»Aber Johnny ...«

Der Generalkonsul sagte: »Doch, vielleicht sollten wir uns bedanken. Er erfährt es ohnehin, dass wir ihn singen gehört haben.«

Sie gingen alle zum Hoftor, als Fräulein Ingeborg plötzlich Johnnys Arm packte: »Da ist der Töpfer, der meine Tröge gemacht hat«, sagte sie.

Johnny wandte sich um: »Wo, du?« fragte sie.

»Guten Abend, Herr Lassen«, sagte Fräulein Ingeborg,

und indem sie auf Johnny zeigte, fügte sie hinzu: »Das ist eine Dame aus Kopenhagen, die bei mir Ihre Krüge gesehen hat und sie richtig schmuck findet.«

Lassen hatte die Mütze heruntergerissen.

»Ja, ungewöhnlich schmuck«, sagte Johnny Fryant, die immer noch in das bleiche und seltsam zergrübelte Gesicht des Töpfers blickte: »Morgen kommen wir und kaufen Ihren ganzen Laden leer, Herr Lassen.«

Fräulein Fryant grüßte, und sie und Fräulein Ingeborg gingen weiter, als Johnny sagte: »Du, er hat doch ein seltsames Gesicht.«

Aber Lassen drückte auf einmal die Hand seiner Frau: »Katrine«, sagte er nur – gleich zweimal, bis seine Stimme brach.

Herr und Frau Fryant waren am Hoftor angelangt: »Aber das ist ja Frau Brasen«, sagte Frau Fryant freundlich und blieb stehen.

Frau Brasen erschrak: »Ja, ich stehe da und höre zu«, sagte sie. Sie hatte auf der Straße gestanden und an ihrem eigenen Haus emporgeblickt: Sie hatte sich nicht getraut, in den Saal hinaufzugehen.

»Wir wollten uns für das Essen bedanken«, sagte Frau Fryant: »Es war ja vorzüglich.«

»O wirklich«, sagte Frau Brasen, deren Augen plötzlich tränten.

Alle anderen reichten ihr ebenfalls die Hand: »Vorzüglich«, sagte Fräulein Johnny.

Fryants waren kaum am Hoftor, als Frau Brasen zu laufen begann: »Brasen, Brasen«, sagte sie, als sie zur Küche kam: »Alles wird gut, alles wird gut«; und mitten in ihrer Erzählung über Generalkonsuls begann sie zu weinen.

Generalkonsuls kamen die Treppe herauf. In der Tür zum Saal standen der Inspektor und Frau Rasmussen, ohne sich zu rühren, wie zwei Säulen: »Erlauben Sie, dass wir vor-

beikommen«, sagte der Generalkonsul sehr höflich, und das
Rasmussenpaar machte gerade so viel Platz wie nötig, wäh-
rend die Gesellschaft den Saal betrat, wo fünf Paare das
Tanzbein schwangen.

»Wo ist der Champagner?« sagte Frau Graa, die tat, als
habe sie niemanden gesehen, und sie lief in den Salon, wo et-
liche Korken knallten.

Im Saal hatten alle aufgehört zu reden. Man hörte nur
die Musik und die Schritte der Tanzenden.

Der Sänger war plötzlich aufgestanden. Auf dem Stuhl
neben ihm lagen seine Rosen. Frau Therkildsen im roten
Brokat trat auf den Künstler zu, da es schien, als wolle er sich
entfernen.

»Ist hier niemand, den wir kennen«, sagte die Generalkonsulin halblaut.

»Ich glaube nicht, meine Liebe«, sagte Herr Fryant, an
Herrn Therkildsen vorbeischauend, der sich an einem Fenster über Frau Lindegaard beugte: »Aber wir können uns ja
vorstellen lassen.«

Frau Therkildsen, die gesehen hatte, wie Herr Fryant an
ihrem Mann vorbeischaute, verstummte mitten in einem an
den Sänger gerichteten Satz und sagte dann, ohne jeden
Sinn: »Ja, natürlich.«

Nach und nach hatten die Paare aufgehört zu tanzen, so
dass der Tanzboden menschenleer war, als Herr und Frau
Fryant vortraten. Nur den Galopp konnte man hören.

»Aber sind diese Menschen etwa beleidigt?« flüsterte
Fräulein Johnny Verner zu.

Nur Frau Rist war auf den Tanzboden hinausgetreten.
Sie war in Schwarz gekleidet und sah überhaupt so aus, als
wäre ihre Älteste schon konfirmiert.

Fräulein Ingeborg war mit Knud Ender mitten im Saal
stehen geblieben. Sie begrüßte mit leichtem Nicken zuerst
die Damen der Stadt.

Herr und Frau Fryant betraten den Salon, wo die alte Dame auf dem Sofa saß: »Ah, sind Sie es«, sagte Frau Fryant laut und freudig.

»Ja, hier sitze ich, Emily.«

»Aber sind Sie es wirklich, liebe Admiralin«, sagte der Generalkonsul.

»Ja«, sagte die alte Dame: »Und es ist Else, die spielt. Sie kann ja sowieso nicht tanzen.«

Johnny trat hinzu: »Nein, sind Sie hier, Admiralin, lieber Gott, dass man Ihr liebes, altes Gesicht in diesem Winkel erblickt.«

»Und niemand hat Ihnen auch nur einen Schemel gebracht«, sagte der Generalkonsul, und er brachte der Witwe einen Schemel für ihre Füße.

Johnny war zu Fräulein Else gelaufen, die ihr zunickte, ohne das Spiel zu unterbrechen: »Guten Abend, Johnny«, sagte Fräulein Else, »ich mache mich nützlich.«

»Dann war der Wein von euch«, sagte Johnny.

»Ja«, antwortete Fräulein Else und lachte, während sie weiterspielte: »Warum tanzt ihr nicht?«

»Doch«, sagte Johnny: »Herr Verner, wir tanzen.«

Eigil Verner führte sie zum Tanz, während die Damen der Stadt die Köpfe verdrehten, um ihr Kleid zu mustern.

Herr Arthur Therkildsen brachte Fräulein Lucie, die auf der Schwelle zum Salon stand, ein Glas Champagner, das sie hinunterstürzte, während sie mit der anderen Hand auf die alte Witwe zeigte.

»Wer ist die?« fragte sie ziemlich laut und walzte mit ihrem Kavalier davon.

Der Generalkonsul sagte zur Admiralin: »Wollen Sie uns vielleicht Herrn Graa vorstellen. Wir haben ihn vom Marktplatz aus gehört.«

Die alte Dame erhob sich und ging mit Herrn und Frau Fryant durch den Saal. Als sie beim Sänger angelangt waren, stand Frau Graa plötzlich an der Seite ihres Mannes: »Wir haben Sie unten gehört, Herr Graa«, sagte die Generalkonsulin.

»Und das ist Frau Graa«, sagte die Admiralin.

Der Generalkonsul verbeugte sich.

»Ja«, sagte Frau Graa: »Herr und Frau Fryant sind uns aus den Konzertsälen bekannt. Wir auf den Podien kennen unsere Freunde.«

»Frau Konsul Therkildsen«, sagte die Admiralin und machte eine leichte Geste zur Vizekonsulin hin, die hinzugetreten war und deren Fingerspitzen durch die weißen Handschuhe schwitzten.

Herr Fryant hatte den Namen kaum verstanden, und so beschränkte er sich auf ein Nicken. Frau Fryant hatte eine Sekunde lang ihren Mann beobachtet, aber auch sie schien den Namen Therkildsen noch nie gehört zu haben, denn sie sagte nur, nachdem sie den Kopf gesenkt hatte: »Herr Graa ist sich wohl selbst nicht bewusst, wie prachtvoll es klang.«

»Bist du müde?« sagte Frau Graa mit einem Blick auf die Noten hastig.

»Ein wenig, meine Einzige«, sagte der Sänger.

Und Frau Fryant fiel ein: »Es wäre doch zu viel verlangt, Ihren Mann weiter zu bemühen.«

Fryants und die Frau Admiral gingen.

Es zuckte im Gesicht der Frau Vizekonsul.

»Wir tanzen, Mama«, rief Johnny. Der ganze Boden war voll von Tanzenden. Fräulein Lucie stieß mit Herrn Oscar gegen Frau Jespersen, die, fast getragen von Ingenieur Lund, entschwebte.

Fräulein Ingeborg und Knud Ender saßen im Salon im Halbdunkel: »Wollen wir tanzen«, fragte Knud Ender.

»Nein, nicht heute abend.«

Und plötzlich lächelnd, gemeinsam lächelnd, blickten sie in das Gewimmel.

Fräulein Lucie hatte gewechselt. Sie tanzte mit Herrn Arthur. Sie hatte, wenn sie tanzte, eine eigene Art, sich im Arm des Herrn geschmeidig zu machen, so dass sie sich der Figur des Kavaliers ziemlich genau anpasste.

»Die Luft ist raus«, sagte der eine Radfahrer zum anderen, sich unversehens, ohne sich erst vorgestellt zu haben, Frau Jespersens bemächtigend, während sein Freund weiter zu Frau Lindegaard hinüberstarrte, die, zurückgelehnt, Herrn Therkildsen anlächelte, der unentwegt seine trockenen Hände rieb, so dass sein Ehering hin- und herrutschte: »Ja«, sagte der Konsul, »es ist wirklich schön hier bei uns. Und, gnädige Frau, ich verfüge übrigens über einen Wagen, wenn ich mich anerbieten dürfte ...«

Frau Lindegaard hatte ihre Augen plötzlich dem Saal zugewandt und wurde durch etwas abgelenkt: Sie hatte Herrn Fryant allein in einer Ecke stehen sehen. »Verzeihung, Herr Konsul«, sagte sie: »Aber ich muss schnell einmal mit meinem Mann sprechen.« Sie schied mit einem Lächeln vom Vizekonsul, wie eine, die gleichwohl viel verspricht.

»Hans«, sagte sie, als sie bei ihrem Mann angelangt war: »Du musst dich vorstellen.«

»Ja, mein Mädchen«, sagte er und ging aus seinem Winkel hinüber zum Generalkonsul, gefolgt von seiner Frau.

Der Vizekonsul, der seine Augen nicht von Frau Lindegaard nahm, zog mit einem unwillkürlichen Zucken im Gesicht die Lippen hoch, so dass man alle seine Zähne sah.

»Der Herr Generalkonsul kennt meinen Vater«, sagte Hans Lindegaard, und er nannte seinen Namen: »Oh«, sagte Herr Fryant, »das ist der Konferenzrat[24].« Und da er sich mit einem Mal an Hans Lindegaard erinnerte, sagte er einige freundliche Worte in dem Ton, in dem man zu einem etwas missratenen Mitglied einer guten Familie spricht.

»Und das ist meine Gattin«, sagte Herr Lindegaard.

Der Generalkonsul, der sich nun erinnerte, dass Frau

Lindegaard wohl der Grund dafür war, dass der Sohn des Konferenzrats von der Familie verstoßen worden war, verbeugte sich und sagte: »Hier ist es wirklich nett.«

Er wandte sich etwas übereilt einem glattrasierten Herrn in einem schwarzen Tuchrock zu, der sagte, indem er herantrat: »Frau Fryant und ich haben wahrhaftig mehrmals miteinander getanzt, als wir jung waren, Herr Generalkonsul«; und Hochehrwürden, der Propst, nannte seinen Namen.

»Wollen wir uns nicht setzen«, sagte Frau Fryant; sie und die Admiralin setzten sich mit dem Propst und Herrn Fryant an die Wand vor den Tanzenden: »Wie seltsam es im Grunde ist, hier zu sitzen und all den Menschen zuzuschauen, die nicht zu uns gehören«, sagte Frau Fryant: »Es ist, als wäre man in der Komödie.«

»Es kommt nur darauf an«, sagte die alte Dame, »wen man dazuzählen will.«

Frau Fryant schwieg einen Moment. »Ja«, sagte sie dann und nahm die Hände der Admiralin in ihre Hände: »Wie recht Sie doch immer haben.«

Frau Therkildsen, zu der die Pröpstin hingetreten war, stand noch immer auf demselben Fleck. Sie wusste selbst nicht, worüber sie sprach, während sie unentwegt redete.

Einer der tanzenden Söhne flog an ihr vorbei, und sie zog die Augenbrauen hoch, wie jemand, der plötzlich eine Idee hat.

Sie trat ein paar Schritte vor: »Oscar«, rief sie, und der Sohn ließ von seiner Dame ab: »Du solltest mit Fräulein Fryant tanzen«, sagte sie.

»Sie will ja nicht«, antwortete der Sohn ziemlich laut und tanzte weiter.

»Nee, wie ist mir warm«, sagte Fräulein Johnny und setzte sich auf einen Stuhl neben ihre Mutter: »Verner, ich hätte gern etwas zu trinken.«

Herr Arthur Therkildsen, der vom Büffet drüben mit seiner Mutter einen Blick gewechselt hatte, kam mit einem Glas Champagner angelaufen: »Danke, Herr Therkildsen«, sagte Fräulein Johnny, »ich ziehe Wasser vor.«

Bei der Tür unten blieben alle Tanzenden stehen. Der Radfahrer hatte in einem ungestümen Wirbel mit Fräulein Lucie beinah Frau Jespersen umgestoßen, die in der Gruppe ihrer Ingenieure über Liebe sprach: »Puh«, sagte Frau Jespersen, »es kommt nur darauf an, ob es sich fügt.«

»Was«, fragte Lund und blickte ihr geradewegs ins Gesicht, während sie ein Lachen lachte, das wahrscheinlich noch von jener Vergangenheit herrührte, die Herr Jespersen mithilfe eines Pastors vor dem Altar begraben hatte.

Frau Jespersen tanzte hinaus.

Aber einer der Ingenieure sagte: »Die Frau Tierarzt hat wahrhaftig eine besondere Fähigkeit, die letzten Rätsel des Daseins zu ergründen.«

»Mag sein«, sagte ein anderer der Herren.

Der Radfahrer, der sich aus der Gruppe befreit hatte, stürmte weiter und wäre neuerlich fast über Frau Hauch gestolpert, die, noch immer in das *Lied des Toreadors* versunken, am Türpfosten saß und der Melpomene[25] auf einem Provinzvorhang glich.

»Lucie, Lucie«, rief die ostjütische Dame ihrer Tochter zu: »Du tanzt dir ja die Seele aus dem Leib.«

»Wie herrlich«, antwortete Fräulein Lucie und walzte weiter.

»Rasmussen, ob wir gehen«, sagte Frau Rasmussen ziemlich laut zum Inspektor. Das Paar hatte sich so gut wie überhaupt nicht von der Tür wegbewegt.

»Schlafen Sie gut«, sagte Frau Rasmussen zu dem Holzgroßhändler und seiner Frau, die inmitten des Trubels nebeneinander in zwei Sesseln dösten.

Als der Inspektor und seine Frau die Treppen hinabgingen, schlugen ihnen Hurrarufe aus den Schankstuben entgegen.

Beide Räume waren voller Kommis und Gesellen, die schrien und lärmten und »Ein Hoch« auf Brasen und Frau Brasen und die Kinder ausbrachten, während sie sich betranken.

Brasen lief mit offenen Bierflaschen zwischen den gespreizten Fingern umher und rief: »Will noch jemand Bier«; und Frau Brasen ging von Tisch zu Tisch und redete über Fryants, die »herrliche Munschen« seien: »Jetzt geh' ich ein wenig nach oben«, sagte sie. »Kommen Sie mit, Doktor?«

»Ich sitze gut«, antwortete der Doktor, dessen Kopf glühte.

Frau Brasen kam oben bei der Saaltür an: Über den Boden wirbelten die Paare, indes immer noch die Hurrarufe aus der Schankstube heraufdrangen.

»Ach, Sie sind es, Frau Brasen«, sagte die Admiralin und wies auf einen Stuhl an ihrer Seite.

»Ja, ich bin's«, sagte Frau Brasen, ganz vorn, auf der Stuhlkante, Platz nehmend.

»Das war wahrlich ein harter Tag für Sie«, sagte die Admiralin.

»O ja, aber wenn es einmal läuft, darf man sich nicht beklagen.« Und da begann sie, der alten Dame, die sie überhaupt nicht kannte, ihr ganzes Leben zu erzählen: von ihrem ersten Hof, dem schönen, prächtigen Hof, den sie hatten verlassen müssen, weil die Zeiten nicht danach waren; von den Pachten, einer nach der anderen, erst auf Fünen, dann in Mitteljütland und dann in Thy, denn was brachten die Äcker schon, wenn Brasen seine Zinsen abzustottern hatte; von den Umzügen und den Kindern, die heranwuchsen, und den Auktionen: Brasen trennte sich ja nach und nach vom meisten; und jetzt die Miete hier, die lastete ja schwer auf Brasen; denn was holt man schon raus in so einem kleinen Ort; von ihrem ganzen Leben erzählte sie, ohne innezuhalten, in einem Zug: »Aber man wird durchhalten«, sagte sie.

Die Admiralin hatte nicht geantwortet. Sie saß nur da und streichelte Frau Brasens rauhe Hand.

Der Vizekonsul kam vorbei und stellte sich in die Tür, als Frau Fryant, die sich mit dem Propst unterhalten hatte, zu Frau Brasen hintrat und sagte: »Liebe Frau Brasen, wie schön, dass Sie einen Augenblick sitzen können.«

Sie nötigte Frau Brasen wieder in den Stuhl, während sie sich selbst danebensetzte.

Der Vizekonsul hatte sich in der Tür umgedreht. Er schnitt eine Grimasse, als er die Treppe hinabstieg.

»Hier geht es ja fidel zu«, sagte er, als er die Schankstube betrat, wo die Hurrarufe auf einen Schlag verstummten, als man ihn sah. Der Konsul bat um ein Sodawasser, und nachdem er es bekommen hatte, sagte er zu Brasen: »Es läuft ja gut. Übrigens können die Zinszahlungen jetzt in Schwung kommen. Brasens Ausstände sind groß.«

Brasen hielt inne: »Ja, Herr Konsul«, sagte er kleinlaut; und blieb hinter seinem Tresen sitzen, als der Konsul wieder ging.

Der Lärm schwoll erneut an.

Es gab nicht genug Gläser, und ringsum prosteten sie sich mit den Flaschen zu, während sie sangen.

Der kleine Töpfer, den bisher noch nie jemand in einer Wirtschaft gesehen hatte, sprang auf einen Tisch und schwenkte wie von Sinnen eine Flasche über seinem Kopf, während er schrie: »Ein Hoch auf die Frauen, ein Hoch auf die Frauen.«

Und während alle lachten und sich zuprosteten und schrien, rissen zwei Kommis den Töpfer vom Tisch herab, hoben ihn auf die Schultern und trugen ihn, über alle Köpfe hinweg, durch das Chaos in den Zimmern – im Triumph, indes Lassen, befeuert von Rum und Lärm und Ehre, immer weiterschrie: »Ein Hoch auf die Frauen«, hinaus in den dunsterfüllten Raum.

An seinem Tresen drüben hatte sich Brasen erhoben. Er nahm ein Portweinglas, füllte es mit einem Drei-Sterne-Cognac und leerte es in einem Zug: »Ja, zum Teufel«, rief er und schmiss das Glas auf den Boden: »Denn da geht es hin.«

»Bier, Bier«, kreischten sie wieder.

»Ja«, antwortete Brasen von seinem Tresen und hob zwei Große über seinen Kopf, in jeder seiner geballten Hände eins, während erneut Hurra gegrölt wurde: »Hurra, hurra«, aus fünfzig brüllenden Mäulern.

Oben tanzten sie wie die Wilden. Fräulein Else, die weiß vor Müdigkeit war und trotzdem weitermachte, spielte immer lauter, und eine Polonaise fegte vorbei, die Frau Jespersen anführte.

»Else, Else, mach Schluss.«

»Sofort, Mutter, sofort«, sagte die Tochter und spielte weiter.

»Wir können genauso gut gehen«, sagte die Frau des Sängers zu ihrem Mann, der mit seinen Rosen auf den Knien am Klavier saß, vergessen wie einer, der seine Pflicht getan hat.

»Ja, meine Einzige«, sagte der Sänger stumpf und stand auf.

Die vier Lehrerinnen eilten herbei: »Er ist müde«, sagte Frau Graa; und mit einem Achselzucken fügte sie hinzu: »Man kommt sich auch ziemlich überflüssig vor.«

Die eine Lehrerin antwortete: »Hier ist ja nur von Geld die Rede.«

»Gute Nacht«, sagte Frau Graa: »Du brauchst nicht Lebewohl zu sagen«, sagte sie zum Mann, indem sie ihn durch die Tür schob.

»Else, Else, mach Schluss.«

»Sofort, Mutter.«

Es war der Kehraus. Alle Paare waren auf der Tanzfläche. Fräulein Lucie hatte einen Radfahrer an jeder Hand.

Fräulein Ingeborg stand schweigend neben Knud Ender in der Tür zum Salon. Es war, als sähe sie alles, Saal und Menschen, weit entrückt, als würde das alles hinweggewirbelt, weit weg von ihren Augen.

»Jetzt gehen wir«, sagte sie.

»Ja, Ingeborg«, sagte Knud Ender und nannte sie zum ersten Mal beim Vornamen, während sie vorwärtsschritten und er sie mit seinem Arm vor dem Tumult im Saal schützte.

Fräulein Ingeborg hielt die Schleppe in ihrer Hand.

Fräulein Johnny stand mit Verner an einem Fenster. Sie betrachtete die beiden, als sie gingen.

Die Musik verklang: »Ja, George«, sagte Frau Fryant und erhob sich: »Wir gehen. Aber zuerst, Frau Brasen«, sagte sie, »müssen Sie mich noch Frau Therkildsen vorstellen. Sie hatte uns für heute abend eingeladen.«

Frau Brasen bekam einen knallroten Kopf und durchquerte mit Frau Fryant den Saal, dahin, wo Frau Therkildsen mit der Frau von der Ostküste und der Pröpstin stand: »Ja, das ist Konsulin Therkildsen«, sagte Frau Brasen.

Die Generalkonsulin neigte den Kopf: »Ich möchte Ihnen doch danken – ich bin Frau Fryant – Sie, die so liebenswürdig waren, uns einzuladen, meine Liebe, uns, die Sie überhaupt nicht kennen.«

Frau Therkildsen war sprachlos. Erst war sie errötet, jetzt war sie ganz weiß im Gesicht.

»Aber Sie sehen ja«, sagte Frau Fryant und lächelte, »wie schön man es bei Frau Brasen hat. Gute Nacht, Pröpstin. Gute Nacht, meine Dame.« Frau Fryant grüßte und nahm den Arm ihres Mannes.

»Wo ist Verner?« rief Johnny.

Herr Lindegaard hatte Eigil Verner in eine Ecke gedrängt, wo er plötzlich anfing, über Chemie zu reden. »Sie birgt alle

Geheimnisse. Durch sie wird die Menschheit noch einiges erfahren«, sagte Herr Lindegaard, dessen verschleierte Augen
in den Raum starrten. Und er sprach über die Wunder der
Chemie, Pasteur[26], Bakterien und Bazillen und die Materie
der Gehirnzellen, alles in einem langen und wirren Durcheinander: »Das war immer meine Leidenschaft«, sagte er: »Und
man hätte vielleicht Entdeckungen machen können.«

»Ganz gewiss«, sagte Eigil, der höflich zuhörte, ohne ein
einziges Wort mitzubekommen.

»Revolutionäre Entdeckungen«, sagte Herr Lindegaard.

»Gewiss«, sagte Eigil, der von Fräulein Johnny endlich
mit einem »Entschuldigung« weggeführt wurde, indem sie
an seinem Arm quer durch den Saal hinausschritt: »Gute
Nacht, Papa. Gute Nacht, Mama.«

Fräulein Johnny küsste die Eltern vor deren Tür.

»Gute Nacht, Frau Fryant«, sagte Fräulein Ingeborg.

Frau Fryant ergriff plötzlich Fräulein Ingeborgs Hände:
»Meine liebe Ingeborg«, flüsterte sie und ließ sie wieder los.

»Komm, Rist«, ertönte Frau Rists Stimme geradewegs
hinter ihnen, und das Ehepaar Rist stieg die Treppen hinab.

»Erinnere Brasen an die Abmachung«, sagte sie: »*Ich
warte.*«

Herr Rist trat in die Schankstube, die sich geleert hatte,
und sagte, in der Zwischentür stehen bleibend, zu Brasen,
der über seine Schublade gebeugt dasaß: »Brasen, es bleibt
bei der Abzahlung Mittwoch und Samstag.«

Brasen hob den Kopf. Aber Herr Rist war schon gegangen.

»Für den Schlüssel hat dir niemand gedankt, Rist«, sagte
seine Frau, als sie auf der Straße waren: »Und die Kanten des
teuren Klaviers sind beschädigt worden. Nur du wirst Unan-
nehmlichkeiten mit dem Gesangsverein bekommen.«

»Sie haben Therkildsens abgesagt«, bemerkte Herr Rist,
wie um sie zu beschwichtigen.

»Als Entschädigung wird Therkildsen mit der Dekolletierten ausfahren«, sagte sie.

Fräulein Johnnys Gesellschaft gelangte auf den Marktplatz, als aus dem Saal wieder ein großes Spektakel zu hören war und alle Stimmen durcheinanderschwirrten. Es war Frau Graa, die für »das Jüngelchen« das Bett machen wollte und entdeckte, dass die Matratzen von den Mäusen so gut wie aufgefressen waren. Alle Lehrerinnen kreischten auf, und man hörte den Holzhändler an einem der Fenster sagen: »Hier kracht wohl demnächst alles zusammen«, während Frau Graa mit einer Stimme, die kaum wiederzuerkennen war, schrie: »Wo ist diese Frau? Mit der Person muss ein ernstes Wörtchen gesprochen werden.«

»Nun«, sagte Fräulein Johnny auf dem Marktplatz unten, »jetzt gibt es Krach. Lasst uns bloß nach Hause gehen.«

»Lasst uns doch noch um den Garten des Bürgermeisters herumspazieren«, sagte Knud Ender.

»Ja«, sagte Johnny.

Sie wanderten den Fußpfad entlang. Fräulein Johnny und Verner gingen voraus.

Knud Ender blieb einen Augenblick an der Hecke stehen: »Da standen Sie heute vormittag«, sagte er leise, und wortlos gingen sie weiter.

Sie erreichten den grünen Platz mit der Bleiche, und Johnny sagte: »Wir wollen uns einen Augenblick setzen.«

»Tau ist gefallen«, sagte Ingeborg.

»Wir wenden die Decken«, sagte Johnny. »Agathe hat sie vergessen, weil sie uns aufwarten musste.«

Knud Ender und Verner wendeten die weißen Linnen und breiteten sie aus.

Lange lagen sie alle schweigend da. Das Rauschen der Brandung drang zu ihnen herauf. Am Himmel sahen sie nur einen einzigen Stern.

Eigil Verner starrte nach oben: »Wie seltsam«, sagte er,

»und in den Tropen funkeln sie wie Goldkäfer auf einem Stoff.«

»Aber hier ist es besonders schön«, sagte Knud Ender ganz leise und blickte unentwegt auf denselben Fleck.

Fräulein Ingeborg hatte den Kopf auf ihren Arm gestützt. Die Augen waren nach oben gerichtet. Das weiße Tuch, auf dem sie lag, sah im Zwielicht wie gleißendes Silber aus.

»Jetzt müssen wir hinauf«, sagte Johnny.

»Gute Nacht, Knud Ender«, sagte Fräulein Ingeborg, und während sie seine Hand nahm, wurde sein Gesicht einen Augenblick lang von dem Licht ihrer Augen beschienen.

Fräulein Ingeborg und Johnny gingen in ihre Zimmer hinauf. Johnny setzte sich auf einen Stuhl, und Fräulein Ingeborg stand lange an ihrem Fenster. Keine sagte ein Wort. Da erhob sich Johnny und durchquerte das Zimmer. Behutsam legte sie den Arm um die Taille der Freundin.

»Johnny«, sagte Fräulein Ingeborg, und ihre Stimme bebte: »Ich *kann* nicht sprechen.«

»Das sollst du auch nicht. Gute Nacht.«

Und sie trennten sich mit einem Händedruck ...

Die zwei Radfahrer standen in Brasens Hoftor und blickten Fräulein Lucie, die den Rock weit hochhob, sehnsüchtig hinterher, als ihre Mutter sie wegführte. Drinnen im Hoftor scherzte Frau Jespersen mit den drei Ingenieuren: »Ihr könnt bei mir schlafen, Jungs«, sagte sie: »Aber ihr müsst es nehmen, wie es kommt.«

Sie verschwand mit den drei Männern, während die zwei Trikotbekleideten auch ihr sonderbar hungrig nachschauten.

»Wo sollen wir schlafen?« wandten sie sich an Brasen, der aus der Schankstube an das Hoftor hinaustrat.

»Sie müssen auf dem Billardtisch schlafen«, antwortete Brasen.

Er blieb allein am Hoftor zurück.

»Das ging ja großartig«, sagte der Doktor, der seinen Kopf im Fenster auf der anderen Seite des Marktplatzes abkühlte.

»Ja, *wer's glaubt*«, sagte Brasen und starrte über die Pflastersteine ins Weite.

Ein Licht flackerte durch Therkildsens Laden.

Der Vizekonsul war in seinem Büro. Am Stehpult schloss er ein Konto ab.

Als er endlich sein Schlafzimmer betrat, öffnete die Konsulin die Tür ihrer Schlafkammer. Während sich der Konsul entkleidete, sagte sie durch die Tür: »Du weißt ja, Therkildsen«, sagte sie, »mir wäre es nur zu angenehm, diese Menschen loszuwerden, vom Haus wie vom Ort.«

Der Konsul antwortete nicht.

»Und im übrigen, glaub mir, Brasens werden nie solide Pächter.«

Brasen war hineingegangen: »Wo bist du, Jansine?«

Frau Brasen war oben bei den Kindern. Die mussten auf dem Boden im Zimmer direkt über der Hintertreppe schlafen. Aber Martin heulte, denn da war keine Decke, unter die er hätte kriechen können.

»Dann gib ihm deinen Schal«, sagte Frau Brasen zu Signe: »Und du kriegst Großmutters echten.«

Sie ging in die Stube und holte den Schal aus der Schublade: »Du wirst ihn doch nicht zerknittern«, sagte Frau Brasen und hüllte den echten Schal um die Tochter: »Denn du schläfst ruhiger als Martin.«

Brasen kam herauf. Er warf bloß die Kleider von sich und legte sich schwer auf die harte Tangmatratze.

»Gute Nacht«, sagte er und schlief auf der Stelle ein.

Da ging Frau Brasen hinunter in die hintere Schankstube.

Die Mutter saß auf dem Stuhl am Fenster.

Frau Brasen trat zu ihr hin: »Es wird geschlossen, Mutter«, sagte sie.

»Ja«, antwortete die Alte. Und ohne ein weiteres Wort ging sie durch das dunkle Haus in ihre Kammer.

Frau Brasen saß auf der Bettkante. Sie hatte solche Kopfschmerzen.

Unten im Hof krähte der schwarze Hahn und verkündete das Morgengrauen.

Die Raben

Zum dritten Mal schon verließ die Gehilfin Madam Jensen
ihre Arbeit, das Hervorholen und Polieren der Gläser, um
sich in die Küche zu begeben. Madam Jensen besaß, wenn sie
aushalf, einen Appetit, der sie alle Dreiviertelstunde Stärkung bei etwas Essbarem suchen ließ. Sie hatte eine ausge-
prägte Vorliebe für Saucen, die sie mit einem Messer aus den
Töpfen der Köchinnen schabte.

Bei dieser Verrichtung im Schutz des Schornsteins wurde sie unterbrochen, als es zweimal schrill klingelte.

»Das ist das Ungeheuer«, sagte die Jungfer, die Sellerie
schälte: »Machen Sie auf.«

Madam Jensen ging durch die Wohnung, seltsam se-
gelnd in ihren allzu vielen Röcken. Es klingelte erneut, ehe
sie an der Tür war und öffnen konnte.

Fräulein Sejer stand auf der Türschwelle: »Hört ihr die
Glocke nicht?« sagte sie und schürzte ihre affenartigen Lippen, ehe sie sich an den Laufburschen des Weinhändlers
wandte, der einen Korb mit Flaschen schleppte: »Hier herein, Freundchen, hier herein«, sagte sie und fuchtelte mit ihren zehn Fingern. In den unförmigen grauen Handschuhen
glichen sie gierigen Klauen.

Der Bote des Weinhändlers setzte den Korb im Flur ab
und wartete einen Moment, während ihn Fräulein Sejer mit
einem Funkeln in den Augen ansah: »Ja dann, leb wohl,
Freundchen«, sagte sie, und an die Gehilfin Jensen gewandt
fügte sie hinzu: »Lassen Sie ihn hinaus, Sie«; und ging hin-

ein. Die Perlen auf ihrem Oberteil raschelten, während sie durch die Zimmer und hinunter in die Küche ging. Mit *einem* Blick überflogen ihre grauen Augen, die scharf waren, obwohl sie tränten, alle Töpfe: »Hier wird geschabt«, sagte sie und lachte mit zwei kurzen Glucksern, die einem bösen Husten ähnelten.

»Ich habe den Wein mitgebracht« – Fräulein Sejer lachte wieder, während ihre verwachsene Schulter unter den raschelnden Perlen auf- und niederzuckte: »Man ist doch nicht so dumm, dass man sich den Wein hinter dem Rücken austauschen lässt.«

Die Jungfer gab keine Antwort und schälte weiter.

»Holen Sie dann die Etiketten des Kammerrats«, sagte das Fräulein: »Und Leim.«

Das Fräulein kehrte ins Esszimmer zurück, wo Madam Jensen das Porzellan abrieb. Sie stellte die etikettenlosen Flaschen auf den Tisch und begann, während die verwachsene Schulter wie bei einer buckelnden Katze auf- und niederzuckte, die alten vergilbten Château-Etiketten ihres Vaters, des Kammerrats, auf die aufgereihten Flaschen zu kleben: »Das hilft dem Geschmack tüchtig nach, meine Gute«, sagte sie, indem sie weiterleimte, wobei ihr das zähe Mehl zwischen den zittrigen Fingern kleben blieb: »Der Wein ist aus Griechenland«, sagte sie: »Die Griechen haben sich immer darauf verstanden.«

Sie fuhr fort, mit den Etiketten zu hantieren, wobei sie wie eine Kartenlegerin über ihren schmuddeligen Karten aussah, bis sie plötzlich den Kopf hob und sagte: »Hat Jensen schon gegessen?«

Madam Jensen murmelte etwas vor sich hin.

Fräulein Sejer wiegte ihren Kopf sanft hin und her: »Sonst muss sie etwas essen. Hier in diesem Haus, meine Gute, hungert man nicht. Jetzt werde ich etwas holen.«

Und sie bewegte sich flink und mit sonderbaren kleinen

Hopsern vorwärts wie eine Kröte: »Da, da«, sagte sie und stellte einen Teller mit Essen vor Madam Jensen auf den Tisch, die halb abgewendet und schnell aß, wie jemand, der gewohnt ist, seine Nahrung heimlich zu verschlingen.

Fräulein Sejer folgte jeder ihrer Bewegungen mit einem Blick, als beobachte sie eine Fliege unter einer Glasglocke: »Ja, essen muss der Mensch. Das gibt Kraft«, sagte sie und wandte den Blick nicht von Madam Jensen: »Und die Schüssel hat man ja nicht immer vor sich.«

»Wo treibt sie sich herum?« fragte sie plötzlich. »Sie« war die Gesellschaftsdame.

»Fräulein Holm ist ausgegangen«, antwortete Madam Jensen.

»Hm, Brot und Geld, das nimmt sie«, sagte Fräulein Sejer und, indem sie auf Jensens Teller schaute, fügte sie im Falsett hinzu: »Da ist noch was. Jensen soll tunlichst nichts übriglassen.«

Madam Jensen aß den Rest mit der gleichen Gier, während sich die beiden wie zwei Fechter durch ihre Masken fixierten.

»Dann vielen Dank, Fräulein«, sagte Madam Jensen und trug den Teller hinaus.

Die Jungfer kam herein, um aus dem Büffet eine Schüssel zu holen, und Fräulein Sejer wandte sich ihr zu: »Hm, kein Wunder, dass Jensen stinkt, so wie sie sich vollstopft. Aber hier im Haus wird ja die Gastfreundschaft *gepflegt*.«

Das Fräulein war mit den Flaschen fertig: »Die sind aber schmuck«, sagte sie und betrachtete die falschen Etiketten: »Legen Sie sie neben den Kachelofen, dass sie trocknen.«

Die Jungfer tat dies und ging.

Als Fräulein Sejer allein war, erhob sie sich und lief hastig drei-, viermal vor den Flaschen auf und ab, während das Feuer im Kachelofen sie flackernd beschien, wie sie da hin- und herlief – vor ihrem eigenen Gebräu.

Madam Jensen kehrte zurück und machte sich wieder an die Arbeit, während sich das Fräulein in einen Lehnstuhl setzte: »Ja«, sagte sie. »Achtzehn sind viel. Aber da wären ja immer noch mehr, die man gern erfreuen möchte.«

»Es ist ja die Familie«, sagte Madam Jensen.

»Ja«, sagte das Fräulein, aber im Tonfall der Gehilfin lag etwas, das sie schnell einen Blick auf Jensens Gesicht werfen ließ: »Blut ist nun mal dicker als Wasser.«

»Ja«, sagte Madam Jensen.

Kurz darauf fragte sie: »Sollen die Schalen mit den Silberfüßen auf den Tisch?«

»Nein danke, meine Gute«, antwortete das Fräulein und spielte unversehens wieder mit ihren Fingern: »Das wäre zu umständlich.«

Madam Jensen betrachtete die hüpfenden Finger des Fräuleins.

»Dann müssten Sie die nur wieder putzen, meine Gute«, sagte Fräulein Sejer und nickte der Gehilfin zu.

Es klingelte erneut. Es waren die beiden Nichten Meyer mit roten Hüten auf blondem Haar. Sie sausten herein, als kämen sie in ihr Stammcafé, und küssten Fräulein Sejer fast gleichzeitig.

»Gott«, sagten sie, »liebe Tante Viktoria, wir schauen schnell vorbei, ob wir vielleicht behilflich sein können.«

»Ich weiß um eure guten Absichten«, sagte Fräulein Sejer. »Setzt euch, meine Lieben.« Und an Madam Jensen gewandt sagte sie: »Vergessen Sie nicht die Blumentöpfchen. Es sind Veilchen.«

»Veilchen«, entfuhr es dem einen Rothut: »Die Tante wird nobler und nobler.«

»Ja«, sagte die andere schnell, »es wird hübscher und hübscher bei der Tante.«

»Meine Lieben«, sagte Fräulein Sejer: »Ein alter Mensch tut für die Jugend, was er kann. Mein kleines Kapital hat so viele Betätigungsfelder.«

»Ja«, sagte die eine Nichte, die alles bis zur letzten Gabel gemustert hatte:»Die Tante versteht es wahrhaftig, andern eine Freude zu machen.«

»Was hat man denn anderes«, sagte Fräulein Sejer und ließ den Blick langsam von der einen zur anderen schweifen. Da fiel ihr ein, dass sie etwas vergessen hatte. Sie hatte letzthin bei Fräulein Svane, der Stiftsdame, einige entzückende kleine Lämpchen gesehen, die den Tisch so herrlich schmückten:»Die Jungen mögen es ja hell«, sagte sie und fügte sogleich hinzu:»Und dann sieht man einander so schön ins Gesicht.«

Über das Gesicht der Gehilfin Jensen huschte ein Zucken, das niemand sah, während Fräulein Sejer fortfuhr:»Wollt ihr mir diese vielleicht besorgen, zwölf, jetzt, da ihr doch in die Stadt geht. Jensen, holen Sie mir die Kassette.«

Madam Jensen ging in den vorderen Salon und holte die »Kassette«, eine Art Schatulle, in der Fräulein Sejer ihre Wertsachen aufbewahrte.

Das Fräulein öffnete diese und begann mit ihren runzligen Fingern, deren Nägel gelblich und seltsam hart waren, einen Packen Geldscheine hervorzukramen.

Da begegnete sie dem Blick ihrer älteren Nichte, der suchend über die vielen kleinen Fächer der Schatulle glitt, und sie sagte:»Ja, es ist schön, Geld zu betrachten.«

»Uff, ja«, sagte die jüngere Nichte Fräulein Lucie und fuhr mit der Hand in ihren Pompadour:»Und noch schöner, es zu besitzen.«

»Aber die Jungen mögen am liebsten Gold«, sagte Fräulein Sejer und lächelte ihr Patentantenlächeln – sie hatte in der ganzen Familie als Patin gewirkt und als Taufgaben die alten Löffel und Gabeln des Kammerrats verwandt, in die sie neue Namenszüge eingravieren ließ:»Hier ist Gold, Kinder, für die Lämpchen. Das sieht immer so nett aus, wenn man es auf den Ladentisch legen kann.«

Sie reichte der älteren Nichte Fräulein Emilie ein Goldstück – es war, als würde das kalte Metall die Nichte durch die Handschuhe hindurch kitzeln – und sagte noch einmal: »Ja, dann kauft ihr zwölf«, als es wieder klingelte. Es war der Laufbursche mit den Blumen.

Die zwei Rothüte öffneten den Korb, der ein Meer von Veilchen enthielt: »Das reicht ja für *zwei* Einladungen«, sagte Fräulein Emilie.

»Und dazu noch für ein Ansteckträußchen für euch«, sagte Fräulein Sejer und befestigte selbst – es war, als stächen ihre gelben Nägel wie Nadeln durch die Knopflöcher – kleine Veilchenbüschel an den Mänteln der Nichten. »Nun«, fuhr sie fort und lächelte wieder: »Essen und Blumen gehören zusammen, und ihr sollt gehörig zu essen bekommen, meine Liebsten. Jensen, was wird's alles geben? Ihr wisst, ich Alte habe schon so ein schlechtes Gedächtnis.«

Madam Jensen ratterte den Speisezettel in einem Ton herunter, als feuerte sie jedes Gericht wie eine Kugel aus einem geladenen Gewehr auf die Nichten ab.

»So werdet ihr wohl satt werden«, sagte Fräulein Sejer, deren Stimme sehr sanft klang.

Die Nichten hatten die Veilchen aus dem Korb genommen, und das Fräulein sagte: »Hm, ich denke immer, Blumen, die verwelken ja doch. Aber Hauptsache, sie haben ein bisschen Freude bereitet.«

Die Nichten küssten sie nochmals zum Abschied, und Fräulein Sejer sagte: »Du frierst, kleine Emilie, deine Lippen sind so kalt. Lebt wohl, meine Liebsten, und denkt an die Lämpchen.«

Die Tür zum Flur war kaum zu, als Fräulein Emilie sagte – und ihre Stimme überschlug sich fast: »Wo hat sie das her? Sag mir das bloß?«

Fräulein Lucie antwortete: »Sie nimmt's vom Kapital, das sag' ich ja schon lange. Hundertmal hab' ich sie in die Sparkasse hinein- und hinausrennen sehen.«

Die Ältere ließ die Haustür mit einem Knall ins Schloss

fallen: »Und dann soll man noch Lämpchen kaufen«, sagte sie: »Dieser Ramsch, der wird auf einer Auktion auch eine Menge einbringen.«

Die zwei Schwestern machten sich auf den Weg und hoben ihre Röcke mit beiden Händen an.

Auf dem Marktplatz sagte die Jüngere: »Ich brauch' eine Briefmarke«, und überquerte die Straße, auf einen Kiosk zusteuernd.

»Du solltest dich vor Kiosken hüten, mein Mädchen«, sagte Fräulein Emilie.

»Glaubst du, Stadtboten[1] sind besser?« konterte Lucie, indem sie weiterging.

Ihre Schwester Emilie blieb vor dem Spiegel eines Blumenladens stehen und schwenkte ihren Pompadour, der mit so schweren Dingen wie Schlüssel und Brennschere gefüllt zu sein schien.

Die zwei Rothüte setzten ihren Weg fort und liefen mitten auf dem Bürgersteig einer kleinen, dicken Dame in die Arme, die ausrief: »Ihr Lieben, dass wir uns hier treffen!«

»Du bist in der Stadt?«

»Ja« – und die kleine Dame, die eine Pastorenfrau vom Land war, nickte so heftig mit dem Kopf, dass man sich wunderte, dass er nicht abfiel: »Ich bin erst gestern angekommen und renne schon überall herum, ihr Süßen, in der ganzen Stadt – weil man von der ganzen Familie eingeladen wird.«

Die Rothüte erzählten von den Lämpchen, die sie kaufen sollten, und die Pastorenfrau begleitete sie, obwohl sie gerade zu einem Onkel wollte, den sie, so Gott will, dazu bringen musste, ihre Heimreise zu bezahlen: »Denn wir im Pfarrhaus leben jetzt nur von Kälbchen«, sagte sie. »Und Bares sehen wir nur an den paar Tagen, wenn der Zehnte fließt.«

Wenn man Frau Lund so reden hörte, war man geneigt, daran zu zweifeln, ob es in ihrem Pfarrhof überhaupt Essbares gab, außer Speckseiten, gesalzenem Hering und neugeborenem Vieh.

Als sie im Lampengeschäft oben vor dem Porzellannippes standen, sagte Frau Lund: »Und von dem Geld leben wir vierzehn Tage. Aber«, fügte sie hinzu, »wenn Tante Viktoria zur Mittagsgesellschaft lädt, gehe ich jetzt tatsächlich hin und melde mich.«

Sie trennten sich auf der Treppe des Geschäfts voneinander. Als Frau Lund gegangen war, sagte das ältere Fräulein Meyer: »Na, dann wird sie sich *dort* beim Kaffee auch ihre zwanzig Kronen ergattern. Man kennt ja Emma, wenn sie auf Geschäftsreise ist.«

Nachdem die Nichten gegangen waren, nahm Fräulein Sejer wieder im Lehnstuhl Platz. Sie schlief ein. Wie sie so dasaß, den Kopf mit der hohen Haube auf der Brust, die linke, verwachsene Schulter an der Rückenlehne, glich sie, wenn sie schlummerte, einem seltsamen, zerbrochenen Stück Spielzeug.

Sie erwachte nicht, als es erneut klingelte.

Madam Jensen öffnete und blieb einen Moment vor dem Fräulein stehen – sie beäugte sie, als betrachte sie einen Kadaver am Wegrand –, bevor sie sie aufweckte: »Ein Herr ist da, der mit dem gnädigen Fräulein zu sprechen wünscht«, sagte sie laut.

Das Fräulein zuckte zusammen: »Was?« sagte sie noch halb im Schlaf, und indem sie den Kopf schüttelte, fügte sie rasch hinzu: »Ja, es geht einem so vieles durch den Kopf. Wer ist es?«

»Er, der Lockige«, sagte Madam Jensen und ging.

Fräulein Sejer eilte in die Schlafkammer, und vor dem Spiegel richtete sie schnell Haube, Perücke, Taille, das ganze Gestell, das ihren Körper ausmachte.

Die Jungfer, die unten in der Küche die Schlafkammertür des Fräuleins gehört hatte, fragte Madam Jensen: »Für wen macht sie sich hübsch?«

»Für ihn, den Jon«, antwortete die Madam.

»Nun«, sagte die Jungfer: »Ja, hier wird es lustig zuge-
hen. Was wird er jetzt wieder wegtragen?«

»Gibt's denn überhaupt noch was?« fragte Madam Jensen mit strammer Miene.

Fräulein Sejer war mit ihren flinken Hopsern in den hinteren Salon geeilt, wo sich ein junger und sehr schlanker
Mann mit besonders weißen und weichen Händen von einem Stuhl erhob: »Guten Tag, Sie Hübscher«, sagte Fräulein Sejer und schlug rasch die Portieren vor die beiden geschlossenen Türen.

Fräulein Holm, die Gesellschaftsdame, kam durch die
Entreetür und ging aufrecht und stolz den Flur entlang: »Wo
ist das Fräulein«, fragte sie mit einer Stimme, die jede Silbe
exakt gleich betonte.

Madam Jensen, die ihr direkt in die Augen sah, antwortete: »Sie hat auch ihre Geschäfte.«

Fräulein Holm kehrte zum Esszimmer zurück, wo sie einem Schrank Tischdecken und Servietten entnahm.

Es verstrich eine knappe Stunde, ehe Fräulein Sejer, deren zuckendes Gesicht strahlte, die Portieren zurückschlug
und den jungen Blonden persönlich hinausbegleitete: »Dann
auf Wiedersehen, Sie Hübscher«, sagte sie: »Sie sind immer
so hilfsbereit.«

»Sie wissen, es ist mir eine Freude«, sagte der junge
Mann mit sehr sanfter Stimme.

Und er wurde hinausgelassen.

Das Fräulein schwirrte in das Esszimmer hinein; Finger,
Hände und Füße hatten es doppelt so eilig wie sonst: »Ah«,
sagte sie, als sie Fräulein Holm sah: »Sind Sie zurück?«

»Ja«, antwortete die Gesellschaftsdame.

Fräulein Sejer lachte: »Ist heute Neffentag, meine Liebe?«, sagte sie sehr freundlich.

»Es waren meine Freistunden«, antwortete Fräulein
Holm, deren Züge unbeweglich blieben.

Als es wieder klingelte, war es Frau Lund, die sofort das

ganze Entree mit ihrem munteren und jugendlichen Lachen
erfüllte: »Liebe Tante Viktoria, ich bin ja in der Stadt, bin
gestern angekommen, und höre, du hast Abendgesellschaft.
Da meld' ich mich natürlich an und nehme meinen Platz
ein. *Ich* kann mich überall mit einem Stuhl dazwischen-
schieben.«

Frau Lund setzte sich und redete unentwegt mit ihrer
frohen Stimme: von ihrem Pastorenmann und den fünf Bla-
gen und dem Pfarrhof, wo alles kopfstand.

»Oh«, sagte sie plötzlich: »Ihr Lieben, ihr seid mit den
Tischdecken zugange. Guten Tag, liebes Fräulein Holm. Wir,
liebes Tantchen, waschen und waschen unsere zehn, so dass
bald kein Faden mehr dran ist. Kannst du nicht *eine* abgeben,
Tante?« sagte sie und klopfte mit ihrer schönen Hand auf
den Tisch: »Du bist doch immer so lieb zu einer armen Verwandten.«

Fräulein Sejer, deren Verhalten Frau Lund gegenüber
sich sonderbar verändert hatte, als säße sie einem Menschen
gegenüber, vor dem sie insgeheim Achtung hatte, gluckste
und sagte: »Haben wir eine abzugeben, Fräulein Holm?«

Aber Frau Lund sprang selbst von ihrem Stuhl hoch
und hin zum Leinenschrank: »Liebe Tante Vik, es muss natürlich eine der älteren sein«, und sie begann, in den Tischdecken herumzuwühlen, während die Tante lächelnd sagte:
»Du, meine Emma, du findest schon, was du brauchen
kannst.«

Frau Lund wühlte weiter. »Hier ist eine«, sagte sie:
»Die kannst du in deinem feinen Haus wirklich nicht brauchen, und, mein Gott, liebe Tante, bei mir daheim wird die
ein Prunkstück sein. Wir legen sie zur Bischofsvisitation
auf.«

Fräulein Sejer sagte: »Ja, nimm du *die*. Es ist immer
schön, helfen zu können. Wir werden sie dir schicken«, fügte sie hinzu.

»Liebe Tante Vik, ich nehme sie mit. Das fehlte noch, dazu bin ich mir wirklich nicht zu fein. Liebes Fräulein Holm, haben Sie nicht vielleicht eine Zeitung?«

Frau Lund bekam die Zeitung, packte die Tischdecke ein und verschnürte sie: »Man nimmt, was man kriegen kann«, sagte sie und lachte der Tante geradewegs ins Gesicht.

»Du hast recht, mein Mädchen«, antwortete Fräulein Sejer.

»Aber jetzt muss ich los«, sagte Frau Lund: »Herr Jesus, jetzt erreiche ich den Onkel nicht mehr, wenn ich nicht die Straßenbahn nehme.«

Da blitzte es in Fräulein Sejers Gesicht auf: »Gehst du auch zu ihm, meine Kleine«, sagte sie.

»Aber sicher, Tante Vik«, lachte Frau Lund: »Man möchte doch allen seinen Verwandten eine Freude machen.« Sie durchsuchte alle ihre Taschen, aber da kam nicht einmal ein lumpiges Øre-Stück zum Vorschein. »Du musst mir die Straßenbahn spendieren«, sagte sie.

Als Frau Lund fort war, kehrte Fräulein Sejer in ihren Lehnstuhl zurück: »Das liebe Mädchen«, sagte sie, und indem sie die Gesellschaftsdame anblickte, fügte sie hinzu: »Sie ist so aufrichtig.«

Madam Jensen und Fräulein Holm waren im Begriff, den Tisch zu decken, als der Hausarzt eintraf.

Fräulein Sejer saß im Salon, und Madam Jensen meldete kurz: »Es ist der Etatsrat[2].«

Das Fräulein sprang förmlich auf und flog dem Arzt entgegen: »Lieber Etatsrat, was bemühen Sie sich die vielen Treppen zu einem gesunden Menschen hinauf? Zumal Sie heute doch zu meinem bescheidenen Abendessen kommen. Aber setzen Sie sich doch, setzen Sie sich.«

Der Etatsrat, der einen weißen Bart und ein sehr schmales und ruhiges Gesicht hatte, sagte: »Ich wollte Sie bei den Vorbereitungen nur kurz sehen. Ich habe Ihnen doch gesagt, dass all dies hier für Sie zu anstrengend ist, Sie bürden sich etwas viel auf, muss ich sagen.«

Der Etatsrat zögerte einen Augenblick, ehe er hinzufügte: »Bei Ihrer Konstitution.«

»Ich habe mir viel aufgebürdet«, sagte Fräulein Sejer, deren Augen flackerten: »Mein lieber Etatsrat, man lebt und hält durch.«

»Ja«, sagte der Etatsrat, der sie unentwegt anblickte: »Bis man nicht mehr kann.« Fräulein Sejers Finger umklammerten die Stuhllehne, während der Etatsrat im selben Ton fortfuhr: »Und das veränderliche Wetter führt bei uns Alten zu vielerlei Krankheiten.«

Die Augen des Fräuleins flackerten unruhig: »Wir werden also neunzehn sein, Etatsrat«, sagte sie plötzlich, »denn die kleine Emma ist jetzt auch in der Stadt. Sie ist gerade mit einer Tischdecke fortgegangen.«

Der Etatsrat sagte mit gleichbleibender Stimme: »Ja, die Familie versammelt sich.« Er stand auf und fügte hinzu: »Dann ist ja alles gut.«

Fräulein Sejers Hand zitterte, als er sie in die seine nahm: »Aber gibt es denn etwas Besonderes?« platzte es aus dem Fräulein heraus, und unter ihrer Perücke zeigte sich eine Schweißspur, mitten auf der Stirn: »Dann sagen Sie es lieber.«

Der Arzt zog die Hand zurück: »Sie wissen ja selbst, dass eine gewisse Vorsicht geboten ist.«

»Ja, Herr Etatsrat«, sagte das Fräulein, deren Brust bebte: »Aber man möchte doch so gern den Jungen eine Freude machen.«

Über das Antlitz des Etatsrats huschte ein Lächeln, das kaum wahrzunehmen war: »Dann sehen wir uns«, sagte er nur.

»Und Sie, Etatsrat, werden mich zu Tisch führen«, sagte das Fräulein und lachte.

»Aber Ihren Champagner nehmen Sie doch gegen die Attacken?« fragte der Etatsrat an der Tür.

»Sofern es nötig ist, lieber Rat«, antwortete das Fräulein.

Der Etatsrat verabschiedete sich.

Als er gegangen war, blieb Fräulein Sejer mitten im Salon stehen, und plötzlich biss sie die falschen Zahnreihen zusammen, dass es knirschte. Mit einem Mal begann sie auf's neue mit vorgestreckten Armen durch den Salon zu laufen, während die zwei Eckspiegel ihre Gestalt widerspiegelten, hin und her, auf und ab – als bereite sie sich insgeheim auf einen Kampf vor.

Daraufhin ging sie wieder in das Esszimmer, wo sich Madam Jensens Augen wie zwei stechende Pfeile auf ihr Gesicht richteten und wo auch Fräulein Holm, die begonnen hatte, die Veilchen auf dem Tisch anzuordnen, einen Augenblick den Kopf hob.

»Ach, der liebe Rat«, sagte Fräulein Sejer: »Man weiß ja, dass er nur hören wollte, was es zu essen gibt.«

Niemand antwortete. Das Fräulein ging weiter, in die Küche hinunter.

»Dann werden die Hasen so serviert«, sagte sie, »dass es für zwei Mahlzeiten reicht.« Und plötzlich gellte ihre Stimme durch den Gang: »Jensen, meine Liebe, und vergessen Sie mir nicht den halben Rücken in der Pfanne wie letzthin.«

Aus dem Esszimmer kam keine Antwort, und Fräulein Sejer ging in ihre Schlafkammer. Wenn sie sich ankleidete, verschloss sie ihre Türen. Sie wühlte lange in Schränken und Schubladen, bis sie Spitzen und Schal und ein weinrotes Kleid hervorkramte. Zum Schluss nahm sie ihre Festtagsperücke und hängte sie auf den Kerzenständer neben dem Toilettenspiegel.

Sie wollte sich setzen, warf aber plötzlich einen Schal über ihre Blöße, und mit Händen, die zu zittern begannen –

Fräulein Sejer bekam schnell dieses nervöse Zittern, wenn Sie vor dem Spiegel saß – riss sie die alte Perücke herunter und setzte die neue auf den kahlen Schädel, schnell und ohne in den Spiegel zu schauen. Die schwarze Perücke saß schief, und sie zupfte an ihr, bis sie den Scheitel, dessen Leichenblässe aus dem Schwarzen förmlich hervorlachte, mitten auf der Stirn hatte.

Dann blickte sie wieder in den Spiegel und brachte die Seitenbuckel der Perücke in Ordnung, die von den Schläfen wie zwei Hörner abstanden.

Als das Haar hochgesteckt war, goss sie Wasser in ein Glas und nahm hastig ihre Zähne heraus, so dass ihr Gesicht unversehens einfiel wie ein leerer Nussknacker. Sie reinigte das Gebiss, das sehr schwer war, und setzte es wieder ein. Die zwei weißen Reihen in ihrem Mund sahen aus, als könnten sie immer noch zubeißen.

Es klingelte unaufhörlich, und Fräulein Sejer rief durch die Tür, ohne sie zu öffnen: »Was gibt es?« rief sie.

Fräulein Holm antwortete von draußen: »Es ist der Konditorbursche.«

»Hat er die Knallbonbons dabei?«

Ja, er hatte sie dabei.

»Jensen soll sie hereinbringen«, rief Fräulein Sejer und warf einen Schal über ihre verwachsene Schulter. Madam Jensen war die einzige, die das Fräulein beim Ankleiden zu sehen bekam. Möglicherweise rief sie das Fräulein auch, um sie bei ihrer Beschäftigung ein wenig zu stören.

Madam Jensen brachte einen Korb voller bunter Knallbonbons, und das Fräulein wiegte sich glücklich unter ihrer Perücke: »Doch«, sagte sie und lächelte: »Das sind die richtigen. Die Kinder haben immer solchen Spaß daran.«

Die richtigen Knallbonbons waren von einem französischen Konditor und enthielten besonders unanständige Sprüche.

»Legen Sie sie auf den Tisch«, sagte Tante Sejer: »Das macht den Jungen doch immer so viel Freude.«

Fräulein Holm legte die französischen Hülsen in eine Glasschale, während ein Zucken um ihren zusammengekniffenen Mund lief.

Madam Jensen war mit zwei Kasserollen in die Speisekammer zurückgekehrt.

Im letzten Augenblick traf der Gärtner ein, um die Winkel des Salons mit lädierten Palmen und anderen Pflanzen zu füllen, die sichtbare Spuren des Schubkarrentransports aufwiesen und davon zeugten, dass sie reihum gegangen waren.

Fräulein Sejer, die mit einem Turban über der Perücke erschienen war und einem Kaschmirschal mit vielen Quasten, der in Falten über den Rücken fiel, sagte:»Mein Guter, ich habe Ihnen gesagt, ich will den Schrott, den Sie das ganze Jahr auf Ihrer Karre herumgefahren haben, nicht haben.«

»Es sind wirklich lauter neue Sachen, Fräulein«, antwortete der Gärtner, der fortfuhr, seine beschädigten Gewächse zu plazieren: »Aber in Kapellen und bei anderen Gelegenheiten kriegen sie ja immer was ab.«

Fräulein Sejer wandte sich abrupt ab und machte sich im Esszimmer daran, die ganze Tischordnung zu ändern.

»Die Tischkärtchen verteilen Sie«, sagte sie zu Fräulein Holm: »Das kleidet solch weiße Jungfernhände.«

Da zeigte sich in der Tür ein sehr großgewachsener und besonders soignierter Herr mit schwarzem Haar, das sich zu beiden Seiten des Scheitels wellte: »Ich bin der Diener«, sagte er, indem er sich verbeugte.

Fräulein Sejer maß ihn von den Zehenspitzen an aufwärts, während ihre grauen Augen funkelten; und der Diener, der seine manikürten und schmalen Hände betrachtete, fragte, wo er sich ein wenig zurechtmachen könne: »Sie kleiner Adonis, Sie«, antwortete Fräulein Sejer, die herumtrippelte: »Ja, man lasse ihn zur Jungfer hinunter.«

»Danke, gnädige Frau«, sagte der Diener und verbeugte sich wieder.

»Fräulein, Fräulein«, gluckste Fräulein Sejer: »Man gehört zu *jenen*, Sie Adonis, die sich ihre Freiheit bewahrt haben. Gehe er.«

Der Diener schritt den Gang entlang zur Küche und redete die Jungfer im selben gedämpft höflichen Ton an, worauf er in die Anrichte gewiesen wurde, die nichts weiter enthielt als den Nachtstuhl des Fräuleins.

Der junge Mann – sein Restaurant am Kongens Nytorv[3] hatte ihn beurlaubt – kehrte im schwarzen Frack mit allem Drum und Dran wieder zurück. Er war fast wie zum Ball gekleidet.

Fräulein Sejer, die erschauerte, sagte zu Fräulein Holm, während der junge Mensch sich daranmachte, die Flaschen auf dem Büffet zu sortieren: »Solch weiße Finger an einer Schüssel erfreuen junge Mädchen immer.«

Als es klingelte, begab sie sich in den hinteren Salon.

Es war Frau Emma Lund vom Pfarrhof, die lachend beide Arme um die Tante schlang, als sie eintrat: »Süße Tante Vik«, sagte sie, »findest du mich nicht bezaubernd? Die lila Bluse habe ich von Clara geliehen.«

Fräulein Sejer sagte: »Emma, meine Beste, du solltest sie eigentlich gleich behalten. Sie passt dir wie angegossen.«

»Puh«, sagte Frau Lund: »Darauf lässt sich Clara sicher nicht ein. Rubows sind nicht wie du.«

»Nein«, sagte Fräulein Sejer, und plötzlich lächelte sie: »Die horten eher.«

Frau Lund sagte, jetzt müsse sie wirklich den Tisch sehen, und sie ging hinein und flocht sich von den Tischblumen rasch ein Brustbukett.

Als sie in den Salon zurückkehrte, war dieser schon fast voll.

Herr Rechtsanwalt Meyer sprach mit Frau von Hahn

über Unfälle auf glitschigen Wegen, und seine Haushälterin Frau Madderson, die ihr kanariengelbes Haar über einem Gesicht trug, das trotz verschiedener Anstellungen bei wohlsituierten Witwern eine relative Unschuld bewahrt hatte, saß bei Fräulein Sejer und sagte:»Danke, danke, es ist so reizend von Ihnen, dass Sie mich mit eingeladen haben.«

Fräulein Emilie Meyer trat zu Frau Lund hin: »Nun«, sagte sie, »du hast dir schon ein Blumenbukett gesichert. Ja, es gibt ja genug davon.«

»Es ist sonderbar«, sagte Herr Meyer, der immer noch über Unglücksfälle, schlechte Wege und die Straßenbahn konversierte: »Es ist sonderbar, dass die Leute nicht lernen, sich versichern zu lassen. Heutzutage, wo man sich fast gegen alles versichern kann.«

Fräulein Sejer fing mit einem Mal an zu lachen – wie sie in ihrem Kaschmir dasaß, glich sie einer wunderlichen Buddha-Figur: »Ja, da hat er recht. Die Leute werden nie vernünftig werden.«

Aber Frau von Hahn sagte: »Meine Augusta fährt nie Straßenbahn, auch wegen der Leute. Und dann ist da auch immer diese Zugluft.«

Und als Fräulein Sejer sagte, dass die Straßenbahnen auch nicht grade vor der Haustür in der Øhlenschlægergade hielten, antwortete sie: »Liebe Viktoria, es tut Augusta gut zu gehen, das gibt eine aufrechte Haltung.«

Frau Lund lag dem Schriftsteller William Ask fast in den Armen: »Ja, mein Lieber«, sagte sie: »Jetzt bin ich also hier, und jetzt musst du wirklich die Freikarten für uns Arme vom Land herausrücken.«

Während William Ask sein ziemlich bleiches und müdes Gesicht neigte, trat Frau Bella Schou ein, eine schlanke und dunkle Dame, die in ihrer Ehe mit Herrn Rechtsanwalt Schou seit zehn Jahren im seidenverpackten Witwenstand lebte.

Sie entschuldigte sich, weil sie vor ihrem Mann eintraf: »Aber du weißt ja, Tante, wie beschäftigt Schou ist. Er bat mich auszurichten, dass wir nicht auf ihn warten sollen.«

»Ja«, sagte Frau von Hahn, »dein armer Mann, Bella, er rackert sich noch zu Tode.«

Fräulein Lucie flüsterte Herrn Ask zu: »Ach, Schous sind seit Menschengedenken nicht mehr gemeinsam in einem Wagen gefahren«; indes Herr Willy Hauch, ein junger Mensch aus der großen Handelswelt, der sehr englisch und blank poliert wirkte, sagte: »Ich komme wirklich fast zu spät. Aber ich musste etwas an einem Kiosk besorgen.«

Fräulein Lucie Meyer sah dem schlanken Vetter lachend geradewegs in die Augen: »Welchen Kiosk frequentierst du?«

Herr Willy schlug die blaugrauen Augen auf: »Vielleicht denselben wie du.«

Cousine Lucie lachte weiter und sagte: »Ich begreife übrigens nicht, wie du dich so schlank hältst. Man hat bei Gott, Willy, immer gleich Lust, dich zu umarmen.«

Der Vetter öffnete die Lippen, so dass man all seine weißen Zähne unter dem winzigen Schnurrbart sah: »Das darfst du gerne«, sagte er, »aber Kammgarn fühlt sich sehr kühl an.«

Rechtsanwalt Meyer unterhielt sich mit Frau Bella Schou – er hielt den Kopf immer abwartend eingezogen, als wolle seine untrügliche Nase den beriechen, mit dem er sprach: »Ja«, sagte er: »Die Zeiten sind schwierig für diejenigen unseres Standes, die sich überhaupt mit Immobilien abgeben wollen.«

Plötzlich wandte er sich Fräulein Sejer zu und sagte: »Du hast wohl nichts in Immobilien?«

Fräulein Sejer, die sich mit Fräulein von Hahn über den Diener unterhielt und eben sagte: »Junge Augen sehen immer gern so einen gradgewachsenen Kerl«, antwortete

Herrn Meyer: »Mein Freund, das weißt du doch, du bist doch wirklich mit allen meinen Angelegenheiten vertraut.«

Fräulein Holm, die mit der Tischordnung herumzugehen begann, war bis zu Herrn William Ask gekommen, der seine dunklen Augen hob und sagte: »Und wie geht es Ihnen, Fräulein.«

»Wie gewöhnlich«, antwortete Fräulein Holm und reichte Herrn Willy eine Karte, der, als sie weitergegangen war, sagte: »Sie haben wirklich recht, an dem Mädchen ist was.«

Herr Ask lächelte: »Aber nichts für Sie«, sagte er.

Herr Willy wiegte seinen außerordentlich geschmeidigen Körper: »Sind Sie sicher? Man wird schnell achtunddreißig, wenn man mit vierzehn beginnt.«

»Und das haben Sie getan?«

»Man muss wohl der Stimme der Natur folgen«, antwortete Herr Willy, der sich dabei in die Brust geworfen und seine Daumen in die Westentaschen gesteckt hatte, um seine Statur zur Geltung zu bringen.

Alle redeten, während Frau Madderson – sie war beim Thema »Bauen« geblieben – sagte: »Ja, der Herr Rechtsanwalt hält sich ja immer an das streng Juristische. Der Herr Rechtsanwalt sagt, Spekulationen besudelten nur den Stand. Deshalb hält er sich davon fern.«

»So ist es«, sagte Fräulein Sejer, und etwas lauter fügte sie hinzu: »Ist er Nachlassverwalter bei Frau Jacobsen geworden?«

Frau Madderson vermutete es.

Und Fräulein Sejer rief, so laut sie konnte: »Glückwunsch, Bernhard. Du hast in den letzten Jahren ja auch so viel dort im Haus verkehrt.«

Frau von Hahn ging hinüber zu Assistent Sejer und sagte: »Mein Gott, du, dem muss ein Ende bereitet werden. Heute hat sie auch Pflanzen gekauft, als wäre man in einem Gewächshaus.«

Aber Fräulein Emilie, die vorbeiging, sagte: »Die sind gemietet. Ich habe nachgesehen.«

Frau von Hahn antwortete: »Ich spreche nun trotzdem mit dem Etatsrat – nach Tisch. Denn das ist nicht mehr normal.«

»Und ein derartiges Essen«, sagte Fräulein Lucie. »Man könnte, Gott steh mir bei, glauben, sie wolle uns mit ihren Speisen ersticken.«

»Wer sagt denn, dass sie das nicht will«, sagte der Assistent, der seine Lackstiefel betrachtete.

Willy, der vorbeischritt, sagte: »Es ist doch nicht sie, die erben will.«

Rechtsanwalt Meyer ging vor dem Etatsrat, der gerade eingetroffen war, merkwürdig in die Knie, während die Fräuleins Minna und Ottilia Hauch sich noch im Entree aufhielten, aus dem sie den Diener vertrieben hatten: Sie bedurften stets vieler Kämme, ehe sie sich zeigten, und viele kleine Tücher mussten Ottilia abgenommen werden, die wegen eines früh abberufenen Verlobten immer in Trauer ging und immer dekolletiert.

»Ja«, sagte Rechtsanwalt Schou, der die Tür öffnete: »Dann können wir zu Tisch schreiten, denn die Papageien sind schon im Entree.«

Die Fräuleins Hauch traten ein und begrüßten Fräulein Sejer: »Liebe Viktoria«, sagte Fräulein Minna: »Man freut sich immer, zu dir zu kommen, wie überdrüssig man der Saison auch ist.«

Fräulein Sejer antwortete: »Ja, ihr müsst ein bisschen zusammenrücken, denn die schöne Emma ist vom Land gekommen.«

»Aber, meine Liebe«, sagte Fräulein Ottilia, »das belebt ja nur die Stimmung.«

Man bot den Damen den Arm.

Und Herr Schou, der den Kopf wandte, sagte: »Nun, ist

meine Frau gekommen?« Und er führte Fräulein Lucie zu Tisch.

Sie begaben sich alle ins Esszimmer, wo sie ob der Veilchen und kleinen Lämpchen staunten – während alle Platz nahmen und der Diener die Suppe reichte.

»Ja«, sagte Fräulein Sejer: »Liebe Kinder, ihr sitzt eng, aber ich finde es nett – und so vergnüglich für die Jungen.«

Fräulein Lucie, die sofort den Diener gemustert hatte, sagte zu Willy: »Ei, welch ein Götterbild, schon wieder. Gott weiß, wo die Hexe die immer herhat.«

Willy, der den Madeira sondierte, sagte: »Das ist wohl ihr Geheimnis. Übrigens hat sie das Renommee, dass sie ihre Rechnungen bezahlt.«

Rechtsanwalt Meyer, der, mitten zwischen den beiden Fräuleins Hauch, bald nach rechts, bald nach links schnupperte, sagte: »Ich hoffe nicht, dass ich die Damen geniere«; während Herr William Ask sich Frau Bella Schou zuwandte: »Ja, hier ist es eng«; und mit einem maskenhaften Lächeln antwortete sie: »Ach, das ist mir gar nicht aufgefallen.«

»Man nimmt ja das Unwesentliche nie zur Kenntnis«, sagte Herr Ask.

Frau Schou schlug die Augen auf: »Was sehen denn Sie hier im Salon?« sagte sie.

»Einen Schwarm Vögel«, antwortete William.

»Esst, Kinder, esst doch«, rief Fräulein Sejer über den Tisch, und indem sie ihr Glas erhob, sagte sie: »Und dann heißt euch die Alte willkommen.«

Sie blickte zum anderen Tischende hinunter, wo Frau Madderson, die ihren Kanarienkopf schräg dem Assistenten Sejer zugewandt hatte, von ihren »Liedchen« sprach: »Ach, das ist ja nichts. Aber es erfreut immerhin den Rechtsanwalt ... wenn er müde ist, in der Dämmerung.«

Fräulein Sejer sagte zu Frau von Hahn: »Meine Liebe, du kannst von den Tieren ruhig essen. Es sind Limfjords.«

Frau von Hahn, die aussah, als würden ihr die Schalentiere im Hals stecken bleiben, sagte: »Danke, Viktoria, ich weiß, du sparst an nichts«; und unvermittelt begann sie, mit dem Etatsrat über die Sterblichkeit in der Stadt zu reden: »Es sind uns, sage ich Ihnen, Herr Etatsrat, wirklich nicht weniger als sieben Leichenwagen begegnet, als wir hier herausgingen, ich und Augusta. Das ist ein unheimlicher Anblick.«

Der Etatsrat stimmte zu, dass die Sterblichkeit hoch sei.

»Ja«, sagte Frau von Hahn: »Und dann sagt man, dass hauptsächlich die Alten so plötzlich dahingerafft würden.«

Frau Lund sagte: »Ja, scheinbar gibt es überall Krankheiten. Lund hatte zu Hause fünf Beerdigungen in einer Woche. Aber uns gereichte es ja nur zur Freude.«

Fräulein Sejer rückte unentwegt ihre Gläser hin und her und wollte endlich mit Willy anstoßen; während nun auch Assistent Sejer und Fräulein von Hahn über Krankheiten, Todesfälle und Epidemien zu reden begannen, so dass die menschliche Vergänglichkeit wie eine Dunstglocke über den Tellern hing.

»Prost, Willy, prost, Willy«, rief Fräulein Sejer über den Tisch, indem sie ihr Glas hob.

»Prost, Tante Viktoria«, sagte Willy: »Ich glaube trotzdem, dass die Familie dein Blut geerbt hat.«

Fräulein Sejer lachte und wiegte ihren Kopf: »Das rote Blut, mein Junge«, sagte sie, und ihre tränenden Augen blitzten auf, während die Stimme im Husten erstickte.

Fräulein von Hahn hatte neulich beim Abschied von einer Freundin mitgesungen. Es war wirklich überaus stimmungsvoll und schmuck gewesen.

Frau von Hahn, die die Hände des Dieners anerkennend in Augenschein nahm, als der den Wein mit dem Etikett des Kammerrats einschenkte, war trotzdem der Meinung, dass ein Trauerzug von der Kirche aus weit feierlicher sei, sofern man es sich leisten konnte. In den Kapellen rieche es nun einmal wie in Salons, in denen zu viele Pflanzen stünden.

»Sie verschütten den Wein«, sagte der Etatsrat zu Fräulein Sejer, deren Hand gezittert hatte, als sie Willy zuprostete.

Das Fräulein blickte den Arzt an: »Trinken Sie, lieber Rat«, sagte sie, »es ist die reine Traube.«

Und sie blickte ihm unablässig ins Gesicht, während der Etatsrat den bitteren Griechen hinunterwürgen musste.

Die Flaschen mit den Etiketten waren bis zu den Fräuleins Hauch gekommen, die beim Anblick des vergilbten Papiers in Erinnerungen schwelgten.

»Wir waren ja so viel jünger«, sagte Fräulein Minna: »Aber das war ein Haus, dort in guter Lage – so ein richtig altes Patrizierhaus.«

Fräulein Ottilia schob die Schultern aus ihrem Dekolleté und sagte: »O ja, und wie ich mich erinnere, als ich noch zur Schule ging, der alte, liebe Kammerrat, wenn er dienstags und samstags auf seiner Treppe stand und aufpasste, wenn das Mädchen die Kugeln auf dem Treppengeländer polieren sollte.«

»Ja«, sagte Fräulein Minna: »Es war sehr stimmungsvoll mit den alten Messingkugeln. Und dann die Bälle«, fuhr Fräulein Minna fort: »Nichts war so festlich wie die Wachskerzen bei Kammerrats.«

»Herr Jesus«, sagte Fräulein Lucie zu Rechtsanwalt Schou, »jetzt beichtet Tante Mine, dass sie beim Schein von Altarkerzen getanzt hat.«

»Irgendjemand muss das Böse tun«, sagte der Rechtsanwalt: »Immerhin ist die Dame älter als der Wein.«

Assistent Sejer sagte: »Das alte Heim hatte Stil.«

Fräulein Sejer gluckste und sagte, während sie unter dem Tisch mit ihren alten Gliedern zu zucken begann – man wusste nie, ob diese Bewegungen aufgestauter Lebenslust oder einer Art Krampf geschuldet waren: »Ja, *dort* gab es Tanzböden.«

Frau von Hahn sagte lächelnd über den Tisch hinweg: »Du bist mir unvergesslich, Viktoria, in deinem Blassroten.«

»Doch die Jahre vergehen«, sagte Fräulein Minna wie in Gedankenübertragung.

»Das Anwesen wurde aber zu früh verkauft«, sagte Rechtsanwalt Meyer: »Die Leute können den Aufschwung nicht abwarten ... Heutzutage muss alles schnell gehen.«

»Nein«, platzte Frau Madderson heraus, deren Gedanken noch immer beim Tanzen waren: »Nichts ist so herrlich wie einen Walzer zu tanzen«, während die Fräuleins Hauch plötzlich von einem Haus zu reden begannen, das sie an der Nørrebrogade besaßen.

»Ja, das haben die Fräuleins ja«, fuhr Herr Meyer dazwischen.

Er musste sehr bewegliche Ohrläppchen haben, denn die Ohren standen, sobald dieses Haus erwähnt wurde, ab wie bei einem Kaninchen.

»Und Schwester Ottilia und ich sprechen oft vom Verkaufen. In dem Quartier ist es ja so eine Sache mit der Miete. Und dann schmerzt es uns, wenn man die Leute hinausjagen muss. Aber Recht muss Recht bleiben. Auf der anderen Seite ist das Haus schon seit Ewigkeiten im Familienbesitz. Und dann hat man auch niemanden, der bei den Dispositionen hilft.«

»Es gibt doch Leute mit Kompetenz«, sagte Herr Meyer, der es sich stets zur Aufgabe machte, bei solchen rein zufälligen Gelegenheiten zu helfen. Bei reellen Verkäufen, die nicht aus dem Rahmen fielen.

Wenn Herr Rechtsanwalt Meyer vom Anwaltsstand und Gesetzesrahmen sprach, blitzten seine Augen auf seltsame Weise zu Herrn Rechtsanwalt Schou hin.

»Ja, bei Gott«, sagte Fräulein Ottilia, die fühlte, dass Herr

Meyer auf Haaresbreite heranrückte: »Ihnen, Herr Rechtsanwalt, könnte eine Frau ja immer vertrauen.«

Rechtsanwalt Schou, dessen Gesicht glühte, was weniger Fräulein Sejers Wein geschuldet war als den großen Pillen, die er ständig aus der Westentasche hervorholte und
schluckte, fragte mit einem Mal über den Tisch hinweg:
»Und wo liegt das Haus?«

Fräulein Minna beschrieb die Lage mit leiser Stimme.

»Das ist brillant«, sagte Herr Schou: »Letzthin war von
einer Überbauung gerade in diesem Quartier die Rede. Mit
Türmchen, Linoleum und WC[4]. Das ist die Zeit, und so sind
die Ansprüche. Am besten ist es natürlich«, fuhr er fort,
»wenn man zusätzlich noch Landluft anbieten kann. Hinter
Hellerup bekommen die Prospekte gleichsam mehr Glanz.«

»Ja«, sagte Fräulein Minna, »heutzutage wird für die
Minderbemittelten mit solchen Bauten einiges getan.«

»Der untere Mittelstand«, sagte Herr Schou, »das ist das
Ziel. Es ist das Kleingeld, das wir aus den Sparstrümpfen holen müssen.«

Fräulein Sejer, die den Kopf unter ihrer Perücke froh hin-
und herwiegte, sagte: »Ja, mein lieber Albert, du hast den
Kopf des Kammerrats.«

Willy sagte zu Fräulein Emilie: »Hm, ja, der Alte war natürlich auch ein Schwindler.«

»Gott, Willy, weißt du das denn nicht? Ihm gehörten
doch die Häuser ›am Kanal‹.«

»So«, antwortete Willy, »das hat mir immer schon geschwant, dass wir aus einer Pfütze herstammen.«

Fräulein Sejer, die sich weiterhin selbstgefällig wiegte,
sagte zu Herrn Schou: »Aber ihr Jungen lernt ja Gott sei
Dank immer dazu.«

»Ja«, sagte Herr Meyer scharf: »Immobilien liegen nun
mal nicht innerhalb meines Betätigungsfeldes. Jene Vertreter des Standes, die mit geliehenem Geld arbeiten, schätze

ich ganz und gar nicht. Nach meinen Prinzipien bleibt man besser sauber. Aber man gehört ja auch zu einer älteren Generation.«

»Ja, Herr Rechtsanwalt«, sagte Frau Madderson über die Veilchen hinweg.

Herr Meyer beugte sich ein bisschen tiefer über Fräulein Ottilia und ihr Dekolleté, das mit Iris gepudert war, und sagte leiser: »Aber ich habe ja viele, ich darf sagen: Damen, zu meiner Klientel gezählt.«

»Ja«, sagte Fräulein Ottilia: »Das ist nur zu verständlich.«

»Was zählt, ist das Vertrauen«, sagte Herr Meyer, der in großer Bescheidenheit mit einem Mal gleichsam schrumpfte. »Und dann«, fügte er hinzu, »dass man seine Klienten behutsam zu nehmen versteht.«

Ein wenig später begann er, mit den beiden Schwestern von Matrikeln zu reden.

Aber Frau von Hahn war von Beerdigungen in Kirchen und Kapellen dazu übergegangen, von Pastoren zu sprechen: »Ich liebe nun einmal Stelberg ... Und besonders seine kleinen Ermahnungen. Wenn er in der Kirchentür mit seinen sanften Augen fragt, ob man nicht bald der Stärkung an Gottes Tisch bedürfe. Oh, man fühlt es, dass er für jeden in der Gemeinde seine kleine Botschaft hat. Wen hören *Sie*?« fragte sie plötzlich Frau Bella Schou.

»Ich gehe nie zur Kirche«, sagte Frau Schou.

»So«, sagte Frau von Hahn, »ja, es gibt wohl Menschen mit reinem Gewissen.«

William Ask beugte sich vor und sagte: »Glauben Sie wirklich, gnädige Frau, dass ein Kirchenstuhl eine Bleiche für das Gewissen ist.«

Frau von Hahn antwortete nicht, und Frau Lund sagte lachend: »Manch einer geht ja, um ein Beispiel zu geben«, indes Frau Madderson hinzufügte: »Eine poetische Predigt ist etwas Herrliches.«

Fräulein von Hahn, die sich gerade vom Hasenrücken nahm, und, weil sie mit eng angelegten Ellenbogen aß, etwas oft in die Nähe der Hände des Dieners geriet, sagte: »Für mich liegt in der Mission nun einmal viel Wahrheit.«

Schou, der sich mit dem Assistenten unterhielt, sagte: »Nun, wie auch immer, eine Kirche ist in der Tat auf jeden Fall ein bemerkenswerter Gewinn für ein neues Quartier.«

Der Etatsrat antwortete auf eine Frage von Frau von Hahn: »Ein Pastor kann am Krankenbett sehr wohltuend sein.«

Und unten am anderen Tischende sagte Assistent Sejer: »Ich bin überzeugt, dass der Staat die Kirche nicht entbehren kann. Etwas mäßigend wirkt sie doch.«

Fräulein Sejer, der insgeheim vor Pastoren graute, oder besser gesagt, vor den allzu schwarzen und begräbnismäßigen Kleidern, die diese einhüllten, sagte zu Frau Lund hinunter: »Emma, mein Mädchen, wie lange soll denn Jakob noch in diesem Amt bleiben?«

»Zwanzig Jahre«, sagte Frau Lund: »Mit *dem* Bischof kommen wir wirklich nie dort weg.«

»Nein«, sagte Assistent Sejer, »jetzt sind die Berufungen aus dem Ruder gelaufen. Es wird noch damit enden, dass man die Amtsträger aus den Torfmooren holt und ein ganzes Ministerium übergeht. Die Zeiten, als man auf Ausbildung und Anciennität Rücksicht nahm, sind vorbei.«

Die Konversation über die Berufungen griff um sich und schaukelte sich hoch.

Herr Meyer sagte und ließ die Augen über den Assistenten gleiten: »Man spricht in den Büros sogar regelrecht von Kündigungen.«

Frau von Hahn sagte fast gleichzeitig: »Lieber Vetter, die Rechte ist wie die Linke,[5] wenn's um den Knochen geht. Der arme Hahn saß dreiundzwanzig Jahre auf seiner Düne als Strandkontrolleur.«

Fräulein Sejer, deren Gesicht aufleuchtete, während ihre eine Hand sich auf dem Tisch bewegte, als knete sie Teig, sagte: »Meine Liebe«, sagte sie zu Frau von Hahn: »Du lässt die ganze herrliche Konfitüre an dir vorbeigehen.«

Frau Lund rief: »Ja, Tante Vik, du willst uns wohl mit Konfitüre vergiften.«

»Man kriegt sie heutzutage so leicht«, sagte Fräulein Sejer: »Und jungen Zungen schmeckt sie immer.« Und indem sie sich plötzlich an Frau von Hahn wandte, fügte sie hinzu: »Aber der gute Johan, du, der hatte ja auch kein Examen.«

Man sprach noch immer über die Berufungen, als Rechtsanwalt Schou, der noch immer bei den Immobilien war, sagte: »Daran gibt es nichts zu rütteln, Etatsrat. Immobilien sind der kürzeste Weg. Versteht man sich auf die Sache, sind einem schlauen Kopf seine sechs Prozent gewiss. Und für ein Frühstück hat man die Unterstützung der Presse.«

Herr Rechtsanwalt Meyer sagte: »Ja, es gibt aber auch Geschäfte, wo Wein vonnöten ist.«

»Aber sicher«, antwortete Herr Schou: »Bei Nachlässen *kriegt* man den – von den Erben.«

Herr Sejer, der bei den Staatsämtern verharrte, sagte erregt zu Frau von Hahn: »Examen sind aber doch erforderlich als Ausweis einer gewissen Tauglichkeit.«

Frau von Hahn antwortete: »Ich weiß nicht, ob ein Bürostuhl Praxis ersetzt.«

»Es braucht auf jeden Fall Grips, um nach oben zu kommen«, sagte der Assistent, dessen Worte schnell kamen.

»Genügen Ellenbogen nicht?« antwortete Frau von Hahn, deren Stimme oft schrill wurde.

»So ein Staatsapparat« – und der Assistent verzog seine Mundwinkel – »ist für Damen nicht so leicht durchschaubar.«

Fräulein Sejer sagte so sanft, als wolle sie vermitteln: »Ja, mein Freund, in solch alten Gebäuden gibt es viele Winkel.«

»Und viele kleine Geschenke in den Schubladen«, fügte Frau von Hahn im selben Tonfall hinzu.

»Das ist nur gut so, Therese«, sagte Fräulein Sejer mit derselben Stimme wie zuvor: »Wir wollen doch alle leben.«

»Lieber Willy«, sagte Fräulein Lucie Meyer, die über die väterlichen Nachlässe sprach: »Hast du denn nicht gewusst, dass Emilie ein Prozent erhält, wenn Vater Nachlassverwalter wird?« Und an Frau Madderson gewandt sagte sie: »Und wie viel bekommen *Sie*?«

Frau Madderson lächelte und sagte: »Fräulein Lucie beliebt zu scherzen.«

Rechtsanwalt Schou übertönte alle anderen im Streit mit dem Etatsrat, der darauf beharrte, dass die Sterblichkeit in den neuen Bauten groß sei: »Die Statistik beweist das Gegenteil«, rief Herr Rechtsanwalt Schou: »Das haben Sie ja nur aus den Zeitungen, die sich in alles einmischen, ohne gefragt zu sein.«

»Und zu essen bekommen«, sagte Rechtsanwalt Meyer.

Frau Lund, die während des fortgesetzten Gesprächs über den Bischof sehr rotbäckig geworden war, sagte: »Und dann ginge es ja noch, wenn man nicht die Witwe am Hals hätte. Gott, ich könnte sie erwürgen.«

Fräulein Sejer saß mit lebhaften Augen inmitten des Trubels. In ihrem Kaschmirschal und mit fest zusammengepressten Lippen glich sie einer alten Sibylle[6]. »Oh«, sagte sie, »wie herrlich ist es doch, mitten im Leben zu sitzen.«

Sie fuhr mit den ruhelosen Fingern über die Decke, als ritze sie Runen in den Damast.

Frau Bella Schou, die William Ask konversierte, der seinen höflich traurigen Ausdruck beibehielt, sagte: »Ja, mein Kabinett ist schmuck. Man möchte ja einen Ort im Haus haben, der einem allein gehört. Ich jedenfalls brauche hie und da einen Salon ohne Telefon[7].«

William Ask sagte: »Manch andere können ohne dieses Glockenspiel überhaupt nicht mehr leben.«

Frau Bella lächelte unmerklich: »Das ist wahr«, sagte sie. »Aber wenn man gerade liest, ist es lästig.«

»Ja«, sagte William, »ich weiß, Sie gehören zu den wenigen Buchkäufern im Land.«

Frau Bella änderte ihren Gesichtsausdruck nicht: »Die Toten leisten den Toten Gesellschaft«, sagte sie. Und vielleicht, um sich Einhalt zu gebieten, fügte sie hinzu: »Warum stehen eigentlich die herrlichen Schalen mit den Silberfüßen nicht auf dem Tisch?«

Frau von Hahn hatte die Worte gehört, und ihre Augen huschten schnell über den Tisch: »Aber Viktoria«, sagte sie: »Du hast neue Schalen gekauft.«

Fräulein Sejer lachte: »Ja, die alten Prachtstücke werden geschont. Zu meinen Lebzeiten soll nichts mehr kaputtgehen, mein Mädchen.«

Fräulein Holm, die von Willy unterhalten wurde, dessen graublaue Augen mehr sagten als sein Mund, hob plötzlich den Blick: »Worauf schaut das Fräulein?« fragte Willy.

»Ich habe Ihre Tante angeschaut«, sagte Fräulein Holm.

»Ich glaube weiß Gott fast«, sagte Willy, »die Alte lebt auf, wenn sich die Familie zankt.«

Fräulein Lucie Meyer sprach über Literatur und weibliche Autoren und sagte: »Ich finde sie mutiger als die Männer.«

Willy, dessen sehr weiche Lippen sich kräuselten, warf Lucie einen Blick zu: »Was meinst du mit ›mutig‹«, sagte er.

»Uh, du bist unausstehlich«; und ganz ohne erkennbaren Sinn fügte sie hinzu. »Willy meint ja immer, dass es genügt, schmuck zu sein.«

»Nein«, sagte der Vetter, »ich meine leider, dass es genügt, gut angezogen zu sein.«

Frau Madderson lachte und sagte: »Ich finde Damenbücher ein wenig unheimlich.«

»Warum, gnädige Frau?« fragte Willy.

»Also wirklich, Herr Willy«, sagte Frau Madderson: »Man ist sich ja seiner kleinen diskreten Geheimnisse nicht mehr sicher.«

Sie redeten weiter über Literatur, bis Willy zu Herrn Ask hinüber sagte: »Sind Sie jemals einer Dame begegnet?«

»Doch«, und William lächelte: »Einigen.«

»Ich noch nie«, sagte Willy.

Das Gespräch über Literatur weitete sich aus, und man kam auf das Theater zu sprechen.

Frau von Hahn äußerte, dass man sich bald nirgends mehr sicher fühlen könne: »Selbst in das Königliche Theater schicke ich Augusta nur zu Heiberg und den Balletten.«[8]

»Ja«, sagte Fräulein Ottilia, »Bournonville[9] bleibt einem doch immer. Nichts ist so herrlich wie die *Brautfahrt*[10].« Fräulein Ottilia hatte ihre Stimme gesenkt: Die Hardanger-Hochzeit war eine Erinnerung, die sie mit ihrem Verflossenen teilte.

Assistent Sejer ließ verlauten, dass sich die Herren Schriftsteller über alles hinwegsetzten: »Man weiß ja bald gar nicht mehr, ob man es überhaupt noch wagen darf, eine sittliche Forderung zu erheben.«

Während Rechtsanwalt Schou die Lippen vorschob und sagte: »Die Literatur ist für meine Frau. Aber ich bin es, der die Rechnungen bezahlen muss.«

Der Etatsrat, der Frau Bella zuprostete, sagte: »Vielleicht hat die moderne Literatur doch ihren Nutzen. Nur wirkt sie – auf einen Arzt – manchmal, als ob ihre Menschen halluzinierten.«

Der Diener stellte die Teller für das Eis hin, und Frau von Hahn flüsterte plötzlich ihrer Tochter zu: »Augusta, das sind ja auch nicht mehr die chinesischen.«

Fräulein von Hahn hörte das nicht. Der servierende Diener hatte Mühe, den Blick von ihren stramm zurückgezogenen Schultern zu lösen.

Fräulein Minna Hauch, die gerade gesagt hatte, dass man

nie mehr einen Tänzer wie Scharff[11] bekommen werde, beteiligte sich an der Literaturdebatte und meinte, dass dieser J. P. Jacobsen[12] jetzt doch in vielen Familien zu finden sei – zu Konfirmationen.

»Ja«, sagte Fräulein Ottilia: »Wir haben ihn sogar selbst verschenkt. Denn zwei Bände ergeben gerade ein passendes Geschenk.«

Rechtsanwalt Meyer beugte sich zu Herrn Ask vor: »Es ist vielleicht etwas heikel«, sagte er, »über Bücher zu sprechen, wenn ein geehrter Schriftsteller anwesend ist.«

William schob die Lippen ein wenig vor: »Ich, Herr Rechtsanwalt, trage meine Bücher nie in eine Gesellschaft.«

»O Herr Ask«, sagte Frau Madderson, »ich habe tatsächlich gerade eines Ihrer Bücher dem Herrn Rechtsanwalt vorgelesen. Wir lesen ja von acht bis zehn.«

Herr Sejer vermutete, das Vorlesen sei nun wohl aus gutem Grund aus den Familien verschwunden.

»Denn man kann doch nicht«, sagte er, »so gut wie jede zweite Seite überspringen.«

Doch Frau Lund rief: »Mir ist es egal. Ich freue mich auf nichts so sehr wie auf die Mappe[13]. In einem Pfarrhof, Kinder, braucht man wirklich so einiges.« Und sie begann, ausführlich von einem höchst unsittlichen Roman zu berichten.

Fräulein Sejer wiegte ihren Kopf und hielt die Hand zum Hörrohr geformt: »Wirklich, Tante Vik«, sagte Fräulein Lucie: »Das weiß man doch, dass in den Büchern nun mal jeder Mann drei Frauen hat.«

»Was sagt Lucie da?« fragte Fräulein Sejer über den Tisch gebeugt.

»Oder jede Frau hat drei Männer, Tante«, rief Fräulein Lucie.

Fräulein Sejer lachte, dass es durch die Stube schallte. »Das kluge Kind«, sagte sie: »Ja, Herr Etatsrat, das sind die Mädchen, die im Walzertakt durchs Leben tanzen.«

Fräulein von Hahn hatte das Lächeln einer Siebzehnjährigen in ihrem zweiunddreißigjährigen Gesicht: »Wenn man es nicht besser wüsste, süße Tante Viktoria, könnte man wirklich meinen, du wolltest uns alle verderben.«

»Dich nicht, liebe Augusta«, antwortete Tante Viktoria und nickte ihr zu.

Rechtsanwalt Meyer war blutrot angelaufen: »Ja, in meinem Haus lernen meine Töchter nichts Derartiges.«

Rechtsanwalt Schou lachte laut auf und sagte: »Bist du beim Vorlesen nicht dabei, Lucie?«

»Nein«, sagte Lucie, »ich lese im Bett.«

»Ich lese ausschließlich Bücher aus Budapest«, sagte Willy.

Von Budapest ging Herr Sejer abrupt zu Reisen, Rundreisen und Badereisen über, während Frau Madderson, Bücher aus Pest betreffend, ausrief: »Sie sind auch illustriert«; und man hörte Fräulein Sejer rufen: »In welcher Sprache?«

Frau von Hahn, die zur Reisekonversation das Ihre beitrug, meinte, dass es in Franzensbad wirklich schön sei, und Fräulein Ottilia Hauch sagte: »Ja, ich bin jeden Sommer dorthin gereist, als *er* noch lebte« – und wurde blutrot, nachdem sie es gesagt hatte.

Der Diener hatte nun das Eis hereingetragen. Es hatte die Form eines mächtigen Huhns, das seine Küken unter den ausgebreiteten Flügeln schirmte.

Man brach in Rufe der Bewunderung aus.

»Oh, es ist gesprenkelt«, sagte Fräulein Minna.

»Ja, weiß Gott, ist das nicht ein Parfait«, ließ Herr Schou verlauten.

»Man sieht jede einzelne Feder«, sagte Frau Madderson.

Aber Frau Lund lachte am lautesten: »Tante Vik, Tante Vik, es zergeht mir ja schon auf der Zunge.«

Frau von Hahn jedoch, die das Eis portionieren sollte,

stach so heftig mit dem Löffel zu, dass sie mit einem Hieb den ganzen Flügel abbrach.

Plötzlich hatte sich Herr Rechtsanwalt Meyer erhoben und schlug mit dem Löffelchen an sein Glas.

»Jetzt spricht der Nachlassverwalter«, flüsterte Schou, während sich Fräulein Sejers Gesicht plötzlich belebte und ihre Augen – etwas stählern – zu Freund Meyer hin aufblitzten.

Herr Meyer, dem man ansah, dass der krumme Rücken in der Familie lag, sagte, er wisse nur zu gut, dass Tante Viktoria nichts von Reden halte, und schon gar nicht »ihr zu Ehren«.

»Aber wenn man eine Idee hat«, sagte Herr Meyer, »ist man nun einmal ... einmal ... von ihr besessen. Meine Rede ist übrigens keine Rede, ich möchte« – und der Rechtsanwalt zeigte mit seiner leicht gekrümmten rechten Hand auf das Eis – »nur auf dieses Bild zeigen, und alle verstehen mich. Danke, Tante Viktoria.«

Herr Meyer blieb einen Augenblick lang leicht gebeugt stehen, gerührt von diesem Bild und seinen Gedanken, während Frau Lund und Frau Madderson zu Fräulein Sejer hinliefen, die nickte: »Ja, danke, danke«, sagte sie zu allen, die ihr zuprosteten: »Die alte Tante beschützt euch, wo immer sie kann.«

»Ja, der Herr Rechtsanwalt ist ja immer so symbolisch«, sagte Frau Madderson.

Man stieß an und prostete sich zu. Willy und die Mädchen schlugen im Takt mit den Löffeln auf die Teller, Frau von Hahn aber flüsterte schnarrend zum Assistenten: »Warum hast du nicht gesprochen? Warum immer Meyer?«

Fräulein Sejer saß da und schaute sie alle an, als sie wieder Platz genommen hatten: »Ja, ihr Lieben«, sagte sie, »jetzt schlachtet das Huhn.«

Sie winkte Fräulein Holm herbei, der sie leise eine Anweisung gab.

Das Huhn war zu Frau Lund gekommen, die kräftig zuhieb: »Oh, es bricht entzwei«, sagte sie.

»Ach, welch ein schöner Anblick«, sagte Frau Madderson: »Dass *der* zerstört werden soll.«

Frau Lund, die sich der halben Brust bemächtigt hatte, sagte: »Gott, dafür konnte ich wirklich nichts. Das Tier ist ja hohl.«

»Ja«, sagte Fräulein Sejer, deren Augen über den Tisch spähten wie die Augen eines Reptils: »Drinnen ist nichts. Gegessen ist gegessen.«

»Ja«, sagte Frau von Hahn.

Die Gehilfin Jensen, die über ihren vielen Röcken eine riesige weiße Schürze mit Spitzenbesatz trug, trat mit drei Champagnerkühlern ein, in denen Silberhälse prangten.

Es gab einen regelrechten Aufruhr, und alle Jungen klatschten in die Hände. Herrn Meyers Gesicht erstarrte zur Maske, und Frau Madderson, die froh gelächelt und mit den Jungen zusammen geklatscht hatte, erstarrte plötzlich ebenfalls und bekam denselben Gesichtsausdruck wie der Herr Rechtsanwalt.

Frau von Hahn war aschfahl geworden: »Das ist ja ein Trinkgelage«, sagte sie und vermochte das Beben ihrer Stimme nicht zu verbergen: »Man könnte fast glauben, Viktoria, dies sei ein Leichenschmaus.«

»Findest du, liebe Therese?« antwortete das Fräulein.

Assistent Sejer trommelte mit allen zehn Fingern auf den Tisch, während Frau Lund sagte: »Ach, nichts ist so erquicklich wie Champagner. Wir hatten ja nur welchen bei der Taufe von Nummer eins.«

Fräulein Lucie sagte halblaut: »Ach was, wenn wir's nur lustig haben, so lange sie lebt.«

Fräulein Sejer saß plötzlich ganz still da. Den Kopf hatte sie vorgereckt – gleichsam um alle besser betrachten zu können – so dass sie mit ihren zehn gespreizten Fingern, die auf dem Tisch ruhten, einer großen Spinne glich, die wob: »Nun, Champagner kann man ja nicht lange aufbewahren«, sagte sie.

Herr Schou, zu dem der Diener jetzt hintrat, fragte halblaut: »Was ist das für eine Marke?«

»Mumm, Herr Rechtsanwalt«, antwortete der Diener.

»Ja, dann glaub' ich wirklich, sie ist verrückt geworden«, sagte Herr Schou.

»Der kitzelt die Zunge«, sagte Fräulein Lucie, die trank.

»Wie denn«, fragte Herr Schou.

»Puh, das wissen Sie doch nur zu gut.«

Das erste Knallbonbon zischte über den Tisch. Es war Willy, der mit Frau Madderson knallte. Der Spruch fiel mitten auf die Tischdecke, und alle Jungen balgten sich darum, ihn vorlesen zu dürfen.

»Lasst Willy«, rief Fräulein Sejer: »Er liest so deutlich.«

»Ja, lasst Willy«, schrie Fräulein Emilie: »Das einzige, was er kann, ist ein bisschen Französisch.«

Aber Fräulein Lucie knallte schon mit Herrn Schou: »I, wie eklig«, sagte sie, als Herr Willy Frau Maddersons Spruch vorlas, einen Refrain vom Montmartre, der Stallknechte hätte erröten lassen können – während alle lachten.

»Augusta«, sagte Frau von Hahn. Aber Fräulein von Hahn knallte schon mit dem Assistenten.

»Hör, Willy«, rief Frau Lund und schwang ein Knallbonbon über ihrem Kopf: »Ich sammle sie für den Abend mit der Lehrerin.«

Aber Herr Willy, der bald mit Frau Lund, bald mit Frau Madderson knallte, las Vers um Vers vor, während sie lachten und klatschten: »Oh, Herr Willy, jetzt hab ich mir die Finger verbrannt«, schmachtete Frau Madderson und streckte ihre Finger kokett in der Luft.

Willy las weiter: »Encore un baiser qui ne tire à rien ...«[14] Doch plötzlich hielt er inne: »Der ist gar zu schlimm«, sagte er, während seine roten Lippen vor Vergnügen zu funkeln schienen.

»Was sagt er?« zischte Fräulein Sejer, deren Kaschmir-schal herabgerutscht war und die mit ausgestreckten Händen wie eine alte Hexe dasaß, die sich dicht am Feuer wärmt.

»Her damit«, sagte Fräulein Lucie und entriss Willy den Spruch, um ihn purpurrot angelaufen mit Herrn Schou zusammen zu lesen, dessen Schnurrbart ihre Wange kitzelte wie der Schnurrbart eines Sergeanten die Wange seiner Dame während eines langsamen Walzers im Tanzlokal.

Man konnte sein eigenes Wort nicht verstehen, während sie wieder knallten und die Jungen vorlasen, lachend sich zurücklehnend – alle durcheinander.

»Nein«, sagte Willy, der aufsprang: »Jetzt bin ich dran«; und er rief über alle anderen hinweg: »Amour, amour, ô chose difficile ...«[15]

»Her damit, ich sammle sie«, sagte Frau Lund.

»Man versteht ja nichts«, rief Fräulein Sejer, die sich auf ihrem Eichenstuhl wiegte.

»Gott, Herr Willy«, tönte es von Frau Madderson, während Fräulein Ottilia vor lauter Jugendlichkeit fast aus ihrem Dekolleté herauskroch.

»Amour, amour, ô chose difficile ...«

»Wir sollten die Tafel bald aufheben«, sagte Frau von Hahn, die auf ihrer Düne nicht an französische Konditor-verse gewöhnt war.

»Die haben doch wirklich treffliche Einfälle«, sagte der Assistent und knallte zum dritten Mal mit Fräulein Emilie, die ihm von einer beruhigenden Solidität zu sein schien, wenn er, die Zukunft vor Augen, seine weiblichen Bekanntschaften Revue passieren ließ.

Drüben bei Herrn Schou lachte Fräulein Lucie, dass es nur so gluckste. Dänische Ausrufe mischten sich mit französischen Versen. Frau Madderson zeigte über den Tisch hinweg dem Herrn Rechtsanwalt den armen verbrannten Finger, während sich Frau Lund mitten im Zimmer mit Willy balgte, der auf einen Stuhl gesprungen war.

»Wünschen das gnädige Fräulein?« sagte der Diener, der die Schale mit den Sprüchen herumreichte, zu Fräulein von Hahn.

»Wie sie sich amüsieren«, sagte Fräulein Sejer, deren Augen nicht mehr tränten: »Ach, Lachen, Etatsrat, ist so gesund.«

Fräulein Lucie hatte sich fast in Herrn Schous Arm zurückgelehnt, während Fräulein Minna zu Herrn Rechtsanwalt Meyer sagte: »Ja, das ist herrlich, wenn sich die Jugend in der Familie amüsieren kann.«

»Sie wünschen kein Knallbonbon?« sagte Herr William Ask zu Frau Bella.

Und da sie den Kopf schüttelte, sagte William: »Die Macht des Geldes, Frau Schou, ist doch nicht die Macht des Lebens.«

»Nein«, antwortete Frau Schou leise: »Es gibt Dinge, die einen noch mehr in die Irre führen können.«

Willy sprang plötzlich von seinem Stuhl auf: »Sie, Fräulein Holm«, rief er der Gesellschafterin zu und streckte ihr ein Knallbonbon entgegen, während seine strahlenden Augen geradewegs in ihre blickten.

»Danke, Herr Willy«, antwortete sie: »Aber ich kann viel zu schlecht Französisch.«

»Meine Liebe«, rief Fräulein Sejer: »Sie werden sich die Finger schon nicht verbrennen.«

»Aber ein gebranntes Kind scheut das Feuer«, flüsterte Fräulein Lucie.

»Wir zwei«, sagte sie und reichte Willy ein Knallbonbon.

»Amour, amour, ô bel oiseau ...«[16]

Es gab keine Bonbons mehr. Der Etatsrat hatte das letzte bekommen, das jedoch leer war.

»Auch ein Konditor weiß«, sagte er, »dass Verse an die Alten verschwendet wären.«

Als eine kurze Stille eintrat, wurden die Fingerschalen hereingebracht, und die Gesellschaft benetzte die Fingerspitzen.

»Ja dann, wohl bekomm's, sagt die Alte«, sagte Fräulein Sejer und erhob sich am Arm des Etatsrats.

»Ich weiß nicht, ob das nicht bald verboten werden sollte«, sagte Frau von Hahn, als sie am Assistenten vorbeiging.

Herr Willy war einen Augenblick lang im Esszimmer zurückgeblieben, wo er, die Hände in den Taschen, mit lebhaften Augen das Schlachtfeld betrachtete: »Ja, Lauritzen«, sagte er zum Diener: »Es gibt doch die verschiedensten Arten von Nachtcafés, und das Familienleben verändert sich.« Er blieb einen Augenblick stehen: »Haben Sie keine Anstellung?«

»Nein, im Augenblick nicht«, sagte der Diener, der seine Nägel mit einer Serviette polierte.

»Nun«, sagte Herr Willy und wandte sich um: »Sie schaffen es auch ohne.«

»Man kann sich ja einiges vornehmen«, antwortete Herr Lauritzen mit unbewegter Miene.

Mitten im Salon zählte Frau Lund ihre Sprüche. »Siebzehn hab' ich, siebzehn«, sagte sie.

Reihum bedankte man sich für das Essen, während Frau Madderson Frau Lund zuflüsterte: »Ich darf sie wohl noch einmal in Ruhe lesen, später, wenn die anderen beim Kaffee sind.«

»Gesegnete Mahlzeit«, wünschte Rechtsanwalt Schou und küsste Frau Bellas Wange, gerade so, dass er sie streifte.

Während der Diener den Kaffee servierte, sprach Rechtsanwalt Meyer über einen Scheidungsfall: »Man weiß zuweilen nicht mehr, ob die Menschen noch ein Gewissen haben«, sagte er: »In diesem Fall sind fünf Kinder da.«

Der Scheidungsfall, der allgemein bekannt war, wurde in den Salons zum Gesprächsthema, und der Etatsrat sagte: »Ja, die Scheidung entwickelt sich in unserer Gesellschaft zu einem Sakrament.«

»Puh«, sagte Fräulein Lucie: »Ich weiß wirklich nicht, warum man sich sonst verheiraten sollte.«

Doch Herr Meyer, der dem Assistenten geradewegs ins Gesicht blickte, sagte: »Aber wo kommt all diese Unsittlichkeit nur her? Es ist, als würde sie in den Familien wüten.«

Der Assistent zuckte mit den Schultern: »Die Prinzipien sind tot, Herr Rechtsanwalt.«

Fräulein Sejer, die mit ihrer Kaffeetasse dasaß, als läse sie im Kaffeesatz, sagte: »Nun, nun, meine Kinder, ich bin froh, dass es für die Menschen immer mehr Freiheiten gibt.«

»Und warum, gnädiges Fräulein«, fragte plötzlich Herr Ask.

Fräulein Sejer, deren blinzelnde Augen William musterten, antwortete: »Mein Lieber, man sollte sich nie mit einem Schriftsteller einlassen. Aber«, fügte sie hinzu, »ich finde es schön, wenn es zur Sache geht. Als ich jung war, gab es im Tivoli – ja, mein Freund, so war es damals – so etwas wie Sacklaufen. Burschen, die mit Säcken über den Köpfen liefen. Damals war man kindlicher. Aber es war lustig zuzuschauen, wie sie taumelten.«

»Dieses Sacklaufen gibt's gewiss heute noch«, sagte William.

Fräulein Sejer lächelte: »Nun, das weiß ich nicht. Jetzt sitze ich nur vorm Konzertsaal, wo es übrigens auch schön ist. Trinkt doch, liebe Kinder«, sagte sie und zeigte auf die vielen Likörflaschen.

Rechtsanwalt Schou näherte sich dem Diener, der einschenkte, und sagte halblaut: »Was ist das für ein Gesöff, Lauritzen?«

»Herr Rechtsanwalt müssen sich wohl an die Etiketten halten«, sagte der Diener, sich verbeugend.

»Also schreiten wir Alten zu den Karten«, sagte Fräulein Sejer: »Wenn das Fräulein die Tische herrichten wollte.«

Fräulein Holm ging wortlos durch die Salons und arrangierte die Tische.

»Was Tante Vik mit dieser bleichen, irritierenden Person nur will?« fragte Frau Lund, als Fräulein Holm vorübergegangen war.

»Meine Liebe«, antwortete Fräulein Emilie: »Es ist ja immer ganz nett, wenn so eine Person einen Klotz am Bein hat. Du weißt ja, sie hat dieses Balg, das in Lyngby herumkrabbelt.«

»O die Arme«, sagte Frau Lund. »Sich vorzustellen, dass man sogar außerhalb der Ehe Kinder hat.«

»Die Geburten außerhalb der Ehe gehen ja auch zurück«, sagte Herr Willy, der hinzugetreten war.

Frau Lund lachte: »Ist daran *deine* Tugend schuld, Willy?« sagte sie.

»Es ändert sich jedenfalls nichts daran, wenn ich heirate«, antwortete Willy und drehte sich auf dem Absatz um.

»Nein«, sagte Frau Lund, »Willy gehört eigentlich in keine Familie.«

»Oh«, warf Lucie ein: »Die anderen sind beileibe nicht besser. Du glaubst nicht, was man auf einem Ball alles zu hören bekommt.«

»Und *sagt*«, rief Willy aus seiner Ecke, wo er, an einen Tisch gelehnt, mit den Füßen scharrte.

»Augusta«, sagte Frau von Hahn, die mit der Tochter hinter einem Schrank stand: »Ich versichere dir, es ist, wie ich sage. Sie verkauft nun geradewegs ihre Sachen. Warum sollten sonst die Schalen nicht auf dem Tisch gewesen sein. Aber du könntest doch, wenn du so hin- und herspazierst, einen Blick in den Porzellanschrank werfen, dann haben wir den Beweis. Ich spreche jetzt auf alle Fälle mit dem Etatsrat, wenn sie beim Kartenspiel sitzt. Aber das Unglück ist ja, dass es in der Familie keinen Zusammenhalt gibt.«

Fräulein von Hahn zögerte: »Mama sollte zuerst mit Vetter Schou sprechen.«

»Warum?«

»Da er Vormund werden müsste«, sagte Fräulein Augusta.

»Mein Kind, du bist unglaublich«, sagte die gnädige Frau: »Wie du immer an alles denkst.«

»Das lernt man, Mama«, antwortete die Tochter, »wenn man immer nur mit Brosamen abgespeist wird.«

Mutter und Tochter trennten sich.

Fräulein Augusta ging ins Esszimmer, wo Madam Jensen am Büffet mit einem Suppenlöffel die Creme von den Eistellern schlürfte und Fräulein Holm die gebrannten Mandeln aus den Knallbonbons, die auf dem Tisch verstreut lagen, einsammelte – und plötzlich innehielt, als Fräulein von Hahn eintrat.

Fräulein Augusta war sich sicher, dass sie ihre Handschuhe hier drinnen vergessen hatte, und sie begann, den Tisch spähend zu umrunden, als suche sie eine Nähnadel.

Madam Jensen wandte sich nicht um, und Fräulein Holm war gegangen.

Fräulein von Hahn hatte den großen Schrank erreicht: »Oh«, sagte sie, »die hinreißenden alten Schlösser. Wie herrlich die sich an einem Toilettenmöbel ausnähmen.«

Sie begann, die alten Schlösser und Schlüssel zu befühlen.

Im hinteren Salon setzten sich Fräulein Hauch, Frau Madderson und Fräulein Sejer zum Kartenspiel hin.

»Es ist so nett«, sagte Fräulein Sejer und schüttelte den verwachsenen Rücken, »so richtig nett mit den Karten. Nicht wahr, meine Lieben, man sitzt da und mischt die Karten.«

Der andere Spieltisch stand leer.

»Spielen Sie, Herr Etatsrat«, fragte an der Tür zum Salon

Frau von Hahn, die sich entschlossen hatte, mit dem Arzt zu beginnen: »Denn sonst hätte ich Herrn Etatsrat gern gesprochen – auf ein Wort.«

»Ja, ich hatte vor, zu spielen«, antwortete der Etatsrat.

»Nur ganz kurz«, sagte Frau von Hahn.

Sie gingen in den anderen Salon hinüber, wo sie dem Etatsrat in einem Sofa einen Platz anbot.

»Hallo«, sagte Frau Lund, »hat man zu spielen begonnen? Dann muss ich hinein und Tante Vik den Gewinn abluchsen.«

Und Frau Lund ging hinein und Willy folgte ihr.

»Lieber Herr Etatsrat«, sagte Frau von Hahn: »Es tut mir ja so leid. Aber Vetter Sejer und ich machen uns jetzt wirklich langsam Sorgen – wegen Viktorias Zustand, so wie es um sie bestellt ist.«

»Wie meinen, gnädige Frau?« fragte der Etatsrat und blickte sie an.

Frau von Hahn machte eine unwillkürliche Bewegung mit dem Kopf, fast wie ein Jockey, der zum Sprung ansetzt: »Lieber Herr Etatsat«, sagte sie und rief plötzlich den Vetter: »Vetter Sejer, komm her«; und zum Etatsrat gewandt fuhr sie fort: »Das ist doch nicht normal, bester Herr Etatsrat.«

»Nein«, sagte der Assistent, »und es fällt uns ja allen schwer, darf ich sagen, das mit anzusehen. Ganz abgesehen von dem unvernünftigen Umgang mit dem Vermögen.«

»Liebe Augusta«, sagte Frau von Hahn zur Tochter, die gerade hereinkam: »Zieh die Portiere ein wenig vor.«

Fräulein von Hahn flüsterte eilends ihrer Mutter zu: »Mama, sie sind nicht da. Weder die Schalen noch die chinesischen.«

»Was habe *ich* gesagt«, sagte Frau von Hahn.

Der Etatsrat, der sie unverwandt betrachtete, fragte: »Aber worin soll das Abnorme bei Fräulein Sejer eigentlich bestehen?«

»Das Abnorme«, sagte die gnädige Frau, die aschfahl im Gesicht wurde: »Das Abnorme? Aber *jetzt* müssen wir uns mit Meyer beratschlagen. Er kennt die Gesetze.«

Herr Rechtsanwalt Meyer trat mit seiner Tochter, Fräulein Emilie, hinzu, die auf der Sofalehne Platz nahm: »Lieber Meyer«, sagte Frau von Hahn, »wir sitzen hier und reden über die arme Viktoria. Sie sind doch derselben Meinung wie ich, dass sie es in einer Anstalt viel besser hätte.«

Rechtsanwalt Meyer rieb sich unablässig die Hände: »Ja«, sagte er, »Herr Etatsrat, es gibt leider Anzeichen … aber es müsste eine Klinik sein.«

»Bester Meyer«, unterbrach die gnädige Frau: »Kliniken bieten niemals Sicherheit. Und Viktoria *ist* nicht Herr über sich selbst.«

»Aber«, sagte der Etatsrat, »wie äußert sich das? Da müssen doch Symptome sein …«

»Symptome«, entfuhr es Fräulein Emilie, die auf ihrer Sofakante den Gesichtsausdruck ihrer Ahnen angenommen hatte: »Symptome gibt es weiß Gott genug.«

»Aber die kramt man doch nicht in Viktorias eigenem Haus hervor«, sagte Frau von Hahn.

»Am besten wäre eine Klinik«, sagte Herr Meyer: »So würde der Schein gewahrt. Von einer Entmündigung kann in dieser Familie keine Rede sein.«

»Warum«, sagte Frau von Hahn.

»Tante Therese, wir wollen doch keinen Skandal in der Familie«, sagte Fräulein Emilie, die ihrem Erzeuger folgend den Kurs rasch änderte.

Der Etatsrat hatte sich mit einem Gesichtsausdruck zurückgelehnt, als ob er sich seiner Lieblingsbeschäftigung, dem Fotografieren mit Röntgenstrahlen[17], hingäbe: »Ja«, sagte er und lächelte: »Ist eine Entmündigung denn nicht der Zweck?«

»Herr Etatsrat«, sagte Herr Meyer, »so etwas geht nicht

in einer Familie, die Ansehen genießt, und – außerdem im Licht der Öffentlichkeit steht.«

»Und vor allem«, sagte Frau von Hahn zu Herrn Meyer, »würde doch Schou Vormund, da er ihr am nächsten steht … und ›das Vertrauen‹ würde wohl ebenfalls geschwächt.«

Der Assistent sagte, während Rechtsanwalt Meyer erblasste: »Nun, meine Herren, so kann es keinesfalls weitergehen. Aus Rücksicht auf die Familie. Wollen Sie mir sagen, Meyer, wovon sie lebt? Sie muss ja vom Kapital zehren.«

Herr Meyer sagte: »Als Nachlassverwalter …«

»Ich glaube nicht«, sagte Frau von Hahn bebend, »dass Verrückte ihren gesetzlichen Nachlassverwalter selber wählen können …«

»Was wollen Sie damit sagen?« rief da Herr Meyer mit gedämpfter Stimme.

»Was ich gesagt habe«, antwortete sie und sah ihm direkt in sein Vogelgesicht.

Sie hielt einen Augenblick inne und änderte den Tonfall: »Ich war immer der Meinung, der gerade und offene Weg sei der beste. Anstalt und Vormundschaft sind eine Notwendigkeit … Ich weiß, wovon ich rede. Schou«, rief sie.

Rechtsanwalt Schou hörte nicht. Er hatte Herrn William Ask in eine Ecke gedrängt und redete von einer Konzession für eine Eisenbahn auf Amager[18]. Einer seiner Freunde hatte ein Gesuch eingereicht.

»Das muss man doch wirklich respektieren«, sagte Herr Schou, dessen Augen etwas starr, dessen Zunge aber noch behende war: »Er hat das Geld auf den Tisch gelegt. Wer tut das denn heutzutage, mein Lieber, wo sich alle an die Banken wenden? Das Geld bar auf den Tisch. Das muss man doch wirklich respektieren.«

»Schou«, rief Frau von Hahn wieder.

»Ja«, sagte Schou und stützte sich leicht auf den Tisch, während er ging.

Frau von Hahn, voller Eifer, begann ihre Ausführung von neuem, bis Rechtsanwalt Schou sagte: »Nun, mir ist das wirklich gleichgültig. Was meint der Etatsrat?«

Der Etatsrat antwortete nicht.

Frau von Hahn jedoch warf ein: »Aber was meinst du denn, da du doch Vormund werden wolltest?«

»Ich meine nichts«, sagte Schou: »Sie *beerben* wäre ganz nett. Nicht deshalb, viel wird es nicht sein. Doch allein die bloße Tatsache steigert den Marktwert.«

»Da haben wir seine ganze Firma«, sagte Herr Rechtsanwalt Meyer, der sich abwandte.

»Was redet ihr da drinnen?« rief Fräulein Sejer vom Spieltisch.

Herr Schou lachte: »Wir reden über dich, Tante«, sagte er.

»Darum wohl hab' ich Glück«, rief Fräulein Sejer zurück.

Am Spieltisch waren sie mit dem zweiten Robber fertig und begannen abzurechnen, als Frau von Hahn sagte: »Ja, ein Entschluss muss gefasst werden.«

Der Etatsrat überlegte einen Augenblick und sagte dann: »Nun, die Familie könnte sich ja mit einem Spezialisten beraten. In solchen Fällen finden Spezialisten leichter einen Ausweg. Doch glaube ich nicht, dass es glücken kann.«

Er schwieg auf's neue ein Weilchen, ehe er sagte: »Fräulein Sejer kann man kaum als gefährlich für ihre Umgebung einstufen.«

Die Fräuleins Hauch, die zusammen gespielt hatten, waren im Begriff, Fräulein Sejer den Gewinn abzuliefern, doch konnte Fräulein Sejer nicht herausgeben. Sie hatte nur drei Zwanzigkronenstücke vor sich auf dem Tisch.

»Tante Vik, dein Gewinn gehört mir«, sagte Frau Lund, und sie lief hinüber, um das eine Zwanzigkronenstück beim Etatsrat zu wechseln, der sie beobachtete.

»Ich kann wirklich kein Gold sehen«, sagte Willy.

»Warum denn nicht, Herr Willy«, sagte Frau Madderson.

»Ich glaube, alle in meinem Alter«, sagte Willy, »erliegen der Versuchung.«

Der Etatsrat blickte ihn plötzlich an: »Nun«, sagte er, »ein Gran Verrücktheit steckt in manch einem jungen Hirn.«

Willy reckte seinen schlanken Körper: »Ja, Herr Etatsrat, wir spielen Räuber im Wald.«

»Nein«, entfuhr es Fräulein Lucie, »dass Willy das zu *sagen* wagt.«

»Aber«, lächelte Fräulein Minna, »was machst denn du, Lucie, im Wald.«

Herr Willy lachte: »Sie baut sich Hütten«, sagte er.

»Hm, hm«, sagte Fräulein Sejer und schüttelte sich: »Niemand scherzt wie Willy.«

»Und doch ist er so liebevoll zu seiner Mutter«, sagte Fräulein Ottilia.

»Ja«, sagte Willy, »sie sehe ich nur zweimal im Jahr, und dann hat sie mich ja auch zur Welt gebracht.«

»Uff«, sagte Frau Madderson und hob die Schultern, als fröre sie: »Wie unheimlich. Das klingt, als ob Sie es ernst meinten.«

»Oh, meine liebe Frau Meyer … Madderson, wollte ich sagen«, sagte Fräulein Sejer: »Sie kann es schon ertragen, so was zu hören.«

William Ask sagte nach einer Pause, die einige Sekunden dauerte: »Schade, Willy, dass nicht Sie es sind, der Dichter wurde. Von Ihnen hätte man vielleicht die Wahrheit erfahren.«

»Wieso?« antwortete Willy.

»Hm, ja«, sagte Fräulein Sejer, »der Junge hat einen brillanten Verstand. Ihr teilt«, fuhr sie fort und teilte ihren

Spielgewinn zwischen Frau Lund und Willy: »Man hat immer seine Lieblinge in der Familie. Den Tee, bitte«, rief sie zu Fräulein Holm hinein, die in die Küche hinunterging, wo sie Herrn Lauritzen und die Jungfer allein antraf.

Als Fräulein Holm wieder gegangen war, sagte Herr Lauritzen: »Ist dieses Haus nicht etwas schwierig?«

Die Jungfer schüttelte den Kopf: »Nee«, sagte sie, »ich mag gerne Häuser, wo jeder seine Geheimnisse hat.«

»Was meint das Fräulein?«

»Dann wird man zum Mitwisser«, sagte die Jungfer und stellte den Teepott aufs Tablett.

Als Herr Lauritzen den Tee servierte, sagte Fräulein Sejer: »Möchten Sie nicht eines Ihrer Liedchen singen, Frau Madderson.«

Frau Madderson antwortete: »Ach, ich kann ja nur ein paar wenige. Aber ich mach' es gern.«

Frau Madderson begann im »Album für Musik« zu blättern, während die anderen, ein wenig müde, Tee bekamen.

Dann begann sie zu singen:

»Zwei Drosseln auf dem Buchenzweig,
So still sie saßen, geteiltes Leid;
Denn ach! Die eine schied.
Drum sangen sie ein Lied.
Ihr trauriger Gesang
So kläglich durch den Wald erklang.«

Frau Maddersons Stimme erstarb, während man hörte, wie Fräulein Minna sagte: »Ein wenig Gesang ist so reizend. Das gehört gleichsam dazu, finde ich.«

»Ja, das schafft Stimmung«, sagte Fräulein Ottilia, die erwachte, als sie das Organ der Schwester vernahm: »Und dann singt Frau Madderson so hübsch. Es gehört wirklich einiges dazu, diese Stimme in ihrem Alter bewahrt zu haben.«

Herr Meyer, der auf einem Stuhl sitzend lauschte und mit dem Kopf im Takt nickte, sagte: »Ja, sie ist eine Begabung, eine besondere, besondere Begabung. Sie ist für die Bühne *geboren*.«

Herr Schou, der neben dem Assistenten stand, grinste und sagte: »Ja, schauen Sie nur den Meyer an. Jeder hat so *seine* Verrücktheit.«

Frau Madderson aber wandte sich um, als sie mit dem Vorspiel zur zweiten Strophe begann, und sagte: »So gut wie zu Hause singe ich hier nicht, Herr Rechtsanwalt.

Die eine sang: ›Wir seh'n uns nimmermehr!
Adieu, adieu! Das schmerzt so sehr!‹
Die andre sang: ›Wir seh'n uns nimmer wieder!
Adieu, adieu! Drum sing ich traur'ge Lieder!‹
Die eine sang: ›Am fernen Ort
Sehn' ich mich immer, immer fort!‹«

Während Frau Madderson sang, sagte der Assistent als Antwort auf Herrn Schous Bemerkung über die Verrücktheit: »Ich habe dieses Verhältnis nie begriffen, und ich muss sagen, ich billige nicht, dass diese Dame in der Familie verkehrt.«

»O nein«, sagte Schou, »hier gibt es schon genug schmutzige Wäsche.«

Er ging zu den Fräuleins Hauch hinüber und sagte: »Was ist jetzt mit dem Haus?« Und er setzte sich mitten zwischen sie.

»Ja, du«, sagte Fräulein Minna, »wir möchten ja, gebe ich zu, am liebsten verkaufen. Und wir haben ja mit Meyer gesprochen« – sie blickte zu dem Rechtsanwalt hinüber, der noch immer mit geschlossenen Augen lauschte – »aber er ist für Damen etwas schwer verständlich, wie gut er als Jurist auch ist.«

»Na, ist er das?« sagte Schou.

»Er redet so viel von Stempeln und derartigen Dingen«, sagte Fräulein Ottilia.

»Ja«, antwortete Schou und verzog den Mund, »je mehr er stempelt, desto mehr kann er absahnen.«

»Wir wollten darum eigentlich am liebsten mit dir sprechen, Albert«, sagte Fräulein Minna.

»Ja«, sagte Schou, »bei mir heißt es: Geld auf den Tisch. Und die Formalitäten besorgt mein Bevollmächtigter.«

»Worüber sprecht ihr!« rief Fräulein Sejer, die Musik übertönend.

Gerade wenn musiziert wurde, hörte das Fräulein jeden Laut, als wäre sie mit sieben Hörrohren auf einmal zugange.

»Man sieht Albert ja so selten«, antwortete Fräulein Ottilia.

»Und doch ist er immer so hilfsbereit«, sagte Fräulein Sejer, »und so flott.«

Herr Rechtsanwalt Meyer war gleichsam zu sich gekommen, als er Fräulein Sejers Stimme hörte: »Ja, Meyer«, sagte sie zu ihm, als er plötzlich aufstand. »Es ist herrlich mit etwas Musik, Freund Meyer.«

Indes sagte Fräulein Minna schnell zu Herrn Schou: »Ja, Albert, dann kommen wir zu dir – beide. Es ist allerdings so, dass Zinsen nie die Mieteinkünfte einbringen.«

Schou zwirbelte seinen Schnurrbart: »O ja«, sagte er, »wir kriegen das hin, wenn wir nur sehen, dass das Haus in die richtigen Hände kommt. Solche Grundstücke sind wirklich nicht die schwierigsten.«

Fräulein Emilie schoss hinter einer Gardine hervor zu ihrem Vater, während Frau Madderson noch immer sang.

»Die andre sang: ›Im fernen Hain
Fühlt sich mein Herz so ganz allein!
Die eine flog nach Ost, die andre flog nach West:

Ich hab den Kummer jetzt zur Braut!
Die eine flog nach West, die andre flog nach Ost:
Adieu, adieu! Der Schmerz wird mir vertraut!‹«

»Hm«, sagte Fräulein Emilie: »Jetzt verkauft Schou das Haus der Hauchs. Aber man kann seine Ohren ja auch nicht überall haben.«

Plötzlich zog Herr Meyer den Kopf wie ein gereizter Widder zweimal ein: »Was weißt denn du davon?« zischte er. Und mit einem Mal drehte er sich zum Klavier und sagte sehr laut: »Die gnädige Frau hat genug gesungen.«

»Ja, Herr Rechtsanwalt«, sagte Frau Madderson, und ihre Hände glitten von den Tasten.

»Danke«, sagte Willy aus dem hinteren Salon, wo Frau Bella Schou in einer Ecke saß und Alben anschaute.

William trat hinzu: »Uh«, sagte er, »sie singt wie ein künstlicher Kanarienvogel.«

»Sie singt so, wie sie ist«, sagte Willy.

»Ich habe nicht zugehört«, sagte Frau Bella. »Ich habe in den Alben geblättert.«

»In den Familienalben?« fragte William.

»Ja«, sagte Frau Bella, »es ist eigenartig, wie sich die Gesichter trotzdem alle gleichen – und das von klein auf.«

»Ja«, sagte er.

»Es gibt aber doch einen Unterschied«, sagte Willy: »Bei den anderen ist der Buckel nach innen gewachsen.«

William Ask lachte: »Ja, es ist ganz gut möglich, dass Fräulein Viktoria die unschuldigste von allen ist.«

»Aber«, fragte Frau Bella und starrte vor sich hin: »Wo kommt das alles her?«

»Vom Kammerrat«, sagte Willy: »Und jetzt in dritter Generation.«

Frau Bella lachte plötzlich: »Und du, Willy, bist der Gentleman der Familie.«

Willy wippte ein wenig mit dem Körper: »Warum«, sagte er, »kannst du dich, Bella, nicht ein bisschen in mich verlieben?«

»Nein, Willy«, antwortete Frau Bella, die lachte, »das ist mir wirklich nie eingefallen. Außerdem«, fuhr sie fort, »wäre es wohl gar nicht angenehm. Du, Willy, denkst immer nur an die, die du noch nicht gehabt hast; an all jene aber, die du archiviert hast, verschwendest du keinen Gedanken mehr.«

»So ist wohl die Zeit«, antwortete Willy, dessen Augen plötzlich traurig wurden.

»Das ist die Begierde«, sagte Frau Bella.

Der Diener meldete, Fräulein Hauchs Wagen sei da.

»Nein, schon«, sagte Fräulein Ottilia, und die beiden Schwestern begannen sich unter vielen kleinen Verbeugungen zu verabschieden.

Frau von Hahn stand zwischen dem Assistenten und Herrn Meyer: »Ach«, sagte sie, »so sind wir also auch heute nicht weitergekommen. Aber auf dich, Vetter Sejer, kann sich doch wirklich niemand verlassen.«

Der Assistent antwortete, während er seine Nägel betrachtete: »Ein Mann in meiner Position, Therese, überschreitet die Grenze nie.«

Frau von Hahn lachte: »Aber Sie, Meyer, werden sich den Nachlass in den Kamin schreiben können. Denn jetzt kann ich es ja sagen, sie verkauft alles, was Wert hat.«

Herr Rechtsanwalt Meyer öffnete den Mund: »Was sagen Sie da?« sagte er.

»Ich sage«, antwortete Frau von Hahn, »dass sie alles *verkauft*, mit Stumpf und Stiel. Haben Sie denn nicht *gesehen*, dass wir auf Fayence aßen?«

»Nun, wenn Sie es sagen, meine Gnädige«, sagte Herr Meyer, der aussah wie ein Mann, in dessen Kopf sich alles drehte. »Aber warum … warum?« sagte er und schüttelte den Kopf: »Warum sollte sie das tun?«

»Damit vom Nachlass nichts mehr da ist, Meyer«, antwortete Frau von Hahn, in deren Haarpracht die zwei Straußenfedern wie zwei Fahnen wehten.

»Das ist seltsam – – – denn Frau Madderson hat mir dasselbe gesagt. Ja, ja«, fuhr der Rechtsanwalt fort, indem ein Zug der Bewunderung über sein verwirrtes Gesicht huschte: »Das ist der Instinkt der Frauen, wie ich sage, der Instinkt der Frauen … Aber andererseits muss man die Verhältnisse in Betracht ziehen«, sagte er in einem veränderten Tonfall: »Wie sollte sie es anstellen? Sie kann doch nicht selbst …«

»Er ist es natürlich, er, der Blonde, der hier ein und aus geht, der besorgt das«, fiel Fräulein Emilie ein.

»Wer?« fragte der Vater.

»Was für einer?« Das war Frau von Hahn.

»Ich kenne ihn nicht. Aber gesehen habe ich ihn oft und mit Paketen – hier auf der Treppe.«

»Aber wann, Emilie?«

»Ich«, sagte Fräulein Emilie, »gehe eben mitunter in den Hauseingang, um mir die Stiefel zuzuknöpfen.«

Herr Meyer warf seiner Tochter einen Blick zu: »Nun, aber wenn der Etatsrat nicht will«, sagte er.

»Es gibt ja andere«, sagte Frau von Hahn, »die Spezialisten haben glücklicherweise gründlichere Kenntnisse – selbst wenn sie teurer sind.«

Der Assistent sagte, während er noch immer seine Fingernägel betrachtete: »Natürlich hat Therese Recht – im Grunde genommen.«

Herr Meyer, der immer noch aussah, als schwirrten ihm Mücken im Kopf, sagte: »Ja, dann gibt's nur noch die Anstalt. Man muss wohl doch einschreiten, so bedauerlich es für uns alle ist.«

Und als Rechtsanwalt Schou vorbeischlenderte, drehte er sich schnell um und sagte herzlich: »Wir zwei Kollegen haben heute abend so wenig miteinander plaudern können.«

Und er schlug mit seiner gekrümmten Hand dem Kollegen
auf die Schulter.

»Wie sah er aus?« flüsterte Fräulein Augusta zu Fräulein
Emilie.

»Wer?«

»Er, den du auf der Treppe gesehen hast, der Blonde.«
Fräulein Emilie beschrieb ihn.

»Dann kenn' ich ihn«, sagte da Fräulein von Hahn: »Von
der Straße her, glaube ich.«

»So?« – und Fräulein Emilie lachte kurz: »Das bezweifle
ich nicht. Du hast deine Augen überall.«

Die Fräuleins Hauch hatten sich verabschiedet und
umarmten Fräulein Sejer: »O Viktoria, nein, jetzt hätte ich
es fast vergessen. Die geblümte Bettdecke, du weißt, wollten
Ottilia und ich so gern als Muster ausleihen. Die alten Muster, du, werden ja jetzt wieder modern.«

»Hab' ich die letzte zurückbekommen?« sagte Fräulein
Sejer. »Nun, Holm kann sie holen.«

Die Fräuleins Hauch waren draußen.

»Hm«, sagte Fräulein Sejer, als sich die Tür hinter ihnen
schloss: »Es ist so rührend, Minna wird nie müde, Ottilias
Jungfernbauer zu dekorieren. August«, fügte sie mit erho-
bener Stimme hinzu: »Hast du den neuen Diener der
Hauchs gesehen? Er macht eine richtig gute Figur. Sie haben
ihn von den Husaren geholt.«

Herr Schou, immer noch mit Herrn Meyer im Gespräch,
der jetzt bei der »Vormundschaft« angekommen war, sagte:
»Mir ist es wurst. Mit solchen Geschäften hab' ich nichts zu
tun.«

»Ja«, sagte Herr Meyer, »und Vormunde können ja von
der Obrigkeit eingesetzt werden.«

Frau von Hahn hatte sich unversehens bei Fräulein Sejer
niedergelassen und fragte, wo sie ihr Wild kaufe, denn nirgends bekam man so einen Hasen.

»Auch bei dir kriegt man gute Sauce, Therese«, sagte Fräulein Sejer.

»Gott, Viktoria, dass du die mit deinen vergleichen magst.«

Im hinteren Salon studierten Frau Lund und die Fräuleins Meyer nochmals die Sprüche unter vielem und ein wenig nervösem Lachen.

William Ask und Willy saßen drüben in einem Sofa: »Ach«, sagte Willy, »dass man überhaupt hierherkommt und zusieht, wie die Spatzen in ihren Zwieback hacken. Und dann schauen nicht einmal zwei Zehner dabei heraus, damit man standesgemäß zu Abend essen kann.«

Der Schriftsteller lächelte müde: »Die können Sie doch von mir kriegen«, sagte er und entnahm seiner Westentasche zwei Geldscheine.

»Es ist wirklich eine Schande«, sagte Willy, der sie mit seiner beringten Hand nahm und in die Fracktasche schob: »Aber zu Hause kann man auch nicht bleiben.«

»Aber warum?«

»Nun«, sagte Willy, »denn dann könnte es geschehen, dass man sich hinlegt und losheult.«

Und als William den Kopf hob und ihn ansah, fügte Willy hinzu – und sein Gesicht zeigte plötzlich all die Falten, die es die nächsten dreißig Jahre prägen würden: »Ja, wozu überhaupt das Ganze, Mann?«

Der Etatsrat, der die letzte Stunde im Schaukelstuhl verbracht und die *Berlingske*[19] studiert hatte, ging an ihm vorbei: »Warum haben Sie denn eigentlich kein Ziel, Sie junger Mensch?« sagte er zu Willy.

»Was soll man denn wollen?« fragte Willy.

»Sie sollen ein *Glied* in der Kette sein«, antwortete der Etatsrat: »Aber, junger Freund, genau da verweigert sich die Jugend.«

Der Etatsrat ging weiter, um sich von Fräulein Sejer zu verabschieden, die noch immer neben Frau von Hahn saß.

»Der liebe Etatsrat schaut ein wenig müde aus den Augen«, sagte sie.

»Vielleicht, ja«, antwortete der Etasrat, »nun, gnädige Frau, man kann doch immer noch sehen und hören. Leben Sie wohl, Fräulein Sejer« – und der Etatsrat verbeugte sich – »wie stets bin ich es, der die Hand schützend über Sie hält.«

Frau von Hahn erbleichte einen Augenblick, sagte aber herzlich: »Wie über so viele andere.«

»Hm«, antwortete der Etatsrat, unter dessen Blick Frau von Hahns gelbblasses Gesicht plötzlich rot wurde: »Ein Hausarzt bedeutet heute nicht mehr so viel. Er kann nur gerade ... das Schlimmste abwenden.«

»Ja«, sagte Fräulein Sejer: »Sie sind nett« – und plötzlich lächelte sie – »*sofern* man Sie benötigte.«

Frau von Hahn hatte abrupt den Kopf gedreht und die Cousine angeschaut. Aber Fräulein Sejer erhob sich nur: »Leben Sie wohl, mein lieber Rat, leben Sie wohl. Und danke, dass Sie gekommen sind.« Und sie begleitete ihn zur Tür.

Frau von Hahn war blitzschnell aufgestanden und zu Herrn Rechtsanwalt Meyer hinübergegangen, der sein Gespräch mit Kollega Schou beendet hatte.

»Nun«, sagte sie und lachte trocken: »*Haben* Sie jetzt die Vormundschaft?«

Ohne eine Antwort abzuwarten, ging sie zurück zu Fräulein Sejer und sagte: »Wie schön muss es sein, sich einen solchen Hausarzt leisten zu können. Der Hausarzt gibt dem Haus doch immer eine Prägung.«

»Ja, meine liebe Therese«, antwortete Fräulein Sejer, »der Etatsrat gibt mir solche Sicherheit.«

Der Diener meldete Herrn Rechtsanwalt Schous Wagen, und Frau Emma Lund sagte zu Frau Bella: »Liebe Bella, könnte ich nicht mit euch fahren ... es wäre doch immerhin ein Wegstück.«

»Liebe Emma, herzlich gern«, antwortete Frau Bella, die sich von William Ask und Herrn Willy verabschieden wollte.

»Wir begleiten euch«, sagte Willy, »ich glaube, die Vögel stecken jetzt ihre Köpfe unter die Flügel.«

Die Schous, Willy und Ask, traten ins Entree, wo Schous pelzbekleideter Diener den mattschwarzen Abendmantel um die Gnädige legte.

Auch Frau Lund kam heraus und schlüpfte in ihr Mäntelchen, während sich Herr Schou umwandte und sagte: »Ist *Madame* fertig?«

Die ganze Gesellschaft stieg die Treppen hinunter, Frau Bella und William zuvorderst.

Als sie einen Absatz tiefer gekommen waren als die anderen, sagte Frau Bella: »Das Schlimmste, mein Freund, ist aber, dass es nie ein Ende nimmt.«

»Wie meinen Sie?« fragte Ask.

Frau Bella zögerte, ehe sie sagte: »Morgen haben wir eine Abendgesellschaft. Geschäftsfreunde meines Mannes.«

»Ja«, sagte William, »heutzutage wird bei Geschäften ja einiges gegessen.«

»Wenigstens bei *einigen* Geschäften«, sagte Frau Bella.

Sie waren alle zur Pforte gelangt, und Frau Lund bestieg zuerst den wartenden Wagen: »Ich glaube, ich begleite Ask ein Stück«, sagte Herr Schou, als auch seine Frau im Wagen war. Und zum Diener gewandt, fügte er hinzu: »Hans braucht nicht auf mich zu warten.«

Frau Bella hatte sich, ohne ein Wort zu sagen, in ihren mattschwarzen Mantel wie in ein Leintuch eingehüllt: »Gute Nacht«, sagte sie und neigte den Kopf.

Der Wagen fuhr davon.

Willy war aus dem Hauseingang herausgetreten und gerade auf eine Straßenbahn aufgesprungen, als Herr Schou und Ask auf dem Bürgersteig erschienen.

Willy stand dort oben im gelben Licht des Wagens.

»Ein flotter Bursche«, sagte Herr Schou.

»Ja, diese Beleuchtung steht ihm«, sagte William, ihm mit den Augen folgend.

In der Straßenbahn drehte sich Willy um und sah plötzlich Herrn Lauritzen, der ein Halstuch aus schwarzem Moiré antique[20] trug: »Sind Sie es, Lauritzen?« sagte Willy: »Wir fahren also im selben Wagen.«

»So sieht es aus, Herr Hauch«, antwortete Lauritzen und grüßte.

Rechtsanwalt Schou und William Ask waren schweigend ein Stück Wegs gegangen.

Da sagte Schou und seufzte leicht: »Es tat gut, an die Luft zu kommen. Sie dürfen mir glauben, guter Freund, in diesen Zeiten kann es einem manchmal schwindeln.«

»Das glaube ich gern«, sagte Ask: »Es ist ja auch keine Kleinigkeit, eine ganze Stadt umzubauen … auf reine Spekulation hin.«[21]

»Das unterste nach oben zu kehren, meinen Sie«, sagte Schou.

Er ging weiter, schweigsam, und fuhr dann fort: »Wissen Sie übrigens«, sagte er, »dass auch ich Dichter war? Ich habe tatsächlich eine Novellensammlung herausgegeben, als ich dreiundzwanzig war, unter Pseudonym. Jetzt dichte ich Prospekte. – Nun«, fügte er kurz darauf hinzu: »Wir haben vielleicht etwas zu viele Dichter, alles in allem – auch im Geschäftsleben. Wir backen zu große Brötchen in zu kleinen Öfen. Es sind zu viele, die auf dasselbe Kapital einhacken – und über die Stadt herfallen.«

Der Rechtsanwalt lachte auf: »Haben Sie nicht bemerkt, wie eng wir oben bei Tante Viktoria saßen?«

»Ja, ein wenig eng. Aber«, sagte Ask, »sehen Sie zu, dass Sie die Ersparnisse der kleinen Leute zu packen kriegen.«

»Das ist zu wenig«, antwortete Schou: »Und ich glaube außerdem, dass schon alle Wörter unserer Sprache in den Prospekten missbraucht worden sind.«

Er ging ein Stück, ehe er das Gesicht William zuwandte: »Hören Sie, ich hab' eine Idee, könnten Sie nicht einen Prospekt über eine Sache am Strandvejen dichten?«

Ask antwortete nicht.

»Wir bezahlen gut«, sagte Herr Schou, »und es gibt wohl Tage, wo auch Sie in Verlegenheit sind?«

»Ja«, seufzte Herr Ask wie aus vollem Herzen.

»Der sagt nicht nein – wenn sich die Gelegenheit bietet«, überlegte Herr Rechtsanwalt Schou.

Und sie gingen weiter.

Bei Fräulein Sejer war nur der engste Familienkreis zurückgeblieben, und Frau von Hahn samt Tochter erhoben sich, um sich zu verabschieden.

Als die zwei Damen auf die Straße hinaustraten, sagte die Mutter: »Und die Hauchs, die mit einem Bettüberwurf davonrennen, und Emma, die sich den Gewinn unter den Nagel reißt.«

Fräulein von Hahn ging ein paar Schritte, ehe sie trocken sagte: »Ich weiß nicht, Mama, ob die nicht die Klügeren sind.«

Oben im Salon saß noch immer die Familie Meyer.

Fräulein Sejer hielt sich wach, indem sie ihre Füße unter dem Tisch tanzen ließ, während die Hände über die Tischdecke hüpften.

Der Rechtsanwalt, dessen Gesicht in der letzten Stunde einen seltsamen, gleichsam Gefahr witternden Ausdruck angenommen hatte und der auf der Nase die goldene Lorgnette trug, die er sonst nur bei streng vertraulichen Erbteilungskonferenzen aufhatte – blickte auf die unruhigen Hände des Fräuleins: »Du bist heute abend nervös«, sagte er.

»Ich, Meyer, mein Freund – überhaupt nicht.«

»Doch«, sagte der Rechtsanwalt, »man sieht es deinen Händen an.«

»Mein Lieber, das hab' ich vom Kammerrat«, antwortete Fräulein Sejer, die ihre Augen jäh zu ihm aufschlug: »Der Gute bewegte die Hände immer auf der Decke, als schriebe er in ein Hauptbuch.«

»Du, Vater, du sitzt doch auch immer da und rechnest auf der Tischdecke«, sagte Fräulein Lucie, die den Zusammenhang zwischen »unruhigen Händen« und der »Anstalt« nicht kannte.

Frau Madderson saß in einem Lehnstuhl und schlief, bis endlich alle aufbrachen und Fräulein Sejer schließlich allein war.

Sie öffnete alle Türen der Wohnung und eilte wie ein Zappelphilipp durch das ganze Haus, hinein und hinaus.

Die Hände hatte sie zu Fäusten geballt.

»Dann geh' ich jetzt schlafen«, rief sie durch das Haus.

Und sie ging in das Schlafzimmer und schloss die Tür.

Auf einem Stuhl sitzend, nahm sie die Perücke ab und die Zähne heraus (sie schlief nicht mit Zähnen, aus Angst, dass diese sie ersticken könnten) und wickelte sich in Dutzende Schals, Tücher und Taschentücher ein – wie ein buntes und kantiges Bündel, auf dem lose ein Kopf befestigt war.

Sie kroch ins Bett und drückte auf den Klingelknopf am Kopfgestell.

Fräulein Holm trat mit einem mit dampfender Flüssigkeit gefüllten Glas ein: »Das tut gut«, sagte Fräulein Sejer und trank, »und da weiß man, dass es kein Gift ist.«

Sie trank weiter, während Fräulein Holm regungslos an ihrem Bett wartete: »Nun, meine Liebe«, sagte Fräulein Sejer, »das war doch ein herrlicher Tag … richtig vergnüglich.«

Plötzlich lachte sie laut und schneidend auf: »Ja, das mit diesen *Leibrenten*[22] ist eine feine Sache«, sagte sie, »*das* ist eine Erfindung. So kann man ihnen eine Freude machen, so lange man lebt.«

Fräulein Holm antwortete nicht.

Aber wie in plötzlicher Raserei richtete Fräulein Sejer ihren verunstalteten Körper mithilfe der Bettschlinge mit einem Ruck auf: »Ja«, sagte sie dann so laut, dass ihre Stimme brach und heiser wurde: »Was hat das Leben mir gegeben? Jetzt will ich sie tanzen sehen, bis sie an meinem Grab heulen. – Sie können gehen«, sagte sie und fiel in ihre Kissen zurück.

Fräulein Holm löschte die Lampen des Hauses, eine nach der anderen.

Dann ging sie in ihr Zimmer.

Vor ihrem Tisch stehend, holte sie die gebrannten Mandeln hervor – die gestohlenen Mandeln für ihren Sohn.

Fräulein Caja

I

Endlich waren alle Pensionäre ausgeschwärmt, und die Tür im dritten Stock schlug auf und schlug zu. Zuallerletzt war das Plaudern der »Gesellschaftsvögel« auf der Treppe zu hören.

Und jetzt wäre im Salon eine Stunde Frieden.

Frau Canth saß unter dem Bildnis ihrer Mutter auf ihrem Lieblingsplatz auf dem Sofa. Sie schlummerte und sie erwachte, wobei sich die Bänder ihrer Haube leicht bewegten.

Fräulein Caja schlief – kerzengerade und steif auf ihrem Stuhl hinter der Maschine. Ihr Mund stand offen, und man hörte ihre lauten Atemzüge; es war, als mühe sie sich sogar im Schlaf noch ab. Da setzte der Atem aus, und sie erwachte halb: Es war, als hätte jemand gerufen. Doch sie schlief augenblicklich wieder ein.

Frau Canth war nun wach – sie schlummerte nie lange aufs Mal – und begann, summend im Zimmer auf- und abzugehen. Sie hatte die Gewohnheit zu summen – keiner ahnte, was für alte Melodienreste das waren –, während sie mit den Zehenspitzen ganz leicht den Boden berührte, so als wollte sie tanzen; und sie hob das Kleid hinten an, als hielte sie eine alte Adrienne[1].

Sie ging rastlos auf und ab, an Fräulein Caja vorbei. Ihr Summen wurde lauter und lauter, der plumpe Schlaf der Tochter irritierte sie, bis sie sie schließlich weckte.

Aber von Fräulein Caja war nur ein Murmeln im Halbdunkel zu hören und dann wieder die Atemzüge: Fräulein Caja schlief wie ein Tagelöhner, wenn sie erst einmal sitzen konnte.

Frau Canth hielt dieses Schlafen nicht mehr aus: »Die Maschine soll wohl raus«, sagte sie laut und ungeduldig in dem harten Ton, den nur die Tochter zu hören bekam.

Fräulein Caja fuhr hoch und schüttelte das struppige Haar: Die Straßenlaternen waren angezündet – jetzt musste beim Kapitän eingeheizt werden.

Wortlos nahm sie die Maschine – der ganze Zeitplan stand ihr wieder vor Augen – und draußen war sie. Es war, als eilte sie gleichzeitig durch alle Türen der Etage, und man hörte ihr Rufen: »Eugenia, Eugenia« durch den Korridor. Sie legte einen seltsam hohen Ton auf die Silbe »ge«.

Eugenia, die einzige Hausjungfer, die ihr Leben damit zubrachte, in ausgetretenen Tanzschuhen entweder auszuschlafen – sie hatte eine Schwäche dafür, sich auf den Kanten der Betten, die sie machen sollte, auszuruhen –, oder damit, ihr Stirnhaar mithilfe einer Brennschere zu kräuseln, kam sehr bedächtig aus ihrer Kammer und konnte dem Fräulein gerade noch ein paar halblaute, aber besonders treffende Verwünschungen nachrufen. Doch Caja war schon die Treppe zum dritten Stock hinabgestiegen, wo man sie durch die Etage gehen hörte.

Die »Gesellschaftsvögel«, die in ihren Mänteln nebeneinander auf dem Küchentisch knieten, um dem Brautwagen nachzuschauen – im Anbau war Hochzeit in den Thorupschen Festlokalen –, sprangen vom Tisch, als sie die Schritte hörten.

Das Leben der Fräuleins Sundby glich überhaupt einem Seiltanz: Sie hatten die Badekammer des dritten Stocks für achtzig Kronen im Monat mit Verpflegung – für beide. Und dann konnte Lissy auf dem Klavier des Salons noch die drei Stunden am Tag für das Konservatorium üben.

Aber Fräulein Caja beachtete sie nicht, sie ging nur durch den Korridor, wo Student Kattrup, als er sie hörte, seine Tür sperrangelweit aufriss, damit »sie die Wärme wenigstens riechen könne« – und zum Kapitän hinein.

Sie bereitete den Ofen vor, nahm den Bettüberwurf ab, stellte Kerzen hin – alles mechanisch, flugs, ohne lang zu überlegen. Fräulein Cajas Gedanken waren immer schon bei dem, was sie als nächstes noch schnell erledigen könnte. Auf dem Weg hinauf nahm sie noch die Überwürfe von ein paar Betten.

Im Korridor traf sie auf Fräulein Emmy: »Ich hätte schon aufgemacht«, sagte sie erschreckt. In der Dämmerung hatten die Fräuleins Sundby die Leidenschaft zu öffnen. Sie liefen beide, emsig wie ein Spatzenpaar, jedesmal los, wenn es klingelte, und nahmen alle Damen und Herren in Empfang. Im dritten Stock klingelte es abends wie auf einer Telefonstation.

Und wieder war Fräulein Caja nun im vierten Stock. Student Kattrup schloss seine Tür, und Emmy war zum Küchentisch zurückgekehrt, auf dem Lissy schon wieder kniete, ihre Nase oberhalb der Gardine ans Fenster gepresst.

Fräulein Caja zündete die Flurlampe und die kurzbeinige Lampe auf dem Esszimmertisch an, wo die Servietten auf der Tischdecke verstreut lagen: »Dann gehe ich«, sagte sie mit ihrer scharfen Stimme in den Salon hinein und nahm ein paar Teller mit, die nach Herrn Lerche, der später gegessen hatte, auf der Samstagstischdecke vergessen worden waren.

»Nimmst du dann die Jacken mit?« rief Frau Canth durch die Tür, wurde aber nicht gehört. Die drei Brüder Hatting stürmten auf dem Weg zum Privatlehrer durch das Esszimmer.

»Könnte Constantin vielleicht gehen, wie es sich gehört?« sagte Fräulein Caja, die ihnen mit den Tellern entgegenkam.

Keiner der drei Junglateiner antwortete, der letzte schlug nur die Flurtür zu, so dass die beiden Lampen qualmten. Die Brüder Hatting rannten überhaupt immer aus ihrem Käfig heraus wie drei Jagdhunde, die auf ihre Beute loshetzten.

»Nimmst du dann die Jacken mit?« wiederholte Frau Canth.

Vom Gang her ertönte ein hartes »Ja«, und Frau Canth ließ den Alpakaschal liegen (einen braunen Alpakaschal, in den sie sich ständig einwickelte und den sie in ihrer Rastlosigkeit wieder auf irgendeinem Stuhl vergaß), um die Jacken aus ihrem Schlafzimmer zu holen, einem zierlichen Gemach, das voller weißer Vorhänge war und vor dessen Spiegel ein Paar alte Silberleuchter prangten; Frau Canths Zimmer war der einzige Ort in den Canthschen Etagen, wo überhaupt irgendetwas prangte.

Frau Canth holte die Jacken – einige Wolljacken, die sie für ein Kaufhaus strickte – aus einer Schublade und schlug sie in Papier ein. Aber sie hatte immer allzu flattrige Finger, und das Bündel fiel auseinander.

»Nun, schon gut«, sagte Caja, die ihr nachgefolgt war, und nahm ihr das unförmige Bündel aus den Händen.

Sie ging in die Badekammer hinaus, die ihr als Zimmer diente und wo ihre Garderobe an einigen Nägeln an der Wand hing, von einem Laken zugedeckt, und das Bettzeug in der einen Ecke zu einem Turm aufgestapelt war. Die Jacken warf sie in eine Schublade, die sie abschloss, ehe sie den Mantel anzog. Es war ein langer Mantel, dessen Falte wegen der fehlenden Turnüre[2] merkwürdig geschlechtslos baumelte. Ein Pelzbarett hatte sie über den Kopf gezogen. Während sie durch den Gang eilte, schlüpfte sie in die gefütterten Handschuhe – sie hatte knochige Handgelenke wie ein Mann.

Sie rief noch einige Male »Eugenia – Eugenia«, dann aber flog die Flurtür zu. Unten in der Toreinfahrt wäre Fräulein Caja fast vom Brautwagen überfahren worden, der mit Glockengeläut einbog.

Aber das Fräulein sah nichts und hörte nichts: Sie rechnete nur – von dem Augenblick an, als sie aus der Tür trat: Da gab es so unendlich viele Abteilungen in der Canthschen »Kasse«, und es war Samstagseinkauf, der Einkauf für zwei ganze Tage.

Oben in den Etagen war es, als kehre der reine Friede in die Zimmer ein.

Frau Canth hatte die Kerzen im Silberleuchter angezündet und ging ein und aus und summte und hantierte mit allerlei Kämmen und Schwämmen und Bürsten – das konnte sie stundenlang machen: Dann bürstete sie ihre Finger und dann glättete sie ihr Haar, wobei sie mit jedem sprach, der den Salon betrat.

Jeder vertraute ihr irgendetwas an, während sie leichtfüßig umherging und den Schal umlegte und den Schal fallen ließ und nur die Hälfte des Geredes mitbekam.

Frau von Casse-Muckadell war hereingekommen und hatte unterwegs ein paar Stühle an ihren Ort gestellt – die Stühle im Salon standen immer so, als ob Fremde überstürzt aufgebrochen wären – ehe sie am Tisch ihre Karten aufnahm. Frau von Casse-Muckadell, eine rüstige und füllige Person, in deren Gliedmaßen noch viel alte Zärtlichkeit zu stecken schien, legte jedem jungen Blut in der Pension Kabale in Sachen Liebesglück und Hochzeit, während sie dauernd verständig mit einem roten und lüsternen alten Mund in die Karten lächelte und sich ab und zu vom Sitz erhob, so als müsste sie sich bewegen und als wäre ihr zu heiß: Sie sah alles so überdeutlich in den Karten.

Die Sundbys waren im Esszimmer zu hören, und sie füllten den ganzen Raum mit Worten, die unaufhörlich und zusammenhangslos aus ihren kleinen, fischartigen Mündern quollen – man habe den Eindruck, sagte der Mediziner

Spørk, dass der Sundbysche Redefluss das Hirn überhaupt nicht passiere: wen sie gesehen und wen sie hereingelassen und wen sie hinausgelassen hatten, und wer, wie sie glaubten, die Braut sei, während sie immer wieder den Schwall unterbrachen mit einem an die Schwester gerichteten »Nicht Iss?« – »Nicht Im?« und weiterredeten, wobei sie sich unablässig bewegten, als gelte es, die kostbare Jugendzeit zu nutzen, indem sie möglichst viele Bewegungen je Minute ausführten.

Frau von Casse-Muckadell hielt in ihrer Kabale inne, den Kopf vorgestreckt und die Hände, die noch immer schön waren wie ein paar kleine, fette, weiße Katzen, auf ihren runden Knien: »Wer ist zu Sparre gekommen?« sagte sie und verrückte flugs den Lampenschirm, um besser sehen zu können.

»Natürlich die mit dem braunen Hut – wie gewohnt«, sagte Emmy: »Aber *ich* gebe ihm nicht mehr die Hand«, sagte sie und verzog den Mund. Die Fräuleins Sundby hatten die Gewohnheit, gegen gewisse Unregelmäßigkeiten der Lebensweise im dritten Stock zu demonstrieren, indem sie ihren Händedruck nach den Mahlzeiten provisorisch einstellten.

»Ja, sie ist es«, sagte Frau von Casse, und es war, als würde sie ihre eigenen Hände in ihrem Schoß liebkosen.

»Was gibt's?« fragte Frau Canth, die aus der Schlafkammer trat und meistens nur die Hälfte mitbekam.

»Sie trug Kaschmir«, sagte Lizzie, die von der Braut sprach.

Und Frau Canth fragte: »Ob die wohl tanzen werden da unten?« Das war ihr das Wichtigste: Sie liebte es so sehr, wenn die fröhliche Musik durch das Haus klang.

Lizzie antwortete – die Sundbys antworteten immer etwas ins Blaue hinein: »Ja, sie waren alle hochgeschlossen«; und Frau Casse sagte trocken über ihrer Kabale: »Bräute sollten immer hochgeschlossen sein.«

»Aber warum denn? Warum denn?« fragten die Sundbys gleichzeitig und reckten die Hälse – das taten sie immer,
wenn sie fragten.

»Weil das am klügsten ist«, sagte Frau Casse und warf
ihnen aus ihren grauen Augen einen kurzen Blick zu.

»Ja«, sagte Frau Canth, die wieder im Sofa gelandet war:
»Ich aber sehe liebend gern einen schönen Hals.«

Die Sundbys schwiegen, als ginge ein Engel durchs Zimmer. Dann lachten sie beide kurz und verständnislos auf;
und Emmy ging zum Klavier, um eine halbe Stunde zu sti-
bitzen, während Fräulein Caja draußen war.

Als Emmy eine Weile gespielt hatte, trat Arnljot Oulie
ins Esszimmer und wünschte »guten Abend« in seinem
Norwegisch. Er ging etwas gebeugt, als wäre sein jugendli-
cher Körper ihm selbst zu schwer, und setzte sich still in eine
Ecke, die Hände vor den Augen. So konnte er, Fräulein Em-
mys ausgelassener Musik lauschend, stundenlang dasitzen.

Emmy spielte weiter, während die Tür zum Flur auf- und
zuging und ein Kopf hereinschaute und wieder verschwand.
Da kam alle fünf Minuten der eine oder der andere, der nur
kurz nachsehen wollte, was im Salon vor sich ging.

»Hier ist es etwas kalt, mein Mädchen«, sagte Frau Canth
zu Lissy, die sich erhob und zum Kachelofen hinüberging. In
den Canthschen Gemeinschaftsräumen herrschte – wegen
des vielen Türöffnens – immer eine Temperatur wie mitten
auf dem verschneiten Marktplatz.

Frau Muckadell hatte die Karten zusammengepackt und
schüttelte sich: »Jetzt sind Sie an der Reihe, Herr Oulie«, sagte sie und blickte den Norweger mit gleißenden Augen an.

Oulie nahm die Hand von der Stirn. »Ja«, sagte er und
erhob sich – es war, als müsse er sich sogar für die aller-
kleinste Bewegung zusammennehmen, wenn er sich nur
rührte oder eine Frage stellen wollte: »Ja«, sagte er, und es
war, als löse er sich abrupt aus einem Dämmerzustand.

»Jetzt werden Sie mir etwas über das Leben erzählen.«

Und Lissy, die Spitzen häkelte – die Unterwäsche der Sundbys bestand zum Schluss nur noch aus Spitzen – sagte (es war ihre Spezialität, mit solchen unerwarteten und höchst merkwürdigen Sätzen aufzuwarten): »Gott ja, Frau Muckadell, Sie müssen das Leben gut kennen.«

Frau Canth war im Esszimmer, wo sie summend umherging und mit ihrer flachen Hand die Krumen vom Tisch auf den Boden fegte.

Sie rumorte weiter in der Küche draußen, wo sich Eugenia im Waschbecken die Hände wusch – sie pflegte Fräulein Cajas Einkaufsstunde für eine gründlichere Toilette zu nutzen, wobei unter anderem Unmengen von Haaröl Verwendung fanden. Frau Canth ging zwischen der Küche und der Speisekammer hin und her und griff da und dort nach einem kleinen Rest; sie genehmigte sich immer solch kleine Mahlzeiten zur Unzeit.

Eugenia trocknete sich die Seife vom rissigen Arm und begann sich über »das Fräulein« zu beklagen: »Aber das Fräulein sollte sich doch wirklich schämen, wie die Leute im Haus reden«, schloss sie und schüttete das Wasser weg.

Frau Canth merkte auf: »Aber Eugenia kennt doch das Fräulein.«

Frau Canth war der gute Geist im Haus und gab allen recht gegen Caja.

»Und was man hier im Haus wegputzen muss, im dritten Stock, das können Sie mir glauben«, sagte Eugenia: »Das ist nicht ohne – mit den neuen Männern, was die einem so bieten.«

Die drei Junglateiner, unterwegs in ihre Zimmer, teilten mit Bassstimmen mit, dass sie zum Kartenspiel bei einem Kameraden eingeladen seien.

»Nun ja«, sagte Frau Canth, »aber lauft los, ehe Caja kommt.«

Fräulein Caja ging schnell, auf der Straße hörte sie nichts und sah sie nichts. Der helle Strom des Bürgersteigs glitt quirlig zu beiden Seiten an ihr vorbei.

Unten beim Fischhändler feilschten ein paar Dienstmädchen mit angehobenen Baumwollröcken mit dem Expedienten, Herrn Hansen, der in Holzschuhen auf dem schwimmenden Boden herumlief.

Das eine Mädchen raffte die Röcke derart zusammen, dass man die schwarzen Strümpfe bis ganz oben sehen konnte, und sagte, Fräulein Caja zugewandt, mit einem Lächeln: »Aber die Dame kann gern zuerst.«

Fräulein Caja antwortete nicht, blieb mit dem großen Geldbeutel in der Hand nur stumm stehen und hielt sich von den Fenstern fern.

Und die andere sagte: »Die Dame möchte vielleicht lieber warten.«

Fräulein Caja blieb nur stehen; sie war es gewohnt, wegzuhören und warten zu müssen. Alle Dienstmädchen des Quartiers sahen es als eine Art Standespflicht an, sie aufs gröbste zu verunglimpfen.

»Nun, Hansen«, sagte dann das Mädchen und drehte das Hinterteil demonstrativ dem Fräulein zu: »Gehen Sie doch die paar Øre runter ... Wir sind ja doch Leute, die den Fisch lebend wollen ...«

Der Expedient fing im Fensterlicht drüben im fließenden Wasser des Glaskastens einen zappelnden Fisch mit dem Netz.

Die Mädchen entfernten sich unter vielem Gekicher, und Hansen, der an sein Pult zurückkehrte, sagte kurz, halb abgewandt: »Das sollte da drüben liegen.«

Fräulein Caja ging zu einer Wanne in einer Ecke, wo sechs bis acht Dorsche »matt« in stehendem Wasser lagen. Fräulein Caja betrachtete sie, und Hansen, der mit den Händen in den Taschen umherlief, als ob gar niemand da wäre, sagte: »Ja, das ist alles, was da ist … Und ›Füllsel‹ ist ausverkauft.«

»Füllsel« stellte Herr Hansen persönlich von den sterbenden Exemplaren her.

Fräulein Caja nannte leise einen Preis: »Ja, in Ordnung«, sagte Hansen, der sogar noch über die Schulter verächtlich auf die tote Ware hinabschaute.

Das Fräulein, das wieder und wieder überlegte und nachrechnete, entnahm die Münzen langsam ihrem Geldbeutel, als sei jedes Geldstück festgeklebt.

Sie ging hinauf und wieder mitten auf der Straße – zur Wildhändlerin, die, breit und dick, mit dem weißen Latz auf der großen Brust, hinter ihrer Marmortheke stand und sich mit einer Kundin über einen Maskenball im »Verein« unterhielt.

Sie empfing Caja mit einem kurzen wohlmeinenden Nicken – ungefähr wie Madam Jørgensen, die sie bei sich unterm Dach wohnen ließ als Gegenleistung für »Reinlichkeit im Laden« – und machte eine kleine Bewegung zur Ecke hin, wo vier, fünf Hühner mit sehr schlaffen und schon vielfach befühlten Hälsen über dem Marmortisch hingen: Sie sahen aus, als lägen sie schon seit drei Tagen in der Erde.

Fräulein Caja blieb vor dem blassen Federvieh stehen: Sie hatten gerade erst Huhn gehabt – – gerade erst Huhn. Auf Fräulein Cajas Stirn bildeten sich zwei tiefe Furchen: Abwechslung – das war das Schlimmste …

Im übrigen war »Abwechslung« nahezu überflüssig, denn fast alles Essen hatte in der Pension Canth ungefähr denselben Geschmack – es schmeckte so seltsam fad im Mund.

Sie befühlte die Hühner lange, mit unbewegtem Gesichtsausdruck. Dann sagte sie leise – einige Kronenstücke hatte sie hinter die Hühner geschoben – und nickte der Madam zu: »Ja, also – wie üblich«, sagte sie und ging an der

Kundin vorbei die Treppe hinauf. Fräulein Caja hatte in den Läden eine eigene scheue oder verdruckste Art.

Die Kundin drehte sich um und schaute ihr nach: »Ja«, sagte die Madam. »Abends kommen sie ja von den Pensionen« (die Wildhändlerin sprach die erste Silbe aus wie das Utensil, das man zum Schreiben gebraucht[3]) »und holen das, was übrig geblieben ist ... Es ist wahrhaftig nicht einfach: Was soll man denn solchen Studentenschlünden geben, Frau Michelsen, für sechzig Kronen im Monat ...?«

Fräulein Caja hatte den Einkauf für die Pension beendet. Auf dem Kultorvet blieb sie in einem Blumengeschäft stehen, und plötzlich sagte sie brüsk, in einem Ton, als sei sie beleidigt, zu dem kleinen Fräulein hinter der Theke: »Ein paar Schneeglöckchen.«

Sie nahm sie und ließ sich im letzten Augenblick noch einen Bund Veilchen dazugeben.

Dann ging sie nach Hause.

II

Frau Canth lief ziemlich erregt im Esszimmer umher, als Fräulein Caja zurückkam: »Nein, Caja, *weißt du*, wer gekommen ist?« sagte sie und fuchtelte mit den Händen.

»Wer ist gekommen?« fragte Caja hart und blieb stehen. Das kannte sie, dass die Mutter allerlei Leute einlud und dann, wenn sie eintrafen, – ihr gegenüber – erstaunt tat, als kämen sie unerwartet.

»Grøntoft – stell dir vor«, sagte Frau Canth.

»Grøntoft? Wer? Welcher Grøntoft?« sagte Caja genauso hart, aber mit einem Zögern in der Stimme.

»Vilhelm Grøntoft, Caja, unser Grøntoft ...«

»Und was will er?« fragte Caja; sie hatte sich abgewandt.

»Hier wohnen … Wir sitzen hier ahnungslos, da klingelt es, und die Sundbys springen hinaus und öffnen, und ich höre eine Stimme, die nach der Frau und dem Fräulein fragt … Und die Tür wird aufgerissen – er ist immer noch derselbe, du –, und dann ist er es, stell dir vor – ich erkannte ihn ja sofort – mit drei großen Koffern … Und er sagt, seine Frau komme später nach.«

»Ach.«

Caja öffnete die Tür zum Flur und sah die Koffer: »Hier können die nicht stehen bleiben und den Weg versperren«, sagte sie hart und kurz.

Und Frau Canth sagte – damit war auch das erledigt: »Caja, die Jungen sind draußen.«

Aber Fräulein Caja hörte es nicht. Sie schlug die Tür zu, und weg war sie. Rasch ging sie in ihre Kammer. *Dort* aber setzte sie sich im Dunkel auf die Badewanne, wo ein Deckel lag; ein paar lang gezogene »Fräulein Caja«, die durch das Haus schallten, hörte sie wohl nicht.

Sie zog den Mantel aus und nahm Kamm und Bürste, die ihren Platz auf dem Fenstersims hatten. Aber sie ließ die Arme wieder sinken und hielt inne: Sie sah plötzlich unten im Speisesaal die Braut, die weiße Braut, und den Bräutigam und die Gäste, die im Licht saßen …

Sie schaute noch immer – verwundert beinah – auf diese beiden und auf die anderen, die Gäste, allesamt fröhlich, an den Tischen …

Für gewöhnlich war es ja, als nähme sie überhaupt nichts wahr in ihrem tagtäglichen Trott. Aber jetzt *sah* sie: Sie hielten Hochzeit … Und sie, die Weiße, war die Braut.

Sie blieb stehen. Ihr war, als sei es eine Ewigkeit her, dass sie das letzte Mal an andere Menschen gedacht hatte.

Die zwei hielten Hochzeit – sie, die Weiße, war die Braut …

Sie hörte wieder ihren Namen rufen und ging hinaus – leise.

Eugenia, mit dem Spülwassereimer mitten im Zimmer stehend, war vor dem Spiegel der Jungen in ihr Spiegelbild versunken (es gab keinen Spiegel im Haus, der nicht mehrmals täglich Eugenias etwas aufgedunsene Physiognomie wiedergegeben hätte) und rührte sich nicht vom Fleck. Sie glaubte, es sei die Frau des Hauses, die aus der Küche käme.

Fräulein Caja hatte die Schneeglöckchen in der Hand, aber versteckte sie rasch im Büffet: Sie hörte Grøntofts Stimme.

Doch, er sprach wie früher.

Und jetzt kam er ihr entgegen: »Nun, Sie sind mir eine«, und er nahm ihre beiden Hände, und er schüttelte sie mit dem Griff von einst, wie er es immer getan hatte: »Sie sind es, die man besuchen möchte, und Sie lassen sich überhaupt nicht blicken ...«

Er sprach, als hätten sie sich gestern erst getrennt, mit seiner treuen, frohen Stimme.

Sie sagte nur: »Wie braun Sie geworden sind.«

»Nun – und noch schöner«, lachte er.

Sie gingen in den Salon. Grøntoft erzählte und fragte und lachte. Frau v. Casse-Muckadell strahlte: Sie hatte wohl schon von den Frauen in Peru und Umgebung gehört.

Die Schwestern Sundby saßen da und hielten sich um die Taille gefasst – eine Haltung, die sie bevorzugten, wenn Fremde da waren. Und Arnljot Oulie blieb in seinem Winkel, still, mit seinem freundlichen und geistesabwesenden Lächeln.

Fräulein Caja bewegte sich seltsam abwesend von Stuhl zu Stuhl – mit einem Gesichtsausdruck fast wie dem Arnljots –, ging hin und her, räumte ein gebrauchtes Glas ab, drehte den Sprung in der Vase herum, so als wolle sie alles etwas hübscher machen, ganz unbewusst.

Grøntoft redete weiter. »Erinnern Sie sich? Erinnern Sie sich, Fräulein Caja?« rief er ihr alle zwei Minuten nach, durch die Türen: »In jenem Winter, als das ›Königliche‹ eröffnet wurde[4] – was für ein Fest, wie wir da im Dunkel oben im zweiten Rang hineinkrochen ... Erinnern Sie sich, erinnern Sie sich, Fräulein Caja.«

»Nun, Sie waren es ja, der einlud ...«

Grøntoft saß rittlings auf seinem Stuhl, er war in Jugenderinnerungen versunken. »Und erinnern Sie sich – als wir in meinem Zimmer einen Ball samt Wintergarten hatten ... Die drei alten Weihnachtsbäume, die wir in Waschtrögen in den Ecken aufgestellt hatten.« Und Grøntoft lachte, von den Sundbys sekundiert.

Fräulein Caja glättete langsam und geistesabwesend die Tischdecke – die saubere Decke, die sie hervorgeholt hatte.

»Und, Fräulein Caja – dann brachten Sie das Entenragout mit Cognac gewürzt, so stark, dass keiner es essen konnte – erinnern Sie sich?«

Sie lachten wieder, alle.

Aber Frau Canth sagte: »Ja, ja, Grøntoft, Sie mochten ja Scharfes.«

Fräulein Caja war in der Küche. Da fand sich nichts, was sie hätte auftischen können. Eugenia musste los. Aber das Fräulein konnte sie nicht finden und vergaß selbst, dass sie Eugenia suchen wollte, als sie durch die Kammern ging: Wie er lachte, da drinnen.

Fräulein Caja drehte sich erschrocken um, als sie jemanden hinter sich hörte. Es war Arnljot Oulie, der ihr sein freundliches Gesicht zuneigte: »Fräulein«, sagte er in seinem sanften Norwegisch: »Herr Grøntoft kann ja heute nacht mein Zimmer haben, bis Sie sich morgen eingerichtet haben. Ich schlafe ebenso gut auf einem Sofa.«

Fräulein Caja ergriff rasch seine Hand: »Danke, Sie sind immer so gut«, sagte sie und hatte plötzlich Tränen in den Augen.

Auch Oulies Blick – er wusste nicht, warum – verschleierte sich, während er dastand und Fräulein Cajas Gestalt nachblickte, die durch die halbdunkle Küche glitt.

Eugenia riss die Tür zur Küchentreppe auf, sie war eine Weile über dem Geländer gehangen, im Gespräch mit dem fünften Stock, nämlich mit einer Dame im roten Jersey, die mit Bettwäsche handelte und »Mansarden« vermietete.

Oulie ging wieder hinein: Er mochte die Gespräche zwischen Fräulein Caja und Eugenia nicht.

Aber Fräulein Caja sagte nur, dass man *das* besorgen müsse und *das* und *das.* Eugenia starrte den Geldbeutel mit großen Augen an ... Das Geld rollte über den ganzen Tisch.

Die Türen gingen jetzt wieder lebhaft auf und zu. Der dritte Stock war schon auf den Treppen zum Abendbrot unterwegs.

Der Mediziner Spørck war zuerst da. »Meine Seligkeit«, sagte er, als er die saubere Tischdecke sah, zu Kattrup, der zu allen Mahlzeiten in Pantoffeln erschien (eine Gewohnheit aus der ländlichen Küsterstube zu Hause, wo alle Familienmitglieder die Mahlzeiten in besticktem Schuhwerk feierten): »Müssten wir nicht auch noch saubere Laken haben ...«

Der Theologe Sørensen hielt nach der am wenigsten mitgenommenen Serviette Ausschau. Das war seine tägliche Verrichtung, ehe sich die Pension verköstigen ließ.

Eugenia wusste nicht, was mit dem Fräulein los war: »Ist es zu glauben?« rief sie im Vorbeigehen Thea im ersten Stock zu: »Sie wird spendabel.«

Sie lief weiter. Eugenia hatte eine eigene Manier, die Röcke zu raffen, was auf die definitive Abwesenheit von Unterwäsche hindeutete.

Fräulein Caja ging hin und her und deckte den Tisch. Die Tür zum Salon schloss sie: Die Herren vom dritten Stock machten immer endlos viele Witze über das Aufgetragene.

Frau Casse-Muckadell war von ihren Karten aufgestanden, und die Sundbys waren unten, um sich hübsch zu machen: Sie puderten sich zu den Mahlzeiten mithilfe eines Wattebauschs.

Drinnen im Salon saß Grøntoft allein mit Frau Canth. Er hatte ihre beiden Hände ergriffen:»Und wie geht es Ihnen denn jetzt eigentlich?« sagte er.

»Ach ja, ach ja«, sagte Frau Canth und schüttelte ihr feines altes Haupt:»Sie kennen ja Caja. Aber man soll nicht klagen«, sagte sie und blickte ihm mit ihren großen Augen ins Gesicht.

Im Esszimmer schlug Spørck die Tür zum Küchengang zu, dass es nur so knallte. Er wollte wissen, ob es überhaupt noch etwas zu essen gäbe.

Frau von Casse-Muckadell, die kurz vor den Mahlzeiten immer sehr zeremoniell wurde, wartete majestätisch mit einer Malzflasche und ihrer Serviette in einem Silberreif. Sie zog die Uhr hervor und sagte:»Es ist neun.«

Aber Fräulein Caja blieb in der Küche.

»Sie kocht«, sagte Eugenia, indem sie schnell die Maschine auf den Tisch *knallte,* als ob diese höchst staunenswerte Tatsache alles erklärte.

Frau Casse-Muckadell nahm *Platz.* Die Sundbys hielten ihre Hände auf dem Rücken, um Sparre ja nicht zu berühren, der endlich eintraf – mit geröteten und müden Augen.

Frau v. Casse erhob sich ein wenig von ihrem Platz, als säße sie noch immer über den Karten.

Sie wollte Sparre *vis-à-vis* haben und blickte ihn mit lebhaften Augen an.»Ist man gegangen?« fragte sie zu ihm hinüber.

Grøntoft kam aus dem Salon:»Aber wo ist denn nun Fräulein Caja die ganze Zeit«, sagte er.»Aha«, sagte er, »hier wird gegessen. Ja, mein Name ist Grøntoft«, fügte er hinzu und verbeugte sich vor der ganzen Gesellschaft.»Aber wo ist Fräulein Caja?« sagte er dann wieder und fragte nach dem

Weg zur Küche. »Aber Fräulein Caja«, rief er in den Gang: »Sollte jetzt nicht gegessen werden?«

Sie stand am Herd und drehte sich, als wollte sie die Bratpfanne verdecken: »Ja, gleich«, sagte sie.

Grøntoft schaute sich um: In der halbdunklen, engen Küche, in der Speisekammer mit den vielen kleinen Essensresten, auf Untertellern aufbewahrt, und dem Butterkrug, bei dem man immer meinte, den letzten Rest herauszukratzen: »Wie hier doch noch alles beim alten ist«, sagte er.

Und er blieb lange stehen.

Fräulein Caja sagte nichts. Nur ein Zucken lief – vor der kleinen Sparlampe – über ihr Gesicht.

III

Endlich konnten sie zu Abend essen.

Aber das Ganze geriet in Unordnung, denn Grøntoft wollte unten bei der Maschine sitzen und nicht oben: »Ich will doch auf meinem alten Platz sitzen«, sagte er und nahm seinen Teller mit: »Die besten Stücke gab's immer hier unten am Tischende.«

Der ganze Tisch geriet in Bewegung, und Fräulein Caja – Arnljot Oulie hatte sie nie mit solch feuchten Augen gesehen – stellte hektisch Schüsseln und Teller um. Am kalten Canthschen Tisch war es üblich, dass die Portionen kleiner und kleiner wurden, indem sich die Schüsseln dem unteren Tischende näherten: Vor den Sundbys stand oft ein Teller mit einem einsamen Bissen.

»So«, sagte Grøntoft, »jetzt stimmt es.«

Sie hatten alle Platz genommen. Fräulein Caja brachte eine Platte vom Büffet. Grøntoft nahm sie entgegen: »Da haben Sie doch tatsächlich Remoulade gemacht«, sagte er.

»Ja, aber ich weiß nicht, jetzt müssen Sie es halt nehmen,

wie es ist ... Denn« – Fräulein Caja wurde plötzlich rot – »es ist so lange her, dass ich welche geschlagen habe ...«

»Exquisit, exquisit«, sagte Grøntoft, der schon aß: »Und dann, wenn alle anderen ihren Tee bekommen haben, kriegen wir die Extraration aus dem Teepott, wie üblich ...«

»Wie Sie sich an alles erinnern«, sagte Caja. Ihre Stimme klang so leise.

»Nun«, sagte Grøntoft und legte beide Hände auf den Tisch: »Hier, am Tischende, war es weiß Gott schön in alten Tagen.«

Am oberen Tischende wurde eine lautstarke Konversation geführt.

Spørck und Sparre waren ausnehmend medizinisch und erzählten – das war ihre Spezialität bei den Mahlzeiten – Krankenhausgeschichten, die die Haare alter Oberärzte hätten zu Berge stehen lassen können. Ein junger Schriftsteller der neuen Schule erzählte von vergewaltigten Kindern, so dass die Witwe Hassing, die zwei Sprösslinge weiblichen Geschlechts in Lyngby in Pension hatte, vor missbilligender Erregung bebte, und Frau Casse-Muckadell, die dasaß und Sparre mit den Augen gleichsam unablässig liebkoste, ihr Kinn über die Malzflasche ganz nach vorn reckte.

Kattrup unterhielt sich mit der alten Frau Canth über Darwin. Ideen und Skandale und Fragestellungen breiteten sich in buntem Durcheinander über die Canthsche Pension aus, wie die Winde den Staub über die Frue Plads[5] fegen.

Frau Canth hörte mit großen und lebhaften Augen zu: »Ja. Ja«, sagte sie: »Mir gefallen die neuen Ideen – es ist, als würde man so manches an uns Menschen besser verstehen.«

Grøntoft war nun satt und wollte Tee.

Er lachte über sein und Fräulein Cajas verzerrtes Bild in der Maschine – sie sahen aus wie in einem Hohlspiegel. Fräulein Caja sah auch hinein, während sie Tee einschenkte: »Ja«, sagte sie, »das ist mein Spiegel.«

Sie hielt einen Augenblick inne. Frau Canths Stimme – sie war so hell und frisch wie die eines jungen Mädchens – drang bis zu ihnen hinunter, und Fräulein Caja richtete sich auf: »Nicht wahr«, sagte sie, »wie Mutter doch unverändert ist?«

»Ja« – auch Grøntoft schaute hinauf: »Unverändert.«

Und in einer plötzlichen Aufwallung legte er seine Hand auf die von Fräulein Caja, die auf dem Rand des Teetabletts lag – ihre Finger waren so hart und rau.

Da setzte die Musik unten in den Festlokalitäten ein: »Sie tanzen«, riefen die Sundbys.

»Jetzt gibt's Musik«, sagte Frau Canth.

Die Sundbys führten viele kleine, kindliche Tanzbewegungen aus, so als hielte es sie kaum noch auf den Stühlen. Dort unten tanzten sie, dass das Haus erbebte.

»Wissen Sie, Grøntoft, das macht das Haus so lebendig«, sagte Frau Canth über den ganzen Tisch hinweg.

Mit einem Mal redeten alle am Tisch über Hochzeiten.

Die Sundbys gingen in dem Thema restlos auf. Die Nähe zu den Festlokalitäten führte dazu, dass sie gleichsam in einer ewigen, fiebrigen Hochzeitsatmosphäre lebten: »Aber ich *könnte* mir nicht vorstellen, Hochzeit an einem Samstag zu halten«, platzte es aus Lissy heraus.

»Aber warum denn?« hakte Spørck ein und blickte sie geradewegs an: Es war eine Eigenart der »Vögel«, unvermittelt einige höchst seltsame Worte fallen zu lassen, die die denkwürdigsten Einblicke in den sogenannten Unterbau ihrer großen Unschuld gestatteten.

»Aber, Gott, Iss«, sagte Emmy, »es müsste geradezu bezaubernd sein, wenn der erste Tag ein Sonntag wäre.«

Frau Casse sagte: »Ach – alle Wochentage sind wohl gleich gut«, und sie maß mit den Augen verständnisvoll die Herrenreihe bis zu Arnljot Oulie hinunter.

Aber die Witwe Hassing hätte um keinen Preis der Welt an einem Freitag heiraten wollen.

Bei Grøntoft unten wurde leiser gesprochen.

Er erzählte von seiner Frau und seinem Kind – mit einer gedämpften, zögerlichen Stimme, als wollte er sie beim Sprechen liebkosen: »Sie sollten sie sehen«, sagte er, »so lieb und fein und kaum größer als …« Er zeigte ihre Körpergröße mit der Hand – »so fein und klein«, wiederholte er und lächelte, als hätte er sie vor Augen.

Fräulein Caja sagte nichts, und die Maschine verdeckte ihr Gesicht.

Arnljot Oulie sagte (bei Tisch betrachtete er zumeist Fräulein Caja), indem er sein freundliches Gesicht Fräulein Canth zuwandte: »Jetzt sollten Sie aber wirklich selbst etwas essen, Fräulein.«

Sie nahm gedankenverloren die Platte, die er ihr reichte, und setzte sie unberührt wieder ab. Aber plötzlich hob sie den Kopf, und sie sagte – mit demselben Blick wie vorher in der Küche: »Danke, Herr Oulie.«

Grøntoft erzählte weiter von seinem Heim und seiner Gattin und dem Jungen.

Fräulein Caja hörte still zu, die Hände im Schoß.

»Wie heißt er?« fragte sie mit einem Mal, langsam und mit einer Stimme, die von weit her kam.

»Georg«, sagte Grøntoft und lächelte.

Und sie wiederholte den Namen.

Ringsum war man noch immer bei den Hochzeiten. Frau Hassing sprach über Tycho Brahes Tage,[6] und Frau Canth sagte: »Ach, ich finde es herrlich, hier zu sitzen und an all das Glück zu denken, dass gleichsam von diesem Haus ausgeht.«

Fräulein Emmy wünschte in einer Dorfkirche getraut zu werden.

Frau Hassing offenbarte als ihren Lebenstraum: »Die Kapelle von Taarbæk.[7]«

Frau Canth sagte: »Wollen wir uns erheben?«

Und sie brachen auf, während Frau Hassing in einem sanften Tonfall sagte: »Denn dort fliegen Vögel unter dem Dach.«

Da nahm Grøntoft Fräulein Cajas Hand und schüttelte sie: »Ja, Fräulein Caja«, sagte er: »Es gibt wahrhaftig etwas, das Glück heißt, aber man muss es ja immer erst einfangen und es dann festhalten.«

Fräulein Cajas Hand lag unbeweglich in seiner.

»Wie kalt Ihre Hände sind«, sagte er und nahm auch ihre andere Hand.

Sie drehte sich nur um. Sparre und Spørck wollten L'hombre spielen. Und Toddywasser musste gebracht werden. Und vielleicht war der Kapitän inzwischen heimgekehrt und hatte womöglich einen Wunsch.

Grøntoft schaute Arnljot Oulie an – auch er folgte der umherwandernden Caja mit den Blicken –, und in einem milden Ton sagte der Doktor: »Sie haben Fräulein Caja wohl gern, Sie Norweger.«

»Ja«, sagte Oulie in seinem weichen Idiom: »Denn sie hat es nicht gut.«

Sie schwiegen beide.

Fräulein Caja ging aus und ein.

Dann fragte Arnljot Oulie den Doktor, ob er ihm sein Zimmer zeigen dürfe.

Die Sundbys standen am Fenster: Man holte jetzt die Braut tanzend aus der Reihe der Mädchen – dort unten.

IV

Sie tanzten unten weiter, so dass es das ganze Haus erfasste.

Die drei Junglateiner waren zurück und stritten, so dass man jedesmal, wenn die Türen zum Gang geöffnet wurden, ihre Schreie hörte: Vom Hof daheim hatten sie einen Korb

Äpfel mitbekommen, die sie unter sich aufteilten, und jeder hatte seine Äpfel in seine Schublade gelegt. Und jetzt waren die des Jüngsten gestohlen worden.

Drinnen im Salon gingen die Frauen und die Fräuleins ruhelos umher und nahmen ihre Handarbeiten gegenseitig in Augenschein.

»Hier ist es nicht richtig warm«, sagte Grøntoft, der zu Frau Canth hineinging.

»Nein, Caja, hier ist es *nie* richtig warm«, sagte Frau Canth.

»Wir dort drüben sind an Wärme gewöhnt«, sagte Grøntoft. »Sie kann so drückend sein, dass es einem schier zu viel wird.« Er erzählte wieder von Südamerika – von den großen Strömen mit Urwäldern an den Ufern, aus denen Amerikas Raubtiere die Dampfer mit gelben Augen anstarrten.

Er erzählte von der Stille in den gewaltigen Wäldern, wo die Lianen gleich einem grünen Netz hingen und hinter denen die Sonne mit einem Glitzern im Meer versank. Er sprach von der Tropennacht, die sterneflimmernd, *schweigend*, über dem Meer ruhte.

Frau v. Casse-Muckadell war längst zu ihren Karten zurückgekehrt. Urwälder interessierten sie nicht.

Aber Frau Canth fragte und fragte. Plötzlich schaute sie zu Fräulein Caja hin, die auf Oulies altem Platz am Fenster saß und lauschte: »Ach, Caja, so, du bist noch wach«, sagte sie.

Fräulein Caja pflegte sonst im Laufe des Abends in einem Winkel einzunicken.

»Nun, wach zu bleiben, das fällt hier nicht schwer«, sagte Grøntoft und lachte: Die Tür blieb keine zehn Minuten geschlossen. Kattrup, der beim Spørckschen L'hombre drüben saß, kam, um zuzuhören, und setzte sich, die rundlichen Beine weit von sich gestreckt.

Dann war es einer der Junglateiner, der nach Petroleum für eine Lampe rief.

Fräulein Caja musste unentwegt hin und her laufen.

Das ständige Kommen und Gehen irritierte Grøntoft: »Das ist ja ein munteres Völkchen«, sagte er.

»Ja«, antwortete Frau Canth und summte: »Aber daran gewöhnt man sich.« Sie begann, auf und ab zu gehen wie gewohnt: »Und das erhält einen am Leben«, sagte sie.

Frau Canth fing an, in ihr Schlafzimmer zu gehen und wieder zurück, um anzudeuten, dass bald ein Ende gefunden werden müsse. Unten tanzten sie immer ausgelassener, so dass man ihre Schritte hörte. Im dritten Stock hatte die Zugluft die Flurtür aufgerissen, und der Lärm der Kartenspieler tönte durch das Haus. Die Sundbys, die am Esszimmerfenster standen, riefen in den Salon: »Jetzt fährt die Braut ab.« Und Frau Hassing erhob sich.

Frau Canth stieß in der dunklen Schlafkammer am Fenster auf eine Gestalt: »Bist du es?« sagte sie.

Es war Caja. Sie sah die Braut wegfahren. »Ja, Mutter.« Sie entfernte sich vom Fenster wie ein Dieb.

»Jetzt sind sie gefahren«, riefen die Sundbys ganz außer Atem.

»O Gott, Frau Muckadell«, sagte sie zu Frau Casse, die endlich von ihren Karten abließ: »Gott möge ihnen Glück schenken.«

»Können Sie es jetzt nicht ein wenig ruhiger angehen, Fräulein Caja«, sagte Grøntoft, der ebenfalls ins Esszimmer gekommen war, um die Braut abfahren zu sehen, und am Fenster stand.

»Doch, ja«, antwortete sie und blieb stehen: »Aber samstagabends ist es etwas schwierig.«

Grøntoft blickte sie an – der Schein der Lampe fiel direkt auf ihr Gesicht: Wie alt sie geworden war, und das Gesicht war so steif und starr, als sei es aus Holz. »Oh«, sagte er mit einem Mal bewegt, »Sie bleiben sich wohl immer gleich.«

Fräulein Caja antwortete nicht sofort – »ja«, sagte sie

dann, als würde sie erst jetzt zuhören: »Wir haben ja zwei ganze Etagen.«

Sie schwiegen, dann sagte Fräulein Caja: »Wie schön muss es dort sein.«

»Wo?«

»Dort ... bei Ihnen.«

»Ja«, antwortete er.

»Aber – wie ist es nun hier?« fragte er: »Haben Sie denn Platz?«

Es war ihm wirklich ernst. Er war gekommen, um hier zu wohnen, er und seine Frau. Denn sie wollten für fünf Monate in Dänemark bleiben.

Fräulein Caja sagte: »Darüber sprechen wir morgen«, und erhob sich.

Da begann Grøntoft zu lachen: »Aber Gott, erinnern Sie sich, Fräulein Caja, als wir an einem Abend im ›Casino‹[8] gewesen waren und ich Sie auf Kongens Nytorv[9] dazu brachte, auf eine Schlittschuhbahn mitzukommen, und wie Sie liefen und – mitten auf dem Platz – unsanft *landeten,* direkt auf dem Körperteil, der uns gegeben ist, um darauf zu sitzen.«

Fräulein Caja lachte kurz und trocken, wie eine, die es nicht mehr gewohnt ist zu lachen: »Oh, oh – und das tat so weh, dass ich im Omnibus kaum sitzen konnte ...«

Frau Canth trat hinzu. Ihr waren plötzlich ihre Strickjacken in den Sinn gekommen, und sie fragte nach dem Geld.

Fräulein Caja begann unwillkürlich wieder zu lachen: »Ja, Mutter«, sagte sie und legte ihr einige Kronenstücke in die Hand und lachte noch immer.

»Sind das noch immer die Strickjacken?« fragte Grøntoft.

»Ja.«

Und sie lachten beide.

»Warum lacht ihr? Warum lacht ihr?« sagte Frau Canth etwas ungeduldig.

»Über alte Zeiten«, sagte Grøntoft.

Es ging ein Leuchten über Cajas Gesicht. »Ja, über alte Zeiten«, lachte sie.

Es war ihr gar nicht bewusst, dass sie summte – mit einer kleinen, reinen Stimme, die zu ihrem hölzernen Wesen überhaupt nicht passte –, während sie die Treppen hinabstieg, an den offenen Türen vorbei, aus denen Lärm und Tabaksqualm wie aus einer Kneipe in den Flur entwich, in die Küche hinein.

»Aber sind Sie es, Herr Oulie?« fragte sie.

Arnljot saß mit den Händen um die Knie geschlungen auf dem Küchentisch am Stammplatz der Sundbys.

»Sitzen Sie hier?«

»Ich sitze da und betrachte das Leben«, sagte er und wendete die Augen von den Tanzenden.

»Sie sollten sich ins Leben stürzen, Oulie«, sagte Caja aufmunternd.

Arnljot Oulie zögerte einen Moment: »Ich *wage* es *nicht*«, sagte er dann, bedächtig und gedämpft.

Fräulein Caja betrat Oulies Zimmer. Dort stand Grøntofts Reisesack – so schön und fein. Sie betrachtete sein Reisegepäck, den Stockbehälter, die zusammengelegten Reiseplaids, und sie lächelte: Dann musste er ja reich sein.

Auf dem Tisch beim Bett stand ein Bild. Sie nahm es: Da war sie, seine Gattin. Sie betrachtete ihr Gesicht, ihre Gestalt, die fein und zart war. Jede einzelne Linie nahm sie in Augenschein. Sie hatte nicht gedacht, dass sie immer noch so leiden würde.

Sie hörte, wie einer der L'hombre-Herren die Treppe herauflief und ihren Namen rief.

Aber sie blieb einfach stehen. Dann gellte Sparres Stimme von neuem, und sie ließ vom Bild ab – wie ein Schatten ging sie an Arnljot vorbei, der mit dem Kopf auf den Knien vor sich hinträumte.

Sie hörte Sparre, der oben die Tür aufriss: »Kriegen wir nun endlich das Wasser«, rief er.

Und sie stieg die Treppen hinauf. Sie traf den Kartenspieler in der Tür, und er schrie weiter, erhitzt von Toddy und Punsch, ihr direkt ins Gesicht, als sei sie eine Dienstmagd: »Kriegt man jetzt das Wasser?«

Fräulein Caja wurde blutrot – sie sah Grøntoft mitten im Salon stehen – und beschämt, aufgewühlt und gequält sagte sie plötzlich in ihrem schrillen und verbitterten Ton: »Ja – sofern man darum bittet.« Und sie schlug die Tür zum Gang hinter Sparre zu.

Grøntoft war kreideweiß vor Zorn: »Zu unserer Zeit waren wir nicht so unverschämt«, sagte er zu Frau Hassing, die einen Streit witterte und lüstern mit den Füßen trippelte.

»Oh«, sagte sie in einem eigenen, bekümmerten Tonfall, aus dem das Behagen hindurchschimmerte: »Es gibt jetzt so viele Orte, zwischen denen man wählen kann … Und dann ist es ja auch«, fügte sie hinzu und sah verständnisvoll zur Tür hin, die sich hinter Caja schloss, »sehr laut hier im Haus. Auch das hält die Leute fern.«

Caja kam wieder herein – mit dem Toddywasser.

Grøntoft folgte ihr mit den Augen. Und als sie zurückkam, sagte er: »Dieser Person wird doch wohl gekündigt?«

Über Cajas Gesicht lief ein Zucken, das ein Lächeln sein sollte: »Ach, warum?« sagte sie.

Sie ging weiter: Sie dachte nicht mehr an Sparre. Sie hatte ihn vergessen.

Grøntoft folgte ihr ständig mit den Augen, wie sie zwischen den Fremden hin- und herging und die Kerze auf das Klavier für Frau Casse stellte und das Lämpchen zu Frau Hassing. Im Salon saßen sie reihum; der Schriftsteller war eingetreten und redete im Mantel mit dem Hut in der Hand; Frau Muckadell döste.

Es war wie auf einem Bahnsteig, und sie alle warteten auf den Zug.

Endlich brachen sie auf, und jeder erhielt seine Kerze oder seine Lampe ausgehändigt. Die Sundbys rutschten dem Schriftsteller voran das Treppengeländer hinunter.

»Dann also gute Nacht, Fräulein Caja«, sagte Grøntoft.

»Gute Nacht.«

Er ging.

Fräulein Caja rückte die Stühle zurecht, während sich Frau Canth auf die Nacht vorbereitete: Sie raffte das Kleid hoch und summte. Caja folgte ihr mit den Augen.

Da ging sie mit einem Mal zu ihr hin, umarmte sie und küsste sie.

»Caja«, sagte die Mutter höchst ungehalten und machte sich sofort frei. »Immer bist du so grob.«

Caja ließ die Mutter los. Für einen Moment empfand sie einen dumpfen Schmerz, und es war, als ob sich plötzlich alle Tränen, die zu weinen sie keine Zeit gehabt hatte, in ihrer Brust Bahn brechen wollten.

Dann sah sie Oulie, der in einem Winkel wartete, und wie betäubt begann sie, sein Bett auf dem Sofa herzurichten.

»Gute Nacht, Fräulein«, sagte er.

Sie hörte seine Stimme kaum. »Gute Nacht.«

Plötzlich, als sie am Büffet vorbeiging, sah sie die Blumen. Die hatte sie ja zu ihm hineinstellen wollen.

Jetzt war es wohl zu spät. Er hatte sich wohl schlafen gelegt. Es war zu spät geworden.

Sie nahm die Schneeglöckchen und die Veilchen, und sie sagte: »Ich will die Blumen nur zu Mutter hineinstellen.« Und behutsam stellte sie sie auf den Platz der Mutter im Salon.

Sie ging in ihre eigene Kammer, und mechanisch bereitete sie ihr Bett mit dem Bettzeug, das aufgestapelt in der Ecke lag. Schubladen öffnete sie und Schubladen schloss sie.

Einmal lächelte sie – sie sah die Strickjacken: Ah, wie viele Jahre hatte Mutter jetzt daran geglaubt … Und zu Putzlappen waren sie allesamt geworden.

»Erinnern Sie sich – erinnern Sie sich, Fräulein Caja.«
Und sein Lachen, sein munteres Lachen.

Sie lag im Dunkeln, aber sie schlief nicht. Jeden Laut im
Haus hörte sie, während sie dalag. Türen wurden leise auf-
und zugemacht. Sie hörte die Schläge auf die Wasserrohre,
mit denen die Kellner die Zimmermädchen riefen. Auf der
Küchentreppe flüchtige Schritte, und die Hoftür klapperte.
Es raschelte oben in den vielen Mansarden.

Fräulein Caja lag lange unbeweglich im Dunkeln – dann
setzte sie sich im Bett auf, den Kopf in den Händen: Die letzten Hochzeitsgäste waren im Begriff, aufzubrechen.

Auch im Badezimmer des dritten Stocks waren Schlaf-
lose. »Iss« war in ihrem weißen Linnen zum Fenster gekro-
chen. Diese ewigen Hochzeiten heizten den Sundbys insgeheim ziemlich ein. Und lange noch schaute Fräulein Lissy in
den erleuchteten Saal hinunter …

Dann schlich sie sich leise zu Emmy, die döste.

Die L'hombre-Herren waren aufgebrochen.

Kattrup zählte auf der Bettkante sitzend den Gewinn:
Das würde morgen drei Partien Billard, Kaffee inklusive,
geben.

Grøntoft saß noch immer drinnen beim Kapitän, dem er
auf der Treppe begegnet war. Kapitän Jensen war ein guter
Freund seines älteren Bruders und hatte ihn zu einem Grog
hereingebeten.

Sie unterhielten sich über Wind und Wetter. Man kam
auch auf dieses Haus zu sprechen.

»Ja«, sagte Grøntoft und blinzelte in die Lampe: »Fräu-
lein Caja war wirklich einmal ziemlich hübsch gewesen …
Und dann hatte sie eine so schöne Stimme«, sagte er, den
Blick noch immer auf die Lampe gerichtet.

Der Kapitän schaute nachdenklich auf den »Südamerika-
ner«. Er dachte, das sei ironisch gemeint.

V

Die Pension Canth erwachte. Eugenia war mit vielen kurzen Besenstrichen unterwegs durch den Speisesaal. Sie machte viel Lärm – obwohl Arnljot auf dem Sofa lag. Eugenia gehörte nicht zu jenen, die am Morgen besondere Rücksicht nahmen.

Alle Türen ließ sie offen stehen, und die Salonfenster machte sie sperrangelweit auf. Arnljot Oulie erhob sich vom Lager und bewegte sich orientierungslos im Durchzug, während sich Eugenia mit dem kalten Kachelofen abmühte und Koks über den ganzen Boden verstreute.

Fräulein Caja war in der Küche mit dem Petroleumsapparat beschäftigt, der stark rußte.

Niemand sprach ein Wort.

Eugenia zog die Bettwäsche vom Sofa auf den Boden herab und dämmerte weg, so wie sie dastand, als ein plötzliches »Eugenia« die Luft durchschnitt: Fräulein Caja brachte den Apparat herein.

Frau Hassing trat ein – jetzt wurde auch die Flurtür geöffnet – sie wollte spazieren gehen. Sie trug einen grauen Morgenrock und eine Charlotte-Corday-Haube[10], die die Vorbereitungen für die Tagesfrisur großzügig verdeckte.

Sie zog den Mantel an, während sie Arnljot Oulie ausnehmend freundlich fragte, wie er geschlafen habe. »Der Kopf liegt etwas hoch«, sagte sie im selben Ton: »Aber Sie sind ja so liebenswürdig.«

Vielleicht hatte sie auf ein Wort von Fräulein Caja gewartet, aber es kam keins; Caja lief nur stumm hin und her.

Da kam der Schriftsteller, Herr Feddersen, in vollem Staat daher, mit einem Stock mit Silberknauf. Er wollte sich einen Knopf am Handschuh annähen lassen.

»Aber Gott, Herr Feddersen, sind Sie schon auf?« sagte Frau Hassing, die jählings ein paar seltsame Bewegungen machte, fast wie ein ältliches Huhn, das das Krähen des Hahnes vernimmt.

Herr Feddersen sagte etwas in der Art, dass man auf seine Gesundheit achten müsse.

Es war eine Spezialität von Herrn Feddersen, dass er in unregelmäßigen Abständen unvermittelt begann, Morgenspaziergänge zu unternehmen – eine Woche oder zwei –, ehe noch irgendein anderer in der Pension Schuhe angezogen hatte.

Frau Hassing folgte, als der Knopf angenäht war, hinter einer Gardine verborgen seinem Gang über die Straße.

Sie wusste, es war der Ørsteds-Park.

Im dritten Stock begann es, lebhaft zu werden. Köpfe wurden aus den Türen gereckt, und man rief nach Wasser – es gab überhaupt in der Pension Canth einen bemerkenswerten Wassermangel, als ob Wasser pfundweise gekauft würde; mitten im Trubel thronte Kattrup bei aufgerissener Tür auf seinem Bett.

Spørck verlangte Seife und streckte einen langen, nackten Arm durch den Türspalt.

Frau von Casse und die Sundbys waren zum Tee eingetroffen: Alle hatten sie Tücher um den Hals gebunden.

Fräulein Caja schenkte ein und tischte auf. Sie glich einem Schatten, wie sie da im Halbdunkel am Büffet hin- und herging, während Frau v. Casse *wieder* mitteilte, dass sie an ihren Fenstern Leisten haben müsse: Jetzt zog es derart, dass sie es bis unter die Decke spürte.

»Ja«, antwortete Caja bloß aus dem Halbdunkel heraus.

Die Tür zur Schlafkammer ging auf. Es war Frau Canth. Sie war immer so lebhaft wie die Vögel, die eben aus dem Nest kommen: erzählte und redete und hatte immer geträumt – die unglaublichsten Dinge.

»Ich habe von Eiern geträumt«, sagte Lissy.

Emmy hatte geträumt, dass sie auf dem Grab ihrer Eltern Rosen gepflückt hatte.

»Caja«, sagte Frau Canth, »du vergisst aber auch alles: Frau Casse wartet auf ihre zweite Tasse Tee.«

»Ja, Mutter«, sagte Caja und brachte sie ihr.

Sundbys unterhielten sich stets über ihre Träume. Im dritten Stock wurde lauthals aus einer Tür gerufen, und Fräulein Caja begab sich hinunter. Die Küche war voller Spüleimer und alter Schuhe. In einer Ecke bewahrte Eugenia verschlissene Besen auf. Die Tür zu Spørcks ziemlich kahler Kammer stand offen.

Fräulein Caja sah das alles. Es war das Abbild ihrer Plackerei.

Sparre rief aufs neue: Es ging um seine Stiefel.

Und Fräulein Caja holte sie.

Kattrup kam in Unterwäsche herein, um seine schwarzen Kleider in der Küche auszubürsten. Er beachtete das Fräulein nicht.

Der ganze dritte Stock behandelte Fräulein Caja überhaupt, als sei sie ein Neutrum.

Fräulein Caja ging aus und ein. Sie öffnete die Fenster, ein Zimmer räumte sie auf. Dann hörte sie Grøntofts Tür, und er lief durch den Gang.

Sie stand in Kattrups Zimmer, und sie wollte schnell die Tür schließen. Aber er hatte sie schon gesehen und trat ein.

»Guten Morgen, Fräulein Caja«, sagte er und ergriff ihre kalten, rauhen Hände.

»Guten Morgen.«

Er schaute sich um: Das Bett war noch nicht gemacht, viele zerfledderte Bücher lagen auf dem Kiefernholztisch, die Jutegardinen bewegten sich schlaff in der Zugluft.

»Eine richtige Studentenbude«, sagte Grøntoft.

»Ja«, antwortete Caja. Und plötzlich sprach sie ihren einzigen Gedanken aus, den Entschluss, den sie gefasst hatte, als sie im Halbdunkel zwischen all diesen Menschen herumgelaufen war: »Hier sollen Sie nicht bleiben. Das ist nichts für Sie. Sie müssen besser wohnen ...«

Grøntoft sagte – aber ohne Überzeugung, denn er hatte
ja auch heute nacht und jetzt, heute morgen, dasselbe gedacht: *Hier* konnte seine Frau nicht wohnen: »Wohnt man
hier nicht gut?«

Fräulein Caja sagte: »O nein – – wir mussten ja ... die
Ansprüche herabsetzen ... die Konkurrenz ist so groß. Das
ist kein Haus«, sagte sie und wandte sich ab, »für Durchrei-
sende.«

Grøntoft antwortete nicht, fragte nur, wo er denn wohnen solle. Und sie nannte ihm eine Adresse und die Preise
und sagte: »Gehen Sie nach dem Tee dorthin.«

Sie hielt einen Augenblick inne, nachdem er gegangen
war. Es war, als blieben alle ihre Gedanken stehen, und es
war ruhig geworden, das Blut ihres Herzens.

Dann ging sie hinauf.

Grøntoft saß bei der alten Frau Canth, die immer noch aß
und redete. Frau Hassing war zurück, und die Sundbys und
Frau Canth umringten sie drüben beim Fenster.

Die Witwe erzählte ganz erhitzt von ihren Erlebnissen:
»Natürlich war es ein Stelldichein – mit einer Neuen«, sagte
sie.

»Ein kleines, zartes Ding – mit rotem Hut ...«

»Man kennt das ja, wenn er morgens ausfliegt«, sagte die
Witwe: »Und immer ist es der Ørsteds-Park.«

»Hm«, sagte Frau v. Casse und lächelte: »Es beginnt am
Morgen.«

Die Sundbys waren vor Indignation blutrot angelaufen
und fragten weiter. Die vier Damen rückten eng zusammen.
Hie und da hörte man ein einzelnes Wort.

»Vom Theater ist sie«, *darauf* hätte Frau Hassing schwö-
ren können.

Grøntoft hatte sich von Frau Canth entfernt. Er schaute
zu den Damen hinüber, die, die Köpfe dicht zusammenge-
steckt, tratschten. Drüben am Tisch stritten sich die Studen-

ten. Von dem einen Fenster wurde es nicht richtig hell im Raum, die Gesichter sahen samt und sonders grau aus.

Nur Frau Canth saß noch allein am Tischende, das feine alte Gesicht im Lichtschein, lebhaft und offen, als sauge sie pures Leben aus dieser ganzen Unruhe ...

Fräulein Caja brachte Frau Hassing ihre gekochte Milch.

Grøntoft war gegangen.

Er hatte sich erhoben, als würde er etwas wie eine Bürde abschütteln, und ihre Hand genommen: »Ja, dann geh' ich also«, sagte er, »da hier alles besetzt ist.«

Fräulein Caja lächelte nur. Sie fand keine Worte. Leise ging sie in Arnljots Zimmer, und sie packte Grøntofts Sachen zusammen, langsam, Stück für Stück. Den Reisesack schloss sie und stellte ihn bereit.

Arnljot trat ein: »Ich bin's nur, Fräulein«, sagte er.

Fräulein Caja schüttelte plötzlich den Kopf und wollte gehen.

Aber da nahm Arnljot ihre Hände, als fühle er alles, was sie litt: »O Fräulein«, sagte er und weinte fast.

Caja blieb stehen, und ein jähes Aufleuchten ging über ihr Gesicht, während sie sich für einen Moment an Arnljots Schulter lehnte. »Oulie«, sagte sie: »Wenn nur Sie glücklich werden.«

Sie ließ ihn los. Ihre Stimme hatte zärtlich wie eine Liebkosung geklungen ...

Fräulein Caja war gegangen. Arnljot stand am Fenster. Der Tag dort draußen war grau und schwer, während er seinen Blick über Häuser und Menschen schweifen ließ.

Fräulein Caja ging nach oben. Aus dem ersten Stock drang lautes Geplapper herauf. Es waren die Sundbys, die zur Kirche gingen.

Von oben hörte man Frau v. Casse-Muckadell im Streit mit Eugenia. Wenn Frau Muckadell mit Untergebenen sprach, merkte man ihrem Tonfall immer noch an, dass sie sich – durch drei Ehen – von der Molkerei in den Adelsstand emporgeheiratet hatte.

Die Kirchenglocken begannen zu läuten. Beide Bürgersteige waren voller geschäftiger Leute: Sie liefen hierhin und dorthin. Einige hatten Gesangbücher in den Händen.

Da schossen Tränen aus Arnljot Oulies Augen, und ergriffen von einem tiefen, einem namenlosen Schmerz, weinte er – an der Schwelle des Lebens.

Anmerkungen

Sommerfreuden

1 Frz.»Das Leben ist traurig genug – lachen wir also.«

2 1871 in Århus gegründete, unabhängig konservative Tageszeitung für Jütland.

3 Kopenhagen war noch um 1800 die Metropole eines Vielvölkerstaates, zu dem die Herzogtümer Schleswig und Holstein, aber auch Norwegen, Island, die Färöer, Grönland und die Westindischen Inseln gehörten. Im 19. Jh. entwickelte sich Dänemark in einer konfliktreichen Auseinandersetzung zu dem Nationalstaat, den wir heute kennen. 1864 verlor der Dänenkönig den zweiten Schleswigschen Krieg gegen Preußen und Österreich. Die Niederlage markiert eine tiefe Zäsur. Im Frieden von Wien verlor Dänemark 900 000 Einwohner sowie ein Drittel des Territoriums. Der, wie Bang im Roman *Stuck* formulierte,»an den Hüften amputierte Staat« umfasste noch 39 000 Quadratkilometer und zählte 1,7 Millionen Einwohner. Die Gemeinde Tønder liegt heute vier Kilometer nördlich der dt. Grenze.

4 1871 gegründete dän. Bank, die zum größten Finanzinstitut Skandinaviens aufstieg und 1922 während einer Wirtschaftskrise zusammenbrach.

5 Die Post errichtete um 1860 im Kopenhagener Bahnhof (dem heutigen Hauptbahnhof) das Postamt »Kopenhagen B«. Hinter dem Bahnhof, in der Istedgade, lag schon damals der Rotlichtbezirk.

6 Das 1859 nach dem Vorbild der dt. *Illustrierten Zeitung* gegründete dän. Wochenblatt bot in gefälliger Aufmachung Novellen, biographischen Stoff und Kunstkritik. Als Bang in jungen Jahren von *Illustreret Tidende* gebeten wurde, einige Novellen zu schreiben, fühlte er sich geehrt, aber auch in Verlegenheit gebracht, weil das ehrbare Wochenblatt nur druckte, was eine strenge Moralprobe bestand.

7 Die Königsau (dän. Kongeaa) bildete 1864–1920 den Grenzfluss zwischen Dänemark und Deutschland.

8 Niels Wilhelm Gade (1817–90), dän. Komponist, beeinflusst von Schumann und Mendelssohn, 1843 Dirigent am Gewandhaus in Leipzig; nach seiner Rückkehr nach Kopenhagen 1848 wurde er Leiter der Musikvereinigung und Co-Direktor des neu gegründeten Konservatoriums.

9 Heute Virgin Islands of USA, östlich von Puerto Rico gelegene ehemalige dän. Kolonie mit den Inseln St. Croix, St. Thomas und

St. John, die um die Jahrhundertwende über 20000 Einwohner zählte; nach Aufständen war 1848 die Sklaverei abgeschafft worden. 1917 verkaufte Dänemark die Kolonie für 25 Millionen Dollar an die USA.

10 1884 gegründete Kopenhagener linksliberale Tageszeitung, Sprachrohr der neuen Ideen jener Zeit.

11 Vielsitziger Mietwagen für Landpartien.

12 In Dänemarks nördlichster Ortschaft bildete sich in den 1870er Jahren eine Künstlerkolonie, woraufhin sie sich zu einem berühmten Urlaubsziel entwickelte (vgl. Nachwort).

13 Frz. verballhornt, auch »Platdemenage«, in Dänemark damals gebräuchlicher Begriff für Tischaufsätze für Salz- und Pfefferdosen, Essigflaschen u. ä.

14 *Table d'hôte*: gemeinschaftliche Gasthaustafel.

15 Thorvald Bindesbøll (1846–1906), dän. Architekt, bekannt vor allem für seine keramischen Arbeiten, schuf zusammen mit Joakim Skovgaard den Drachenspringbrunnen für den Kopenhagener Rathausplatz.

16 1853 gegründete keramische Manufaktur in Kopenhagen, die schon zu Bangs Zeit weit über die Grenzen des Landes hinaus berühmt war.

17 Der dän. Theologe und Schriftsteller Edvard Blaumüller (1851–1911) veröffentlichte 1898 das Buch *Heilige Erde und Reisebilder aus Palästina*.

18 Die anderen skandinav. Länder.

19 Insel im Kattegatt.

20 Frz. *Honni soit qui mal y pense.* – »Ein Schelm, wer Böses dabei denkt.« – Wahlspruch des engl. Hosenbandordens.

21 Die Gicht galt als Krankheit der Begüterten. »Begünstigt wird ihre Entstehung nach allgemeiner Meinung durch üppiges und untätiges Leben«, heißt es in *Meyers Großem Konversationslexikon* von 1905. »Der an G. Leidende soll mäßig leben, alle den Körper und Geist schwächenden Einflüsse fernhalten.« Als Getränk werden »leicht alkalische oder alkalisch-salinische Mineralwässer oder Kochsalzwässer (Kissingen, Karlsbad)« empfohlen.

22 Im 19. Jh. war Bad Ems als mondäner Kurort, besonders für Katarrh und Asthma, bekannt, aber auch seiner Quellenprodukte wegen geschätzt; »Emser Wasser« wurde weltweit vertrieben.

23 Aus Georges Bizets Oper *Carmen* (1875).

24 Dän. Rangtitel, als Auszeichnung verliehen.

25 Muse der Tragödie, trug in der einen Hand eine tragische Maske, in der anderen eine Keule, auf dem Kopf einen Kranz aus Weinlaub.

26 Louis Pasteur (1822–95), frz. Chemiker und Bakteriologe. Auf Initiative der Académie des Sciences wurde 1888 das Pasteur-Institut in Paris eröffnet.

Die Raben

1 Konzessionierte Stadtboten beförderten Briefe, Pakete, Waren.
2 Dän. Rangtitel.
3 Königlicher Neumarkt – Zentraler Platz in Kopenhagen mit Königlichem Theater, Magasin du Nord und Hotel d'Angleterre.
4 1906 verfügten in Kopenhagen gerade 3,8 Prozent der Wohnungen über ein Badezimmer, wie eine Erhebung ergab.
5 Politische Parteien.
6 Prophetin des griech. Mythos, deren Voraussagen oftmals doppeldeutig, in Gestalt eines Rätsels, ausfielen.
7 In Dänemark gab es 1902, als *Die Raben* erschien, 33 000 Teilnehmeranschlüsse, von denen 3 765 000 Gespräche geführt wurden.
8 Johan Ludvig Heiberg (1791–1860), dän. Schriftsteller, dessen romantischer *Elfenhügel* (1828) mit Musik von Friedrich Kuhlau zum dän. Nationalschauspiel wurde. 1849 ernannte man Heiberg zum Chef des Königlichen Theaters in Kopenhagen, als Zensor verhinderte er Aufführungen von frühen Stücken Ibsens und Bjørnsons.
9 Antoine Auguste Bournonville (1805–79), Choreograph und Tänzer, der aus Frankreich stammte, von 1830 bis 1877 das Ballet des Königlichen Theaters in Kopenhagen leitete und zu internationalem Ansehen führte, schuf über fünfzig Ballette. *Les Sylphides* (1836) wird auch heute noch außerhalb Dänemarks aufgeführt.
10 Von dem Gemälde *Brautfahrt in Hardanger* der Norweger Adolph Tidemand (Figuren) und Hans Gude (Landschaften) sind fünf Fassungen (1848–53) bekannt. In einer oft als Höhepunkt der norw. Nationalromantik beschriebenen Festvorstellung im März 1849 im Christiania Theater wurden zwei Varianten des Gemäldes als Tableaus nachgestellt. Dazu wurde ein Gedicht rezitiert.
11 Harald Anton Scharff (1836–1912), Solotänzer und Erster Liebhaber des Königlichen Balletts in Kopenhagen. Eine Verletzung beendete seine Tänzerkarriere, danach trat er als Schauspieler auf.
12 Jens Peter Jacobsen (1847–85), dän. Schriftsteller, zu dessen bekanntesten Werken die Romane *Frau Marie Grubbe* (1876) und *Niels Lyhne* (1880) gehören.

13 Den Mitgliedern von sog. Lesevereinigungen wurden die Bücher in einer Lesemappe gebracht.

14 Frz. verballhornt »Noch ein Kuss, der nichts bringt.«

15 Frz. »Liebe, Liebe, o heikle Sache.«

16 Frz. »Liebe, Liebe, o schöner Vogel.«

17 Wilhelm Conrad Röntgen (1845–1923) entdeckte 1895 eine neue Art von Strahlen, die er X-Strahlen nannte und die später nach ihm benannt wurden. Für seine Entdeckung wurde er 1901 mit dem ersten Nobelpreis für Physik bedacht.

18 Insel im Øresund bei Kopenhagen, auf der heute der Flugplatz der dän. Hauptstadt liegt.

19 Dänemarks älteste, 1749 gegründete Tageszeitung.

20 Moirés sind Gewebe aus Seide und Wolle, die eine sog. Wässerung, einen wellenartigen Schimmer, zeigen, der nachträglich durch Pressen hervorgebracht wird. Beim Moiré antique verbreiten sich die Muster über größere Flächen.

21 In *Stuck* erzählt Bang von Spekulation und Bauboom im Kopenhagen des ausgehenden 19. Jh.; 1870 hatte Kopenhagen noch 181 000 Einwohner, 1890 bereits deren 313 000 und 1896 über 400 000.

22 Bei einer Leibrente zehrt man bis ans Lebensende von Zinsen, danach fällt das gesamte Kapital der Versicherungsgesellschaft zu, und die Erben gehen leer aus (vgl. Nachwort).

Fräulein Caja

Variationen in der Schreibung von Eigennamen als bewusstes Stilmittel des Autors wurden in der Übersetzung beibehalten.

1 Loses Frauenüberkleid des Rokoko.

2 Ausgangs des 19. Jh. in der Damenmode gebräuchliches Gesäßpolster.

3 Dän. *Pen:* Feder.

4 1874 bezog das Königliche Theater einen prachtvollen Neubau am Kongens Nytorv in Kopenhagen.

5 Am Kopenhagener Vor Frue Plads (Platz unserer lieben Frau) liegt C. F. Hansens Tempelkirche, aber auch das Hauptgebäude der Universität, wo im Herbst 1871 der junge Literat Georg Brandes seine Vorlesung »Hauptströmungen der Literatur des 19. Jahrhunderts« hielt, in der er die Sensibilisierung der Autoren und Autorinnen für brennende gesellschaftliche Fragen forderte. Brandes war prä-

gende Persönlichkeit und Motor des kulturellen Lebens. Er attackierte die Kirche, die Autoritäten und die konservative Staatsauffassung. Seine Universitätskarriere wurde gestoppt. 1877–83 lebte er in Berlin.

6 Gemeint sind damit »Unglückstage« – eine Redewendung, die auf die historisch inspirierte Tatsache zurückgeht, dass Tycho Brahe (1546–1601), dän. Gelehrter und seit dem Jahr 1599 Hofastronom in Prag, für Kaiser Rudolf II. Unglückstage berechnete.

7 Die in einem keltischen Wikingerstil erbaute Kirche des Kurortes Taarbæk wurde 1864 als idyllische Waldkapelle geweiht.

8 Private Unterhaltungsbühne in Kopenhagen, die in Bangs Roman *Stuck* eine zentrale Rolle spielt. In seinen späten Lebensjahren wirkte der Autor selbst als Regisseur am Casino.

9 Königlicher Neumarkt, zentraler Platz in Kopenhagen (vgl. Anm. 4).

10 Weiße Kopfbedeckung, mit der Charlotte Corday, die 1793 den Revolutionär Jean-Paul Marat ermordete, oftmals abgebildet wurde.

Nachwort

»Jütland ist ein herrliches Land, um den Sommer zu genie-ßen«, schrieb Henrik Ibsen im August 1887 an seinen Verleger. »Die Menschen sind freundlich und liebenswürdig. Das offene Meer haben wir täglich in unmittelbarer Nähe vor Augen, und das Wetter ist dieses Jahr so schön, wie man es sich nur wünschen kann.« In seiner Erzählung *Sommer-freuden* führt uns Herman Bang an einen Badeort an Jütlands nördlichem Ende. Herr und Frau Brasen stürzten sich in Schulden, um das Hotel, das sie seit mittlerweile acht Jahren betreiben, herauszuputzen und auf Vordermann zu bringen. Geglückt ist die Renovierung freilich nicht. Die Bettgestelle drohen durchzubrechen, die Waschtücher gleichen Putzlappen, die Mäuse toben als Zimmergenossen herum wie eh und je. Vergeblich warten die Brasens − und mit ihnen wartet der ganze Ort − auf betuchte Badegäste, die den Aufschwung bringen sollen, bis eines Tages ein Schwarm hungriger Touristen über das Hotel herfällt: Lehrerinnen, Holzhändler, Radfahrer, ein Schulinspektor, aufgetakelte neureiche Damen und andere dubiose Gestalten sowie als einziger Bourgeois unter lauter Kleinbürgern Generalkonsul Fryant, der in Kopenhagen im Mittelpunkt des großen Börsenzirkels steht und in »Brasens Hotel« bereits zur Suppe Champagner schlürft. Doch auch Vizekonsul Therkildsen, Krämer und Krösus des Ortes, der den Brasens den Kredit für den Umbau gewährt hatte, sieht sich zu Höherem berufen. Seine Söhne, von der Bevölkerung mit Ironie »David« und »Goliath« genannt, stolzieren in weißen Sportanzügen einher.

Die Gaststätte als öffentlicher Raum, in dem einander unbekannte Menschen mit ihren Eitelkeiten und Ansprüchen aufeinandertreffen, ist seit je der Ort der Komödie.

Und auch Brasens Provinzbühne spiegelt die große Welt, in der alle um Anerkennung und Respekt ringen. In Küche und Speisesaal herrscht ein Tempo, das Bang slapstickartig anzukurbeln versteht. Wir lachen, wenn dem Kellner Jens jeder Schreck auf den Magen schlägt, und unser Lachen bleibt uns im Halse stecken, wenn Frau Brasen, am Ende ihrer Kräfte, nur noch lallt. Die *Sommerfreuden* umspannen einen einzigen Tag und gipfeln, nachdem ein Sänger mit seiner Glanznummer, dem *Lied des Toreadors* aus *Carmen*, in »Brasens Hotel« eingetroffen ist, in einem ausgelassenen Fest – einem Tanz jedoch ohne Glücksversprechen. Auf die sternenklare Nacht folgt der trüb-graue Morgen, an dem die Rechnung präsentiert wird.

Bang liebte das Theater, und seine Figuren offenbaren sich ganz wie Bühnenhelden in ihren Worten, Blicken und Gesten. Bang, der Meister des Aussparens und Verschweigens, deutet nicht, er zeigt. Und obwohl er die Emotionen bis zum Siedepunkt treibt, schwelgt er nicht in Gefühlen. Generalkonsul Fryant nimmt das Essen nicht im Speisesaal ein, sondern tafelt mit Familie und Gästen auf seinem Zimmer. Neidisch und bewundernd zugleich drängeln sich die Hotelgäste in Speisesaal und Treppenhaus. Und endlich öffnet sich die Tür, und der geheimnisvolle Mann verlässt den Raum, ohne die Wartenden eines Blickes zu würdigen. »Gesindel«, ruft der düpierte Holzhändler »so deutlich, dass man es hören konnte«.

In rascher Abfolge jagen sich die Szenen. Geradezu atemberaubend sind Bangs Perspektivenwechsel und Schnitte, so dass sich der Text passagenweise wie erzähltes Kino liest, wo doch erst 1903, ein Jahr nach Erscheinen der *Sommerfreuden*, das erste dänische Lichtspielhaus eröffnet wurde. Bang ist der Autor einer Zeitenwende. Mit subtilen ästhetischen Mitteln reagiert er auf die Auflösung der alten statischen Agrargesellschaft mit ihren Werten und Normen und den Durchbruch der dynamischen kapitalistischen Wirtschaft. Er versucht keine neue Weltdeutung. Vielmehr nimmt sein journalistisch geschärftes Auge unterschiedlichste Facetten der Wirklichkeit wahr. Es ist Aufgabe der Leser, dem Text eine Moral abzugewinnen.

Mit seiner Ferienerzählung war Bang hochaktuell. Immer mehr Dänen konnten sich um die Jahrhundertwende einen Urlaub leisten. In alten Fischerdörfern wurden für Städter, die nach Sonne und Luft dürsteten, Hotels, Pensionen und Sanatorien gebaut. Die Großstadt, und das heißt Kopenhagen, wurde zunehmend als Nährboden für Alkoholismus, Tuberkulose und Nervosität erlebt. Mit Besorgnis registrierten die Offiziere, dass eine wachsende Anzahl junger Männer ausgemustert werden musste. Da entdeckte der dänische Arzt Niels Finsen die heilende Wirkung des Sonnenlichts – ein Geniestreich, für den er 1903 mit dem Nobelpreis für Medizin bedacht wurde. Finsens Lichttherapie inspirierte in Dänemark eine vitalistische Kunstrichtung, und auch Bang zollt dem Sonnenarzt seinen Tribut, indem er einen der Urlauber stereotyp den »Gebräunten« nennt.

Ferienarrangements waren Statussymbole und für Arbeiter unerschwinglich. Im Roman *Stuck* lässt Bang eine Kopenhagener Runde darüber diskutieren, wie das Seebad Marienlyst bei Helsingør zu einer Attraktion europäischen Rangs ausgebaut werden könnte. Bang selbst hegte kurzfristig solche unternehmerischen Absichten. In Marienlyst hatte er 1879 seinen Debütroman *Hoffnungslose Geschlechter* verfasst, und noch Jahrzehnte später verewigte er sich im Gästebuch mit dem Satz: »Am liebsten auf der Welt sind mir Paris, Prag und Marienlyst.« Die herbe Schönheit der dänischen Küste lockte allmählich ein mondänes Publikum ins Land. Thomas Manns Erholungsurlaub in Bad Aalsgaard nahe Helsingør im September 1899 hinterließ etwa Spuren in der Erzählung *Tonio Kröger*.

In Dänemarks nördlichstem Dorf Skagen bildete sich ab den 1870er Jahren eine Künstlerkolonie, deren Fama sich rasch verbreitete. Generalkonsul Fryant macht in »Brasens Hotel« nur Zwischenhalt auf dem Weg ins Prominentenmekka. Peder Severin Krøyer, der das Bild auf dem Umschlag dieses Bandes malte, gilt als bekanntester Skagenmaler. 1883, als das Skagener Künstlerleben in voller Blüte stand, warf der spätere Nobelpreisträger Henrik Pontoppidan in der Erzählung *Ein Fischernest* ein Streiflicht auf dieses pittoreske Milieu: »Am Strand sitzen die Maler dicht gedrängt unter großen gelben Sonnenschirmen wie Kröten unterm Krötenschwamm. Dichter mit langer Mähne und Notizblock schwärmen umher, und überall sieht man Scharen von Fremden, die diesen seltsamen Ort und dessen hochinteressante Ureinwohner eifrig besichtigen.« Henrik Ibsen, dessen Schauspiel *Ein Volksfeind* in einem norwegischen Badeort spielt, bevorzugte wiederum das südlich von Skagen gelegene Fischerdorf Sæby, als er sich im Sommer 1887 vom Schreibstress erholte: »Unverständlich ist mir, dass die Sommergäste nicht zu Tausenden hierherströmen, wo der Ort doch alles bietet, damit man sich wohlfühlen kann.« Zu den Sommergästen, die Sæby gern und oft besuchten, gehörte auch Herman Bang – und an Sæby erinnert der Badeort, der in *Sommerfreuden* zu literarischen Ehren kam. Bang pflegte in »Clasens Hotel« abzusteigen, dem »Brasens Hotel« nachempfunden ist, mit dem Unterschied allerdings, dass »Clasens Hotel« nicht jene Bruchbude war, die Bang hier porträtiert. Wen wundert's da, dass er sich nach Erscheinen der Erzählung nicht mehr in Sæby blicken ließ?

Bang fand auch im Urlaub weder Ruh noch Rast und inszenierte abends Gartenfeste, wobei er als besonderen Clou die Musiker auf Bäumen plazierte, während Ibsen täglich vom eisenhaltigen Wasser der Quelle trank und ansonsten

stundenlang auf die See hinausstarrte, um danach, frisch ge-
stärkt, das Schauspiel *Die Frau vom Meer* zu schreiben.
Zeitgleich hielten sich die beiden Koryphäen aber nie in
Sæby auf. Sæbys eisenhaltige Quelle, die den Tourismus in
Schwung brachte, war erst 1883, vier Jahre vor Ibsens Auf-
enthalt, entdeckt worden. In jenem Jahr eröffnete auch das
Krankenhaus, dem die Erlaubnis, ein Telefon zu kaufen, vorerst versagt blieb. 1895 zählte der Ort ganze tausendfünf-
hundert Einwohner, die hundertfünfzig bis zweihundert
»Fremde«, wie man Touristen damals noch unverblümt
nannte, beherbergten. Die Gäste erholten sich auf Waldspa-
ziergängen; viermal täglich wurden sie zu Tisch gebeten.
Mit der Jahrhundertwende wurde der Strand selbst zur
Hauptattraktion, und die Fremden wagten, nach Geschlech-
tern getrennt, den Sprung in die Fluten.

Sport und körperliche Ertüchtigung wurden in jenen
Jahren populär, und auch in »Brasens Hotel« stiegen zwei
Radfahrer im Trikot ab. Der Drahtesel erlaubte auch dem
kleinen Mann, den Geschwindigkeitsrausch des neuen Zeit-
alters in vollen Zügen zu genießen. Nur wenige Automobile
verkehrten auf Dänemarks Straßen und Wegen. Das Rad
war ein städtisches Phänomen. Auf dem Land stellten sich
die Turner den Tempobolzern entgegen. Der katzenhaft
über den Lenker gebeugte Männerrücken signalisierte Ener-
gie und Dynamik, während die Frauen gehalten waren, aufrecht im Sattel sitzend zu radeln – was sie nicht daran hin-
derte, Geschwindigkeitsrekorde aufzustellen. Der Sport war
zugleich Sinnbild und Manifestation der beschleunigten Gesellschaft. Die Sportarten wurden schon damals betont
schichtenspezifisch ausgeübt. Generalkonsul Fryants Sohn
ist den Radfahrern in »Brasens Hotel« unbekannt, obwohl
ihn die Presse als Champion auf dem Tennisplatz rühmt.
»Sie spielten kein Tennis«, vermerkt Bang lapidar.

Der Sportler stand für den neuen Männertyp des rastlosen Geschäftsmanns, der der Konkurrenz immer um einen Schritt voraus ist. Bereits 1843 hatte Søren Kierkegaard boshaft sinniert: »Von allen Lächerlichkeiten ist es für mich die allerlächerlichste, es eilig zu haben … Wenn ich deshalb sehe, wie sich eine Fliege im entscheidenden Augenblick auf die Nasenspitze eines solchen Geschäftsmannes setzt, oder wenn er von einem Wagen vollgespritzt wird, der ihn in noch größerer Eile überholt, … oder wenn ein Ziegel herunterfällt und ihn erschlägt, da lache ich aus vollem Herzen.« Herman Bang, der von der Feder lebte, war solche Eile durchaus nichts Unbekanntes. Als chronisch Getriebener und homosexueller Außenseiter hetzte er von Land zu Land und von Stadt zu Stadt. Drei Jahre vor seinem Tod im fernen Amerika notierte er: »Schreibe – schreibe – schreibe. Eines Tages wird man noch den Sargdeckel von innen beschriften müssen, um die Rechnung der eigenen Beerdigung bezahlen zu können.«

Während die beiden Radfahrer jedem Frauenrock nachspähen, schildert Bang »den Gebräunten« und dessen Freund Herrn Verner als camouflierte Homosexuelle, die als Paar auftreten, sich gemeinsam ankleiden, sich die Nägel polieren und den Bart kämmen, wobei der Gebräunte an einem lange zurückliegenden Verhältnis mit Ingeborg, der Tochter des Bürgermeisters, laboriert, und sich zwischen dem Mann und der Frau zu entscheiden hat. Unnötig zu sagen, dass Geschlechtsverkehr zwischen Männern damals in Dänemark ebenso wie in Deutschland unter Strafandrohung stand, ganz zu schweigen von gesellschaftlicher Ächtung. Bang wurde in Witzblättern seiner Homosexualität wegen als »Fräulein Hermine Bang« verhöhnt und musste zahllose Demütigungen erdulden.

Nach dem kurzen Badesommer an der jütischen Küste begann in Kopenhagen das gesellige Leben, die Saison der Soireen und Bälle. Die Stadtwohnung wurde zur Bühne – so

Bang 1882 in einem Feuilleton – für »eine wahre Flut von Abendgesellschaften, wo man ›sich trifft‹, die reinsten Filialen der Börse etabliert, das Wohlergehen des Landes mit Champagner begießt und den Parteigeist mit Trüffeln düngt.« Die Einladungen waren oft so aufwendig, dass für das Hauspersonal Verstärkung angeworben werden musste, wie dies auch in der Erzählung *Die Raben* der Fall ist, wenn Fräulein Viktoria Sejer ihre liebe Verwandtschaft zum Dinner lädt. »Fällt er in den Graben, fressen ihn die Raben«, heißt es im Kinderlied. Auch Bangs Raben sind gefräßig und lauern auf das Erbe. Doch schon der Name Viktoria Sejer, in dem das Wort »Sieg« gleich doppelt anklingt, lässt erahnen, dass die alte Dame auf der Hut ist. Auch Fräulein Sejer war einst Erbin. Als ihr Vater starb, übernahm sie das prächtige Elternhaus, um es alsbald zu verkaufen. Die Verwandten glauben deshalb, dass sie ein ansehnliches Vermögen besitze. Sie ahnen nicht, dass Tante Viktoria längst ihre Vorkehrungen getroffen hat und dass ihnen rein gar nichts vergönnt sein wird. Den Erlös aus dem Verkauf des Hauses investierte sie in eine Leibrente, von deren Zinsen sie bis zu ihrem Tod lebt, worauf das Kapital der Versicherungsgesellschaft zufallen wird.

Bang schildert Fräulein Sejer als verkrüppelte Hexe mit affenartig geschürzten Lippen, Gebiss und Perücke, als lüsterne alte Frau, die sich an anzüglichen Späßen ergötzt, während die Verwandten ihre heuchlerische Sexualmoral zelebrieren und ihre Sprösslinge nur zu biedermeierlich-keuschen Stücken ins Theater schicken. Die modernen »Herren Schriftsteller« setzten sich über alles hinweg, lamentieren sie. Man wisse nicht, ob man überhaupt noch, »eine sittliche Forderung« erheben dürfe. »Die Literatur ist für meine Frau«, entgegnet Rechtsanwalt Schou trocken. »Aber ich bin es, der die Rechnungen bezahlen muss.« In jener Epoche, in der sich die Frau allein durch ihren Mann definierte, ist

Fräulein Sejer ihres Buckels wegen unverheiratet geblieben. Sie hat ein einsames Leben geführt und sich zur Zynikerin entwickelt, die die Macht, die ihr der vermeintliche Reichtum verleiht, genüsslich auskostet. Die Inszenierung des Dinners mit der Erbenschar ist ihre Form der Rache für ein verpasstes Leben. Ihre Absicht ist es, die Verwandten im Lauf des Abends derart zu verunsichern, dass sie ihre Contenance verlieren. Zwar werden sie Zeugen der Verschwendung ihrer Tante, die eine glanzvolle Gesellschaft ausrichtet, doch speisen sie nicht vom längst veräußerten Porzellan, sondern von Fayence-Geschirr, und auf den sauren Tischwein folgen Champagnerströme der Marke »Mumm«.

Allzu sicher ist sich die alte Dame ihrer Sache freilich nicht. Sie wirkt unruhig und nervös, denn sie wittert eine Verschwörung. Dies offenbart das Gespräch, das sie am Vormittag – Die Raben spielen gleichfalls an einem einzigen Tag – mit ihrem Arzt führt, und das, wie die Erzählung als solche, an Abgründen entlangbalanciert. Es beginnt damit, dass der Arzt seine Patientin aus Rücksicht auf ihren Gesundheitszustand zur Vorsicht mahnt. Damit mahnt er zugleich zu Vorsicht vor den Ränkespielen der Verwandten, unter denen sich immerhin zwei Rechtsanwälte befinden. Das Fräulein antwortet – und der Satz klingt wie Hohn: »Aber man möchte doch den Jungen eine Freude machen«, worauf der Arzt nicht weniger doppeldeutig fragt: »Aber Ihren Champagner nehmen Sie doch gegen die Attacken?« Herman Bang glaubte weder an die Liebe noch an das Glück. In der großen Runde an Fräulein Sejers Tafel sitzt mit Rechtsanwalt Schou und seiner Gattin ein einziges Ehepaar. Allerdings treffen die Schous getrennt ein, und sie verlassen den Ort auch wieder getrennt.

Bang schrieb nicht für Schnellleser. Wer aber hellhörig ist und zu kombinieren versteht, dem eröffnen sich wahre Alltagsdramen. Der Impressionist erzähle seine wahre Geschichte auf indirektem Weg, führte Bang einmal in einem programmatischen Artikel aus. Der impressionistische Stil gründe »in der Tiefe all dessen, was ungesagt bleibt«. Bangs Erzählungen mangelt es beileibe nicht an Geheimfährten des Verschwiegenen, die aufzuspüren einen nicht unwesentlichen Reiz der Lektüre ausmacht.

Anders als Fräulein Sejer bietet sich der Titelfigur der Erzählung *Fräulein Caja* keine Gelegenheit, Rache am Leben zu nehmen. Sie gehört zu Bangs stillen, duldsamen Existenzen und ist als Tochter der Kopenhagener Pensionswirtin Frau Canth mit Arbeit überlastet – einen Herrn Canth erwähnt Bang nicht, wohl aber hängt das Bild von Frau Canths Mutter über dem Sofa. Der Erzähler führt uns für einen Samstagabend und den darauffolgenden Sonntagmorgen in die »Pension Canth« im dritten und vierten Stock einer Mietskaserne. Wie die Brasens in *Sommerfreuden* sind auch die Canths auf jedes lumpige Kronenstück angewiesen, und weil alle Zimmer belegt sind, nächtigt Fräulein Caja in der Badekammer. Frau Canths Pension beherbergt keine Touristen, sondern Studenten und Witwen, alte Kapitäne und junge Schriftsteller, die sich hier »wie auf dem Bahnsteig« fühlen – »und sie alle warteten auf den Zug«. Da trifft ein Überraschungsgast aus Südamerika ein, und es klingt die Geschichte einer unglücklichen Liebe an. Verdrängte Erotik prägt den Text – ungelebtes Leben. Wo in *Sommerfreuden* ein Tenor seine Arie auf dem ausgelassenen Fest der Hotelgäste schmettert, sind in Frau Canths Etablissement die Vibrationen einer Hochzeitsfeier zu spüren, die in einer benachbarten Lokalität über die Bühne geht, und die Schwestern Sundby leben als Zaungäste des Lebens »in einer ewigen, fiebrigen Hochzeitsatmosphäre«. In ihrer Not schrecken die Pensionsgäste am Esstisch selbst vor Tabubrüchen nicht zurück. »Ein junger Schriftsteller der neuen Schule erzählte von vergewaltigten Kindern, so dass die

Witwe Hassing, die zwei Sprösslinge weiblichen Geschlechts in Lyngby in einem Pensionat hatte, von missbilligender Erregung bebte, und Frau Casse-Muckadell, die dasaß und Sparre mit den Augen gleichsam liebkoste, ihr Kinn über die Malzflasche ganz nach vorn reckte.«

Damit ist unsere dänische Reise, die mitten in der jütischen Badesaison begonnen hat, an ihrem Kopenhagener Endpunkt angelangt. Während der Mann, den Fräulein Caja einst liebte, unter Südamerikas Sonne lebt, muss sie ihr Dasein im hohen Norden fristen, als wolle Bang uns sagen, dass es für Frauen einen Sommer nicht gibt – für Fräulein Caja nicht, und ebenso wenig für die Frau des Bürgermeisters in *Sommerfreuden*, die aus den Tropen stammt, doch an Jütlands Küste in einem Haus lebt, »das an eine Festung erinnert«. Und die »Siegerin« – Fräulein Viktoria Sejer? »Was hat das Leben mir gegeben?« fragt sich die alte Dame zu guter Letzt so laut, dass ihre Stimme sich überschlägt. Diese Frau, der das Glück ihres Buckels wegen versagt geblieben ist, will ihre geldgierigen Verwandten »tanzen sehen, bis sie an meinem Grab heulen«.

Herman Bang wusste nur zu gut, wovon er sprach. Was hat das Leben dem homosexuellen Schriftsteller, der zu Dänemarks großen zählt, gegeben außer Hohn und Spott? Dichter werde man nicht, schrieb schon der Zweiundzwanzigjährige, »weil man über seiner Zeit steht, sondern weil man ihr vollkommener, lebendiger Ausdruck ist«. Die burleske Komik seines Werks ist aus der Not geboren, das Heitere seiner Prosa eine hauchdünne Glasur. Über die famose, ebenso amüsante wie maliziöse Ferienerzählung *Sommerfreuden* setzte er trotzig das Motto: »Das Leben ist traurig genug – lachen wir also.«

Aldo Keel

Klassiker im *Taschenbuch*

»Wir haben Gold, Silber und Papiergeld, und jedes hat seinen Kurs, aber um jedes zu würdigen, muss man den Kurs kennen. Mit der Literatur ist es nicht anders.«
GOETHE

Jules Verne:
In 80 Tagen um die Welt
200 Seiten
RT 20146

290 Seiten | RT 20144

390 Seiten | RT 21726

180 Seiten | RT 21725

Reclam

Klassiker im *Taschenbuch*

»Sie war keine Frau, die viele
Worte machte, denn im Gegen-
satz zu den meisten anderen
Leuten passte sie ihre Worte
der Zahl ihrer Einfälle an.«
VERSTAND UND GEFÜHL

Jane Austen:
Emma
600 Seiten
RT 20008

466 Seiten | RT 21730

348 Seiten | RT 20054

321 Seiten | RT 20061

Reclam